A ALMA DO OCEANO

NATASHA BOWEN

A ALMA DO OCEANO

NATASHA BOWEN

Tradução
**Solaine Chioro e
Karine Ribeiro**

Copyright © 2022 by Natasha Bowen
Copyright da tradução © 2023 by Editora Globo S.A.

O território de comercialização desta obra é apenas o Brasil.

Os direitos morais do autor foram assegurados. Todos os direitos reservados. Nenhuma parte desta edição pode ser utilizada ou reproduzida — em qualquer meio ou forma, seja mecânico ou eletrônico, fotocópia, gravação etc. — nem apropriada ou estocada em sistema de banco de dados sem a expressa autorização da editora.

Título original: *Soul of the Deep*

Editora responsável **Paula Drummond**
Editora assistente **Agatha Machado**
Assistentes editoriais **Giselle Brito e Mariana Gonçalves**
Preparação de texto **Júlia Ribeiro**
Revisão **Ana Sara Holandino e Camila Cerdeira**
Diagramação e adaptação de capa **Carolinne de Oliveira**
Projeto gráfico original **Laboratório Secreto**
Design de capa original **Regina Flath**
Arte de capa inspirada no trabalho de Jeff Manning
Imagens usadas sob licença da Shutterstock.com

Texto fixado conforme as regras do Acordo Ortográfico da Língua Portuguesa (Decreto Legislativo nº 54, de 1995)

CIP-BRASIL. CATALOGAÇÃO NA PUBLICAÇÃO
SINDICATO NACIONAL DOS EDITORES DE LIVROS, RJ

B896s

    Bowen, Natasha
        A alma do oceano / Natasha Bowen ; tradução Solaine Chioro, Karine Ribeiro. - 1. ed. - Rio de Janeiro : Alt, 2023.   (O segredo do oceano ; 2)

    Tradução de: Soul of the deep
    Sequência de: O segredo do oceano
    ISBN 978-65-85348-14-0

      1. Mitologia iorubá - Ficção. 2. Ficção inglesa. I. Chioro, Solaine. II. Ribeiro, Karine. III. Título. IV. Série.

23-85546   CDD: 823
                                  CDU: 82-3(410.1)

Gabriela Faray Ferreira Lopes - Bibliotecária - CRB-7/6643

1ª edição, 2023

Direitos de edição em língua portuguesa para o Brasil adquiridos por Editora Globo S.A.
R. Marquês de Pombal, 25
20.230-240 – Rio de Janeiro – RJ – Brasil
www.globolivros.com.br

Para meus filhos, que me inspiram de formas que nem imaginam.

NOTA

Antes de começar a ler, por favor, esteja ciente de que partes deste livro podem ser gatilhos para alguns leitores. *A alma do oceano* mistura a história do século XV com fantasia, retratando cenas de violência, escravidão e mortes.

CAPÍTULO 1

Os ossos estão enterrados bem fundo, o branco contrastando com o veludo da água escura. Estremeço com a pressão fria do mar enquanto nado sob uma caixa toráxica gigante. O calafrio havia dominado meu interior, se aninhando na boca do meu estômago, se aconchegando na promessa que fiz a Olocum. A promessa que preciso manter, mesmo que tinja meus dias de tons de meia-noite, de pesar. Às vezes, me permito pensar no sol, nos tons perfeitos de rosa e laranja que emanam dele, no fogo que arde quando ele se põe. Mas então, como sempre, minha mente vai até Kola e o calor da pele dele, seu sorriso, o jeito como um toque consegue me deixar sem fôlego.

Minha escolha.

Meu sacrifício.

Pisco algumas vezes para afastar os cachos dos meus olhos, tentando me livrar de pensamentos que apenas tornam a água escura mais difícil de suportar. Liberte-se deles, digo para mim mesma. Liberte-se do que não pode ter e aceite o presente.

Seguro o vaso de terracota que encontrei na areia, uma oferenda lá de cima que chegara até aqui embaixo, nas profundezas. Pelo menos conseguirei levar uma evidência de que *alguém* ainda idolatra Olocum. Balanço as barbatanas da minha cauda, com as escamas douradas e de brilho avermelhado pouco visíveis, e passo lentamente por baixo do último dos esqueletos, os arcos de marfim despontando no lodo. Quando emerjo dos ossos, paro por um momento na água, que está cada vez mais quente. O calor é um bálsamo, e eu dou um rodopio na corrente macia e morna, quase sorrindo pelo alívio que isso traz. Quase.

Mais adiante, na outra ponta do recife de corais, a terra está dividida, emitindo gases quentes que borbulham no mar. Um brilho azul se espalha pela minha pele enquanto me aproximo de uma grande abertura esculpida e iluminada por uma lula vaga-lume. Pequenos vazamentos de gases fazem a água reluzir e cintilar, redemoinhos frenéticos que se afastam, emoldurando a entrada do coral. A lula ilumina um arco decorado por musgo-marinho e salpicado por moluscos.

Engulo em seco com dificuldade. A luz difusa machuca meu coração com sua beleza sutil, mas isso nem se compara ao que desejo. Seis meses sem o calor escaldante do sol e já sinto dificuldade de imaginar a sensação do suor escorrendo pela minha pele quente. Eu quero ar, mesmo não precisando dele, mesmo quando ele está denso por conta de uma tempestade que se aproxima ou cortante pelo frio da noite. Quero ver as estrelas de novo, com seus clarões dispersos perfurando o céu. Quero sentir a terra sob meus pés, o solo escuro e rico que vira uma lama macia quando a chuva chega.

Boiando perto da entrada, passo um dedo pelo entalhe de peixes, baleias e dos cumes no fundo do mar. A última imagem tem escamas, cachos e o indício da beleza de Iemanjá. Minha criadora, minha segunda mãe, a mais graciosa dos orixás. Uma tristeza se agita dentro de mim, mas não deixo que ela se instale. Em vez disso, me concentro na segurança de Iemanjá, de Folasade e das outras Mami Wata, cumprindo a tarefa de recolher as almas daqueles que morrem no mar. Se eu não tivesse pedido a ajuda de Olocum, a ruptura do mundo teria se partido por completo.

Eu estou aqui para que elas possam ficar em segurança. E esse é o preço que devo pagar.

Toco a safira no meu pescoço, seu azul frio mais brilhante do que as rochas ao meu redor. Penso nas almas abençoadas por Iemanjá, honrando suas jornadas para casa até Olodumarê. Um serviço diferente daquele que agora Olocum exige de mim.

Mas eu fiz as escolhas corretas, e isso não muda o que precisa ser feito. Aperto o vaso com mais força e deslizo pelos gases, com o queixo erguido e os ombros para trás. Mais água morna flui ao meu redor quando atravesso o arco, onde encontro correntes geladas assim que subo por um túnel que se estende na minha frente. Não há nenhuma lula vaga-lume aqui.

Meu coração está acelerado, e coloco minha mão fria sobre o peito. Esse trecho me apavorava antigamente, mas, depois de meses fazendo esse trajeto, consigo nadar pela passagem com fé. Ainda sinto o medo serpenteando por saber o que me espera, entretanto. Escorrego pela escuridão, minha pele roçando nas laterais pretas e lisas enquanto vou na direção da parca luz ao longe.

As rochas se abrem formando um espaço circular. Centenas de lulas vaga-lumes enormes estão penduradas nas paredes do coral, o brilho refletindo nos interiores iridescentes das conchas abertas que estão pregadas entre elas. O musgo cresce em abundância por aqui, seus arcos grossos e resplandecentes tomando conta das paredes. Estreito os olhos diante do clarão repentino da luz ofuscante.

Permito que uma corrente me empurre mais para dentro e aperto a oferenda contra o peito, me permitindo olhar para o teto salpicado por mais musgo, seu rastro pulsando com suaves luzes brancas.

— Vejo que decidiu me agraciar com sua presença. — A voz rouca escoa do fundo do salão, até onde a luz alcança.

Sinto uma pontada de orgulho por não me encolher.

Um lampejo de um olhar metálico, e então Olocum se inclina para a frente, com um sorriso no canto dos lábios. Nado em direção à escuridão até conseguir distinguir a curvatura da grande cauda do orixá enrolada sob ele. Olocum está sentado em um trono de coral preto, apoiando as mãos nos braços do assento. Ele balança seu abedê para frente e para trás, o leque prateado criando ondulações na água. As sombras escondem os grandes músculos do corpo de Olocum, mas seus olhos cintilam em um rosto de ângulos distintos. Uma grossa corrente dourada envolve sua cintura, a ponta se esticando até sumir no próprio mar.

— Ainda não é a hora — respondo, as palavras escorregadias como as pedras que nos cercam.

Sinto o vaso frio em meus braços, e aperto as alças com firmeza, cerrando os dentes com tanta força que minha mandíbula dói. Quero lembrar ao orixá do que abri mão para estar aqui, mas me seguro.

Colocando o recipiente diante de Olocum, toco o leito do mar com as pontas dos dedos e a testa, em sinal de respeito, antes de me afastar. A capa do orixá desce pela areia e pelas pedras, com pérolas negras bulbosas e brilhantes.

Olocum dá uma olhada no vaso de argila, tocando a covinha de seu queixo com o dedo.

— O que é isso?

— Uma oferenda — digo, minhas mãos pairando sobre o objeto. — Devo abrir?

— Deixe comigo.

A água se move, me balançando suavemente quando o orixá dispara para a frente e pega o vaso.

Olocum arranca a tampa e coloca a mão lá dentro, pegando um pedaço grande de tecido encerado e o desembrulhando lentamente. O interior esbranquiçado de um inhame cru aparece. O sorriso do orixá desaparece enquanto ele cobre o vegetal descascado e o coloca de novo dentro do vaso.

— Outro lembrete daqueles que te idolatram — digo, a minha irritação fazendo os cantos do lábio inferior dele se curvarem.

Sei o que ele está pensando: que nunca será capaz de saborear um iyan estando tão fundo no mar. Nunca será capaz de mergulhá-lo em egusi, afundar os pés na terra quente, bebericar vinho de palma entre uma mordida e outra. Ele encontra algo faltando em cada oferenda que trago.

Olocum empurra o vaso contra a parede junto com os outros, e a corrente dourada em sua cintura chocalha, os elos tilintando contra o trono. Ele afasta o olhar dos tributos que passo dias procurando, franzindo a testa.

— Não está satisfeito? — Minha voz vacila, a pergunta sendo disparada antes de eu poder reprimi-la.

O orixá não responde, mas desta vez chuta o vaso, fazendo com que se choque contra a pedra, se estraçalhando em pedaços. Eu recuo, dando boas-vindas à chegada da minha raiva, usando-a para manter a maior parte do meu medo afastada.

— Não é o bastante. Você deveria estar me trazendo mais. Encontre mais! — urra Olocum enquanto se ergue do trono, alto, envolto em seu brilho e escuridão. Não digo nada, e ele senta de novo, tocando cada ponta afiada de seu abedê. — Não exijo muito de você. Procurar tributos, me fazer companhia às vezes e supervisionar os mortos. São coisas insignificantes.

Meu peito inunda de raiva. Penso nas horas que passo varrendo o leito do mar até meus dedos ficarem dormentes, no alívio quando encontro algo, nos dias que temo voltar de mãos vazias. Das vezes em que as lembranças de Kola me fazem afundar para a parte mais escura da água, deixando as correntes congelantes lavarem minhas lágrimas, quando a saudade dele dói tanto que queima.

— Você nunca ficará satisfeito! — As palavras lutam para sair da minha garganta, e não consigo segurá-las. — Tem amargura demais em seu coração. O povo não tem culpa por você estar acorrentado aqui, e com certeza eu também não tenho!

Olocum fica imóvel, seu abedê no alto. Ele avança uma, duas vezes pela água, e então olha diretamente para mim, o músculo de sua mandíbula tremendo.

— Se eu tivesse recebido o respeito apropriado desde o começo, não estaria preso aqui embaixo.

— Você mandou onda atrás de onda para destruir Ifé! — respondo, com desprezo em minha voz.

Obatalá criou terra em meio às águas de Olocum e deu vida aos humanos. Mas ele não consultou Olocum, que se revoltou contra a redução de seu reino e a crescente falta de adoração. Espreitando nas profundezas, o orixá se tornou perverso pelo despeito e pela inveja, até que tentou acabar com a terra e com seu povo usando o mar.

— Obatalá precisou te acorrentar para salvar a humanidade. Você não tem paciência alguma. Você não se importa. E está aqui por causa do que fez! — Eu o encaro, dominada pela frustração. Uma parte de mim costumava sentir compaixão por Olocum, banido para as profundezas, mas sua vaidade é exaustiva. — Valeu a pena? Sentir o peso da água sobre nós? Uma vida sem luz do sol, o frio angustiante que penetra seus ossos? — Eu nunca tinha falado assim, e me preparo para um ataque da fúria dele, cerrando meus punhos.

O farfalhar da água é o único ruído na câmara. Encaro Olocum de um jeito que nunca tinha feito, meu coração acelerado.

— Você fez sua escolha, e agora ousa reclamar? — A voz de Olocum é baixa, cheia de ameaça. Ele fecha o leque bruscamente e nada na minha direção, um olhar frio enquanto a água faz pressão contra nós. — Me diga, eu te forcei a vir até estas profundezas? — Eu encaro o orixá, engolindo mais palavras, meus ombros tremendo. — Você me ofereceu os seus serviços. Eu não exigi isso de você, Mami Wata. — As palavras dele são suaves, serpenteando pela água como fitas.

— A raiva e a pena que você sente são de si mesma. Lembre-se disso e demonstre *respeito*.

Sua última palavra me atinge. Olocum manteve sua promessa de ajudar a prender Exu, salvando, assim, aqueles com quem me importo. Isso merece minha estima, mesmo que suas ações passadas não mereçam.

— Além disso… — Olocum nada perto o suficiente de mim para que eu identifique a curvatura de seu cabelo cacheado curto. — Não estou demonstrando compaixão agora?

Meus ombros caem e sinto minha coluna se curvar mais uma vez. Penso no que é esperado de mim e assinto. Meus sentimentos não importam — precisamos fazer o que deve ser feito. *Eu* preciso fazer o que deve ser feito.

— Vamos atribuir essa explosão ao cansaço e ao frio — diz Olocum, balançando a corrente atrás de si. Os olhos dele estão fechados, qualquer sinal de desprazer consumido pelos tons de prata e pelo preto. — Venha.

Os últimos resquícios da minha raiva dissipam quando Olocum se vira para partir, sua cauda roxa se movendo em um sinuoso gingado. Atrás do trono há outro túnel e, sacudindo sua barbatana, Olocum desaparece lá dentro. Rapidamente, eu o sigo.

A passagem se abre para várias outras, algumas para áreas que nunca tinha visto. Logo estamos do lado de fora e nadando até águas mais tênues, a profundeza frígida trazendo uma dormência que se infiltra dentro de mim. Olocum dispara para cima, afastando-se do azul-escuro, nadando rente ao recife. A corrente dourada deixa um rasto em sua subida, parecendo infinita, mas nunca longa o bastante para deixá-lo alcançar a superfície. Eu sigo o reluzir do metal, nadando mais rápido, meu peito ficando apertado a cada movimento que faço.

Estamos perto.

Olocum não olha para mim, então não vê o brilho das lágrimas, mas quando nado perto dele, consigo ver seus lábios pressionados, o queixo erguido.

— Tem… mais. Sei disso pelo que as lulas me contaram.

— As palavras de Olocum são amortecidas pela água aveludada de tom índigo.

Fecho os olhos e assinto uma vez, e então dou um impulso para cima, alcançando o orixá enquanto subimos ao topo do recife.

Diante de nós, o túmulo se alarga. A curva em meia-lua do lodo pálido se estende até onde consigo ver, sua superfície abarrotada de cumes variando do tamanho de uma baleia a trechos menores do que eu. Engulo em seco, meu coração batendo mais rápido quando percebo os novos corpos. Todos aqueles que morrem no mar terminam aqui no Reino de Olocum.

— Outro navio òyìnbó? — pergunto baixinho, forçando as palavras a saírem pelo nó na minha garganta.

Olocum continua observando as pessoas que vieram descansar em seu reino. Ele assente devagar com sua grande cabeça, balançando a barbatana da cauda na água. Juntos, pegamos o lodo do fundo do oceano, cobrindo cada mão, cada pé, espalhando areia em cada boca aberta e olhos que já não enxergam mais. Enterrando as pessoas que foram tomadas, que não conseguiram sobreviver. Eu cubro seus peitos com túnicas, tocando bochechas com cicatrizes e cabelos emaranhados. Choro enquanto abrimos novos túmulos. Isso sempre me dilacera, e a dor sempre aumenta até eu não aguentar mais.

Assim que terminamos, voltamos ao recife, em silêncio, nossos olhares varrendo os mortos. Minhas mãos estão fechadas em punhos, as unhas afundando nas palmas, cortando minha pele. Isso cria pequenas feridas em forma de meia-lua e faz com que o sangue flua, mas se dissolve instantaneamente.

— Antes, você e suas irmãs recolhiam as almas deles, e eu orava por cima dos corpos que enterrava. — Os olhos de Olocum estão fixos no azul da safira pendurada em meu pescoço, e ele fala baixo. — Agora *nós* os enterramos e oramos juntos. — Ele estica a mão para mim. — Mantendo seus restos seguros e os abençoando. Sei que é um fardo pesado para carregar, mas seu serviço e as orações que acrescenta são uma honra para os mortos, Mami Wata. É algo especial. Fico contente por poder oferecer isso a eles, não apenas ações e palavras de um orixá que busca redenção.

Eu encaro sua grande palma, com as linhas marrons esmaecidas. Minha raiva se esvai, substituída pela melancolia que agora me acompanha em todo lugar. Toco os dedos dele, entrelaçando carne e osso, permitindo que ele me puxe para perto. Sou grata por poder oferecer as últimas palavras para aquelas pessoas sequestradas, por podermos dar mais dignidade a elas.

— *A ṣe ẹ̀rí nípa pé a rí ibi à ti sùn yín, a dẹ̀ ṣe ìwúre pé kí ìrìn àjò yín sí ọ̀dọ̀ Olódùmarè jẹ́ ìrìn àjò ìbùkún.* — Olhamos para baixo juntos enquanto a oração flui por nossos lábios. — *Ara yín á tún áyé wá; ẹmi yín á sì jẹ́ ọ̀kan pẹ̀lú àwọn alálẹ̀. Pẹ̀lú àwọn ọ̀rọ̀ wọ̀n yí, a gbée yín pọ́n. A ò sì ní gbàgbé ìgbésí aiyé yín.*

Não choro mais. Em vez disso, tento pensar nas vidas que tiveram e na paz que agora têm.

— Somos testemunhas de seu último lugar de repouso, e acrescentamos nossas bênçãos a sua jornada até seu lar em Olodumarê — murmuro de novo quando Olocum solta minha mão. — Seu corpo retornará ao mundo e seu espírito será um com os ancestrais. Com essas palavras, nós honramos vocês e honramos sua vida. Sua morte não será esquecida.

O orixá encara os montes, grandes e pequenos, antes de se virar, a cauda o impulsionando pela escuridão. Não o sigo — a esta altura, já sei que ele não vai falar. Ele vai meditar sobre as vidas perdidas que as marés trazem para seu reino.

Fecho os olhos e tento acalmar minhas mãos trêmulas. Ainda assim, não consigo impedir a escuridão que pulsa contra minhas pálpebras fechadas. Ajudei a enterrá-los, entoei a prece, mas, se eu não sentir esta dor, quem sentirá? Penso em como eu poderia ter estado em um desses túmulos se

Iemanjá não tivesse me transformado. Apesar do anseio de ser humana, foi me dada outra chance de um tipo diferente de vida. Pelo qual ainda devo ser grata.

Abraço meu próprio corpo, mas estou com frio demais para poder me consolar. Em vez disso, aperto a joia do meu colar e penso nas almas das pessoas que recolhi. Aqueles fios dourados e prateados de vida, suas lembranças, ecos de suas alegrias. Imagino suas almas se erguendo do lodo, limpando a areia do que sobrou das túnicas estampadas, de dentro dos seus ouvidos e de seus cabelos pretos. Eles olharão em volta, para as pesadas camadas de água acima e a bocarra da profundeza um pouco além do Reino de Olocum, e irão se perguntar o que aconteceu, onde estão. E então o entendimento os esmagará — sua vida, sua morte —, e quando acharem que não podem aguentar, os fantasmas vão encarar os corpos que enterramos. Alguns irão sucumbir ao desespero, enquanto outros cerrarão punhos com fraqueza, batendo-os contra o peito que não se move mais, pressionando a mão contra os corações que pararam de bater. Uma fúria sentida até mesmo além da vida.

Pressiono os lábios formando uma linha. Mentalizarei para que os fantasmas sigam suas almas e retornem para casa, para aceitarem o acolhimento de Olodumarê. Envio minhas desculpas para eles, pressionando minha mão no peito, com os dedos espalmados sobre um coração que ainda bate, mesmo que pareça despedaçado e partido pela perda.

Então a água se move em uma corrente repentina. O medo, rápido como uma serpente marinha, surge. Eu me balanço, com relances de fantasmas ainda surgindo em minha visão, quando pequenos dedos gelados seguram meu pulso.

CAPÍTULO 2

Abro os olhos e vejo a mão de alguém segurando meu braço, minha pele sendo apertada por dedos esguios e negros. A primeira coisa que penso é que os fantasmas, de alguma forma, reivindicaram a vida e vieram me avisar que ainda estão aqui. Meu coração para com o aperto forte, e então ergo a cabeça e vejo não uma assombração, mas uma auréola de cabelo preto e bochechas rechonchudas.

Folasade. A safira em seu colar brilha em um azul gélido, combinando com a que tenho em meu pescoço, um sinal de que sou uma em sete.

Respiro com alívio, mas ainda sinto um aperto no peito. Puxando-a para perto, eu a abraço, e agora sou eu que aperto sua pele fria, as pontas macias de seus cachos pretos deslizando em minha testa.

— Folasade — digo, segurando-a com força para poder sentir as batidas do seu coração contra o meu.

Eu a abraço, mantendo-a bem perto de mim, ainda tentando entender por que ela está aqui. E então a alegria é interrompida por uma onda repentina de nervosismo.

Folasade não deveria estar nas profundezas.

Depois que Iemanjá saiu do rio Ogum para seguir as primeiras pessoas sequestradas pelo oceano, ela entrou em trégua com Olocum — ela recolheria as almas para levá-las de volta para casa e ele honraria os corpos, fazendo as últimas orações em homenagem a carne e osso dessas pessoas e demonstrando respeito no último lugar de repouso delas. Cada orixá designou seu território: Iemanjá ficou com a parte de cima do mar, e Olocum, com a parte mais funda. Já que Olocum não tinha escolha, uma vez que estava acorrentado às profundezas escuras, ele era inflexível em relação a Iemanjá — e, por extensão, sobre as Mami Wata — não invadir a Terra dos Mortos.

Eu arrisquei sofrer com a ira de Olocum quando busquei sua ajuda para derrotar Exu. Agora estou pagando o preço na escuridão fria, e Folasade me seguiu até aqui.

— Simidele, estou feliz por ter te encontrado. — Ela se afasta e consegue abrir um sorriso para mim. Uma inquietação enruga os cantos de sua boca conforme ela me observa.

— Está tudo bem? Você parece...

Mas Folasade não termina, não é necessário. Sei o que as semanas e meses fizeram comigo. Minha pele está opaca e minha coluna está curvada, carregando a saudade da superfície. Da luz, do ar quente, das ondas com cristas brancas. De Iemanjá e das outras Mami Wata.

De Kola.

Meu coração se dilacera ao pensar nele, ao me lembrar do cheiro do sabão preto e do tom marrom-rosado do seu lábio inferior. Faz tanto tempo, mas ainda consigo me lembrar do rosto de Kola, dos traços das suas maçãs do rosto e da sensação de sua pele macia sob as palmas das minhas mãos. Uma dor se espalha por mim quando me lembro da pureza

A ALMA DO OCEANO **21**

das espirais douradas de sua alma, rodopiando de volta para seu corpo depois que minhas orações e o poder dos gêmeos a trouxeram de volta.

Em momentos como esse, parece que não há espaço dentro de mim para nada mais além dele. Lembranças das ruguinhas ao redor de seus olhos quando sorria, o jeito que franzia a testa quando achava que meus pés estavam doendo. Possibilidades do que poderia ter acontecido.

Mas essas são formas cruéis de me castigar. Mesmo se eu não tivesse trocado minha liberdade pelo Reino de Olocum, as Mami Wata não podem ficar com humanos. Levo as mãos ao rosto, pressionando os dedos frios em minhas bochechas.

— Simi?

Folasade me olha intensamente, com rugas de preocupação se formando entre suas sobrancelhas.

Concentre-se no presente, digo a mim mesma, abaixando a mão e afastando as lembranças de Kola, sabendo que elas voltarão aos montes. Sempre voltam.

— Por que está aqui, Folasade? — sussurro.

Olho ao nosso redor, procurando as luzes penduradas de peixes-diabos ou lulas gigantes com membros grandes o bastante para chegarem à superfície se quiserem. Qualquer um deles iria até Olocum para contar sobre a intrusa.

Folasade aperta minha mão, com um sorrisinho tremendo em seus lábios. Penso em como ela deveria me dar um sermão sobre os hábitos das Mami Wata, tão devota em suas maneiras de servir a Iemanjá. Ela não deveria estar aqui, penso de novo. Não só por ser perigoso para ela, mas também porque teria sido mais fácil se ela não tivesse vindo, me fazendo lembrar o que sou. O que eu era antes. Teria sido mais fácil se eu não tivesse visto nenhuma Mami Wata.

— Vim ver como você está. — Folasade se aproxima, mas suas palavras vacilam, e entendo que tem algo a mais. Há medo nos tensos olhares de relance que ela dá, na forma como seus ombros estão curvados e nas pequenas ranhuras entre suas sobrancelhas. — Iemanjá está preocupada. Todas nós estamos.

Tento sorrir, mas acabo fazendo uma careta. Eu deveria dizer para Folasade ir embora agora, mas a parte egoísta em mim, a parte solitária, não quer. Em vez disso, eu seguro a mão dela, puxando-a junto comigo, nadando rápido sobre o cume do recife.

— Venha — falo.

Folasade aperta minha mão com força quando vê as tumbas de lodo e areia, e consigo sentir seu corpo curvado, sua cabeça virada enquanto ela mantém os mortos à vista até nadarmos para baixo, nos aprofundando nas águas.

A cor do mar muda quando a corrente nos alcança, seus redemoinhos gelados nos empurrando para baixo, para a parte mais escura da água. Eu relaxo em meio ao impulso, me segurando a Folasade enquanto repousamos na areia fria com um baque suave.

— Olocum vai descansar depois das orações — digo. As marés pretas estão prestes a consumir os naufrágios, mas sei onde as madeiras podres estão e, usando os declives do leito do mar e as formas familiares das rochas para nos guiar, eu a levo até lá. — E mesmo que não descanse, aqui é o último lugar que ele viria.

Existem certos lembretes da humanidade que Olocum não gosta, e qualquer evidência da presunção de tentar reivindicar uma partezinha sequer do mar faz o humor dele ficar mais obscuro do que as profundezas. Ele odeia as embarcações òyìnbó mais do que todas, e xingamentos saem com raiva de seus lábios retorcidos sempre que aparecem novas. Navios de estrangeiros que vêm de outras terras para saquearem as nossas, semeando discórdia e sequestrando pessoas, tratadas de maneira pior do que animais. O número de naufrágios cresceu nos últimos tempos. Se tem algum com pessoas sequestradas dentro, o orixá recupera seus corpos e os leva para as areias do cemitério. Mas Olocum gosta de deixar os òyìnbó apodrecendo, seus esqueletos lentamente ficando brancos com o revirar das marés. Com isso, eu me regozijo. É tudo o que eles merecem.

Os destroços estão caídos de lado, com um mastro se inclinando em direção à escuridão, e o outro, perdido, levado pelas correntes para outros reinos. Os trapos do que antes formavam uma vela branca ondulam na água, e um buraco irregular no casco tem um tom de preto mais escuro, como uma grande boca de obsidiana. A raiva borbulha dentro de mim, a única coisa quente em águas profundas tão geladas. Como podem tratar pessoas dessa forma? Negar-lhes a humanidade, tratá-las como se fossem especiarias e tecidos, e então descartar seus corpos como se não passassem de bens indesejados? Mesmo quando nossos reinos entram em guerra, qualquer pessoa capturada ainda é... *uma pessoa.*

Eu afundo até o leito do mar, chegando até o buraco aberto no navio. Na primeira vez que vim ao porão, os grilhões pesados e aposentos apertados me lembraram não só da dor e do medo que as outras pessoas sentiram, mas dos meus a bordo de um navio assim. Uma fúria sombria me tomou por dentro, e eu arranquei os contentores de ferro da madeira podre.

O porão agora está sem nada além de barris, nozes-de--cola, pimenta e cúrcuma armazenadas que se dissolveram há muito tempo. Um toque em meu pulso me lembra de que Folasade ainda está me seguindo e, juntas, nadamos para dentro, tomando cuidado para não deixar farpas pontudas perfurarem nossa pele. Nadamos rente ao convés vazio e vamos direto à única porta que ainda resta, com suas dobradiças de latão agora frouxas, uma pátina verde substituindo seu brilho. Com os dedos, envolvo a maçaneta fria, puxando até que a porta podre se abra permitindo que passemos por ela.

O mesmo musgo luminoso está grudado nas ripas do chão e das paredes, clareando o bastante para vermos a opulência da cabine do capitão. Cortinas escuras e brocadas balançam gentilmente na água. No fundo há uma grande janela despedaçada, antes dando acesso ao horizonte, agora enterrada fundo na areia e no leito de rochas. Passo por uma mesa virada de lado, com as pernas entalhadas à mostra, flutuando perto da cadeira. Meus dedos roçam no espaldar, movimentando os pedaços da seda quase se desintegrando.

Não há ossos aqui, nenhum lembrete do òyìnbó que um dia comandou este navio. Sempre me pergunto quem foi o capitão, como a consciência dele permitiu que colocasse pessoas no mesmo patamar que especiarias e marfim.

Folasade olha em volta, observando o aposento, um pequeno nicho ao lado da cabine. Lascas pálidas de cortinas escurecem o palete com calombos, mas os lençóis retorcidos podem ser vistos, presos pelo peso de um par de longas botas de couro, agora cobertas por líquen. Folasade estremece e se vira para que fiquemos cara a cara.

— Este é o único lugar onde Olocum não vai te encontrar — digo, com a voz cansada.

Folasade não responde, mas dá uma olhada em mim quando se aproxima, observando a pequena pérola no meu cabelo. Ela examina o orbe cintilante antes de fechar o punho em volta dele.

— Iemanjá está preocupada. Vim ver como você está.

— Eu estou... bem. — Preciso estar, penso enquanto afasto os cachos que flutuam na frente do meu rosto. — Diga a ela que não precisa se preocupar. Foi uma escolha minha e vou honrá-la.

Paro, arrancando uma tira do tecido da cadeira e me lembrando do abraço forte de Iemanjá, da curva de seu sorriso.

— Como você chegou a esse... acordo com Olocum?

Folasade inclina a cabeça para o lado enquanto me examina.

— Como eu poderia prender Exu? Não sou poderosa o bastante para fazer isso. Foi tudo o que consegui pensar quando estávamos indo para a ilha dele. — Nado até o fundo da cabine. — Vi a localização de Olocum em um mapa nas paredes do babalaô.

— E pediu a ajuda dele?

— Olocum estava furioso por ter sido deixado nas profundezas. Exu não tinha repassado nenhuma das mensagens de arrependimento de Olocum a Olodumarê. — Olho para fora da janela quebrada e imagino as paisagens que um dia passaram por ali. O amanhecer. O primeiro brilho da luz delicada que salpica a pele e doura o mundo. A hora do dia que mais sinto falta. Suspiro e me viro. Minha vida aqui não é pautada pelo nascer e pelo pôr do sol. Tudo que me resta são as marés para medir os dias e as semanas. — Ele concordou em me ajudar se eu o ajudasse a carregar o fardo de enterrar os mortos.

— E você aceitou. — Folasade faz uma careta para mim, suas sobrancelhas grossas franzidas sobre seus olhos castanhos. — Olocum tentou afogar a humanidade. E agora você está aqui embaixo com ele.

Penso na escuridão e no frio cortante. Não quero que Folasade ou qualquer outra das Mami Wata se preocupe ainda mais comigo. Empurrando os ombros para trás, sustento o olhar de Folasade.

— Olocum está honrando sua trégua com Iemanjá, e eu estou honrando minha barganha com ele — digo. — Nós enterramos os mortos e realizamos as últimas orações para eles.

— Claro. — Folasade segura a cadeira diante de si com força, me encarando. — Mas se é redenção que ele procura, apenas Obatalá pode absolvê-lo.

— Eu sei.

Folasade ainda me observa, mas eu desvio o olhar. É inútil falar sobre o que já havia sido acordado. Quando prometi para Olocum que o serviria em troca de sua ajuda para derrotar Exu, era a coisa certa a se fazer.

É a coisa certa a se fazer.

Se Olocum não tivesse me ajudado a prender Exu, então esse trapaceiro teria ganhado mais poder, usando-o para controlar os orixás e a humanidade inteira, fazendo com que eles se curvassem às suas vontades.

— O que a mãe Iemanjá acha? Sobre eu estar aqui?

Essa é uma pergunta que tenho feito a mim mesma, e meu estômago se retorce enquanto falo em voz alta. *A orixá pensa que eu a traí de novo?*

Folasade coloca a pérola de volta em meus cachos, tocando minha bochecha com os dedos.

— Ela lamenta por você. — Assinto, sentindo o pesar recair sobre mim. — Você sabe que ela admira sua bravura e sacrifício. Ela só queria que…

A ALMA DO OCEANO **27**

— O quê? — pergunto, tentando ignorar as batidas do meu coração que sobem até a garganta. — O que ela queria?

— Que as coisas tivessem sido diferentes. — Folasade toca minha clavícula com as pontas dos dedos, sustentando meu olhar. — Ela se preocupa com a dor da sua escolha. Com a escuridão na qual você vive. E eu também me preocupo.

Eu me afasto, levando um momento para afastar as lágrimas, pensando no olhar resoluto e cortante de Iemanjá. Na ferocidade do amor dela ao criar as Mami Wata, e na devoção e cuidado que ela demonstra pela humanidade.

— Ela diz que compreende sua escolha. Que você sempre será filha dela. Não importa o que aconteça. — Folasade se aproxima de mim, com suas escamas violeta-azuladas. — Ela me pediu para dizer que ela espera que um dia você seja capaz de voltar para nós.

— Pensei que ela pudesse estar brava — sussurro.

Levo a mão ao coração, o alívio me inundando.

Folasade nega com a cabeça.

— A mãe Iemanjá está furiosa apenas por te perder. — Ela espia pela janela vazia, estremecendo. — Mas aqui não é o seu lugar. Você não foi feita para enterros e para orar sobre corpos. — Folasade faz um biquinho quando me encara de novo, se inclinando para a frente, segurando a safira em volta do meu pescoço, que combina com a dela, que todas as sete Mami Wata usam. — Você deveria estar conosco, recolhendo almas.

Afasto o colar da mão dela.

— Você acha que eu não sei disso? Eu queria ainda poder ver o sol, a mãe Iemanjá... — Minha voz vacila e eu paro por um momento, o tremor no meu peito fazendo mais palavras saírem. — Não tive outra escolha a não ser procurar a ajuda de Olocum, Folasade. Kola teria morrido. Bem, os gêmeos, todos em Okô...

— Assim como não teve escolha quando salvou Kola no mar?

Recuo, sibilando como se ela tivesse me queimado. Ela poderia muito bem ter feito.

— Eu nunca teria deixado ninguém morrer! Não se a pessoa pudesse ser salva.

O silêncio cresce entre nós. Minha explosão é engolida pela escuridão dos destroços, mas ainda não consigo olhar para Folasade.

— Sei que queria ajudar — diz Folasade, finalmente, com a voz mais suave. — Sei que fez o que achou que era melhor, mas...

— Não! — exclamo. — Desculpa se não sou capaz de fazer aquilo que Iemanjá me criou para fazer, mas ela ainda tem mais seis. Não vou deixar que vocês me façam sentir culpa. Não depois de tudo o que fiz e do que abri mão. É uma pena que Iemanjá entenda e você não. — Passando por ela, abro a porta bruscamente, trêmula por conta do sofrimento que costumo manter cuidadosamente escondido. — Se você veio aqui só para falar tudo o que fiz de errado, então acho melhor que você vá embora.

Enquanto nado pelo buraco irregular, as pontas das farpas cortam meu ombro. Me encolho, mas o arranhão leva poucos segundos para curar, e então disparo pela água, me impulsionando em direção ao recife.

— Simidele! Espera! — chama Folasade atrás de mim.

— Me desculpa. Eu vim em nome de Iemanjá...

Mas não escuto. Os meses que passei nas profundezas do mar recaem sobre mim, e pressiono a mão contra meu peito, sentindo as batidas do meu coração. Ver Folasade foi um alívio bem-vindo, mas agora sua presença e seu criticismo moldam a dor que se espalha por meu peito. Preciso me afastar. Das profundezas e das lembranças dos meus fracassos. Nado com força contra uma corrente repentina, para cima, chegando ao topo da barreira de rochas em um movimento suave. Afasto pensamentos sobre Olocum e as repercussões de chegar tão perto dos limites de seu reino, e vou mais além do que já fui antes, deixando o frio e a escuridão para trás. Se eu puder apenas ver o azul mais claro, até mesmo a ilusão do sol...

Preciso ver luz.

Disparo pelo mar sentindo como se meu peito fosse explodir. A crista das ondas está à vista, os pináculos do sol desfigurado pelo mar, bem na hora que Folasade segura meu braço. Ela me puxa para me impedir, me girando para encará-la, meus cachos escurecendo a água entre nós. Eu os afasto, tirando meu cabelo do caminho, virando a cabeça na direção do ponto onde a água é mais clara, mais quente. Está tão perto.

— Simidele, por favor. Fui enviada para te perguntar...

Um estrondo a interrompe, e a mão de Folasade escorrega da minha pele enquanto olhamos para as camadas de água acima de nós. A superfície foi rompida, e formas grandes e pequenas furam as ondas. Lascas de madeira se afundam nas águas mais profundas, seguidas por corpos enroscados e trilhas de sangue. Homens, com as mãos em garras e membros parados pela morte, afundando devagar, cercados pela corrente. O oceano rodopia em volta deles, os arrastando para baixo, recepcionando seus corpos.

Eu avanço, o estômago revirando ao ver as túnicas manchadas que não protegeram os homens que as vestiam, as feridas mergulhadas em carmim e os olhos cegos.

Uma nuvem de sangue se espalha pelo mar. Pontas escuras de madeira continuam a cair, deixando o porão quebrado lá em cima, com os restos de um navio que viu a guerra e a morte.

Ergo a cabeça quando a embarcação começa sua descida inevitável, meu coração se apertando com a lembrança que isso traz. A inundação de vidas perdidas e o clarão da morte com sua mancha roseada. Estico a mão para cima e pauso por um momento.

Estão todos mortos. Mas não é mais minha tarefa recolher suas almas, levá-los para serem abençoados por Iemanjá antes de libertá-los para o Criador Supremo. Olho para Folasade, para sua expressão e sua boca retorcida, seu rosto ecoando o horror que sinto. Ela dispara para a frente, com as mãos esticadas, olhando rapidamente para o homem mais próximo. O corte de uma ferida de flecha em sua garganta mostra como ele perdeu a vida. O cabelo dele ondula na água, os cachos soltos das séries de tranças que seguem a curva de sua cabeça.

Folasade se vira para mim, com os olhos arregalados e as mãos tremendo.

— São muitos.

Quando um homem afunda para mais perto, eu a puxo para longe dele e para mais perto de mim.

— Espera, olha.

Seu peitoral brilha na luz fraca, mas ainda conseguimos distinguir os símbolos estampados no couro. Oito cortes marcados por círculos concêntricos em cima, cada espiral representando um senhor da guerra diferente, o emblema dos únicos guerreiros que podem se comparar com os orixás.

Icu, Arún, Ofó, Égba, Oran, Epê, Ewon e Esè.

— Os ajogun — balbucio.

CAPÍTULO 3

Folasade recua para longe dos mortos, permitindo que eu a puxe para trás, se distanciando dos homens que claramente prometeram lealdade aos oito demônios chefes senhores das guerras. De perda, doença a tormento, os antideuses são responsáveis por aflições diferentes, todas causando desarmonia na terra e com a intenção de arruinar a humanidade. Icu, assim como a Morte, vaga livremente, mas os outros são mantidos em seus reinos obscuros para que não causem o fim do mundo.

Folasade tenta se retorcer para longe de mim enquanto a seguro com força, afundando as pontas dos meus dedos na pele dela. Eu nunca tinha visto alguém que idolatra os ajogun tão de perto, e as batidas do meu coração pulsam nos meus ouvidos. Ver tal promessa de adoração, marcada de forma tão exposta, me assusta mais do que passar o resto da minha vida no frio e na escuridão. Algumas pessoas escolhem as sombras, mas nem sempre exibem isso. Aqueles que se submetem aos ajogun não podem ser abençoados, suas almas secas são deixadas sem serem recolhidas. Estremeço quando penso em uma alma não voltando para casa.

— Quem os matou? — pergunto.

Olhando para o mar acima de nós, observamos os fragmentos do navio deles deslizar pelas ondas, atrás dos corpos que descem até a parte mais turva da água. Com um impulso de minha cauda, me atiro para cima, mas sou puxada de volta por Folasade.

— Simidele, não. É perigoso demais.

Olho para a mão dela firme ao redor do meu braço e a afasto. A presença de homens venerando os ajogun... isso revira minhas entranhas. Não parece certo. Além do mais, penso enquanto observo a água rapidamente procurando o movimento das lulas, se eu for depressa o bastante, ninguém vai saber. Estou ligada a Olocum apenas pela minha palavra. Eu voltarei.

— Você pode ficar aqui — digo.

Com os dedos tremendo, estico a mão em direção à luz filtrada pelas ondas lá de cima. Deslizo na água morna e macia como cetim conforme nado para cima, e quando furo as ondas, dou de cara com o céu que espelha o mar com seus tons de azul-celeste. O sol e o ar me atingem de uma só vez, e eu arquejo, saboreando o cheiro da maresia, do queimado e do carbonizado da madeira. O mar me ergue quando ondas gigantes se formam uma atrás da outra, um cobertor líquido em tons ondulantes de azul. Enquanto sou embalada para cima e para baixo mais uma vez, pisco devagar, absorvendo tudo, me esquecendo por alguns segundos da morte logo abaixo de mim.

Sinto o calor do sol no meu rosto, o brilho laranja por trás das minhas pálpebras. É tudo o que eu ansiava e mais. Um pouco de luz e céu antes de voltar para a Terra dos Mortos.

Folasade emerge ao meu lado, inspirando o ar quente em arfadas curtas. Ela vira a cabeça de um lado para o outro e para. Eu sigo seu olhar de pânico até as ondas, que estão repletas dos destroços de um navio. O mastro quebrado flutua com o movimento do mar, a viga balançando para os lados com estilhaços, o cheiro forte de queimado na brisa.

A fumaça serpenteia no céu do crepúsculo, densa no ar parado e quente. O crepitar do fogo e as chamas vermelhas e amarelas que sobem me deixam sonolenta. Eu me recosto em bàbá enquanto o povo de Oió-Ilê tagarela ao nosso redor, meu estômago roncando com o cheio de banana-da-terra frita. Eu me viro para perguntar para o meu pai se podemos comprar um pouco, e então a vejo. Ìyá para na entrada do mercado, com sua túnica preta a camuflando na noite, com espirais escarlates imitando a fogueira central. Minha mãe sempre combina suas vestimentas com suas histórias, e vermelho e preto só pode significar uma coisa. Observo sua túnica, minha boca ficando seca. Nesta noite, ìyá não está sorrindo. Eu puxo os braços do meu pai ao meu redor, me aninhando neles.

— Existem, e sempre existiram, forças contrárias. — A multidão fica em silêncio ao ouvir a voz da minha mãe quando ela faz sua entrada. — Sempre foi assim. Essa é a vida. Nós mantemos o equilíbrio por meio do ebó, daquilo que ofertamos. Isso se manifesta de várias formas, seja na escolha que fazemos, num animal estimado, em parte de nossas colheitas, nas oferendas que colocamos em nossos altares. — Os braços dela estão tensos ao lado do corpo, e vejo suas pálpebras caídas enquanto ela para no centro da clareira. — Nós entregamos essas coisas, fazemos nossas preces, para manter a paz em nosso mundo, tamanha é sua importância.

Os murmúrios reverberam entre a multidão reunida. Os mais velhos assentem, sentados em pequenos bancos, com os filhos e netos por perto. Sinto bàbá se mexer, seu abraço ficando mais forte.

— Se não fizermos isso, os ajogun serão atraídos para mais perto, sempre com sede de serem libertos de seu reino, famintos para impor o caos no nosso. Enquanto recebemos nossas bênçãos, é igualmente importante nos lembrarmos dos perigos, dos motivos pelos quais fazemos esses sacrifícios. O mal também vem com o bem. — Minha mãe para. Gritos de concordância ecoam entre a multidão enquanto ela ergue as mãos para o alto e espera por silêncio. — Exu mantém esse equilíbrio, e assim, mesmo que tenhamos que aguentar o fardo de suas trapaças, as ações dele são o que vale. Todos sabemos o que está em risco se Exu não aplacar os ajogun, mas só por precaução, a história da noite de hoje irá nos ajudar a nos lembrar disso. Não é um conto do que aconteceu, mas do que poderia ter acontecido.

Um silêncio pesado se instala enquanto minha mãe anda perto de seus ouvintes, os olhos pretos como a noite.

— Aqui vai uma história, e uma história que assim diz. — Eu a observo enquanto ela ergue a cabeça para o brilho das estrelas dispersas pelo céu. — Daqui a anos, esta terra terá novos líderes. Eles vão escolher esquecer que seus ancestrais e orixás ainda estão ali para guiá-los. Os líderes vão assumir uma nova crença e a maioria das pessoas vai evitar os orixás ancestrais, até mudarão os próprios nomes para se distanciarem. Novas influências irão afastar as antigas, até que um dia eles vão zombar dos hábitos de Ifá e de qualquer um que traga respeito, e, consequentemente, poder aos orixás. — Minha mãe olha para o povo diante dela. — Exu irá perder a paciência quando o povo não lhe der as honras que ele merece por manter os ajogun longe, e ele irá recuar, deixando os senhores da guerra se esgueirarem pelo nosso reino. — Eu estremeço com suas palavras enquanto exclamações de surpresa se espalham entre os ouvintes. — Os ajogun, usando essa negligência, enganarão os fracos para fazê-los idolatrar suas malevolências, e finalmente, libertá-los.

A ALMA DO OCEANO **35**

— Eu não gosto dessa história — sussurro, com a voz trêmula.

— Eu sei, mas é importante — murmura meu pai enquanto uma brisa perpassa a clareira, lambendo o fogo e fazendo as chamas aumentarem.

— Icu já vaga livremente, reivindicando as almas, claro, com a bênção de Olodumarê, mas quando isso acontecer, ele se reunirá com Arún, Ofó, Égba, Oran, Epê, Ewon e Esè. — Enquanto minha mãe fala cada nome, as sombras pulam, entalhando o rosto dela em uma máscara de frieza profética. — Eles devastarão o mundo, destruindo cada parte do jeito que quiserem, reivindicando almas de todos que matarem. Doença, sofrimento, guerras. Irmão vai se virar contra irmão, irmã contra irmã, enquanto eles brigam pelo que resta.

— Bàbá, eu quero ir para casa — digo, me virando para me esconder no peito do meu pai.

— Você precisa ouvir, ọmọbìnrin ìn mi, é importante. A história vai acabar logo…

Torço uma das minhas tranças com força em volta do dedo, puxando com gentileza.

— Os líderes vão amaldiçoar a estupidez deles quando a terra e o povo entrar em ruína — continua minha mãe —, mas será tarde demais. Ninguém estará seguro, nem mesmo os orixás. — Ela abaixa a cabeça, parada no meio da clareira. — A entrada dos ajogun em nosso mundo significa o fim. — O silêncio recai, e ela lentamente ergue as mãos, as palmas esticadas para a lua lá em cima. — Eu conto isso agora para ajudá-los a manter a fé em Ifá, nas nossas terras e nos orixás. Em nós.

Ela não tira os olhos da multidão, até seu olhar recair em mim. Sei que ela pode ver o medo estampado em meu rosto iluminado pela luz da fogueira quando ajusta a postura e sorri. Mas suas covinhas não aparecem, e seu aviso se enraizou dentro de mim como uma pequena farpa.

— Lembrem-se de que isso não precisa acontecer, e não vai, se nos mantivermos fortes e não abandonarmos nossos ancestrais e nós mesmos. — Ela bate palma uma vez, como se para quebrar o feitiço, e abre um sorriso para as pessoas no mercado. — Vamos nos lembrar de nossa resiliência e lealdade. Nossa força está em nossas convicções e em nossa fé.

Todos estão apreensivos, uma tensão se espalha por nós. Ìyá cambaleia até as margens da plateia e arranca um espeto de carne apimentada de um menininho, dando uma mordida e sorrindo, os lábios brilhando com a gordura.

— Não tomamos nada como garantido e louvamos tudo que temos. E agora, deixem-me contar outra história para terminar nossa noite. Uma sobre abundância e alegria.

O jeito de minha mãe parece libertar o povo do estupor de medo, e eles se animam com o esplendor dela, a história dos ajogun guardada no fundo de suas mentes.

Mas não na minha. Ela se alojou ali, desagradável e pesada.

Estreitando os olhos e com o cabelo cobrindo meus ombros em cachos pesados e molhados, eu olho ao meu redor, estremecendo ao me lembrar da história de minha mãe. Gaivotas dão rasantes, grasnindo umas para outras e depois subindo de novo por trás das nuvens baixas. A luz se espalha sobre o movimento gentil do mar, que se contrapõe à violência que testemunhei lá nas profundezas. Parece que depois de tanto tempo no mar, apenas o ar pode provocar uma das minhas visões. As recordações me preenchem com uma onda de inquietação. Eu me viro, com a cauda brilhante, buscando por aqueles que mataram os homens que se comprometeram com os ajogun.

As únicas coisas que restam do navio destruído são pedaços de velas que cobrem as ondas, que ocasionalmente ficam presos em vigas escurecidas. Uma barbatana corta os destroços, um tubarão acompanhado por outros em busca de uma refeição fácil. Eles ficam à espreita, arrastando destroços, quando me viro de costas para suas silhuetas, sem querer saber se encontraram alguém.

E então vejo.

Outro navio. O vitorioso, penso.

Ele está perto o bastante para que eu reconheça a madeira maciça do casco, e as largas velas que ainda estão esticadas, prontas para receber o vento em direção ao leste. Figuras correm pelo cordame e eu semicerro os olhos, nadando para mais perto assim que Folasade me alcança.

— Simidele! — sibila ela, avançando junto comigo. — Precisamos voltar para baixo agora. Você sabe disso!

Eu sei, mas não consigo desviar o olhar, vendo o navio se preparar para navegar. Algo me puxa, e meu estômago se remexe enquanto o casco corta as ondas. Enrolo minha cauda embaixo de mim quando aperto minha cintura, com a pele quente na água gelada. O navio, penso. Preciso chegar mais perto.

Folasade arfa em pânico enquanto vou em direção à embarcação, mas, antes de ela conseguir me segurar, mergulho por baixo das ondas, cortando a maré, apenas fundo o bastante para que eu não possa ser vista. O estado da vela é alto quando emerjo, e um grito rompe os murmúrios constantes das ondas quando duas pessoas aparecem.

Sinto a coragem despontar junto com alguma outra coisa, algo como animação, me puxando, me instigando enquanto flutuo para ainda mais perto. Os segundos parecem voar quando pressiono as palmas contra o peso da água, tentando me empurrar para cima para ver melhor. Ambos estão de costas para mim. Um deles é muito alto, com o sol brilhando em sua cabeça careca, e ao lado dele está alguém que faz meu peito apertar. Mesmo se eu não reconhecesse o formato de seus ombros, consigo ver as cicatrizes retorcidas desenhadas em suas costas. Lembretes permanentes das feridas que ele recebeu no navio òyìnbó antes de ser jogado no mar.

Kola.

O mar se agita, e uma onda me ergue ao mesmo tempo que sinto como se tivesse engolido o sol e a lua. Por um momento, acho que estou sonhando, que ter vindo de tão fundo tão depressa me desorientou do jeito que acontece com os humanos.

A agitação dentro de mim se espalha por meu corpo, iluminando cada nervo, meu coração acelerando. Quando Kola se vira e encara o mar, com a mão grande cobrindo o rosto do sol, respiro fundo mais uma vez, tentando me acalmar. Kola se inclina para a frente na lateral do navio, e então cambaleia e coloca mão contra barriga. Enquanto ele se curva, me pergunto se está sentindo a mesma intensidade do que eu. Se sabe que estou por perto. De que outra forma estaríamos na mesma parte do mar ao mesmo tempo? E então ele observa a água e, por um momento, juro que ele me vê.

Sentindo como se minha garganta fechasse, eu nado para mais perto. Folasade grita algo para mim, mas estou concentrada apenas em Kola, e logo estou perto o bastante para ver que o cabelo dele está maior agora, uma pequena nuvem de cachos pretos que sei que tem o cheiro de óleo de coco e luz do sol.

Assim que a partida do navio me joga para os lados, me girando na água, Kola se vira e começa a falar com Bem, gesticulando com um movimento brusco para o mar.

— Eu não ligo... algo... sabia que eu... viria para cá.

Eu me esforço, tentando entender o restante de suas palavras, mas elas são levadas e engolidas pelo rebater das ondas e o grasnado constante das gaivotas. Meus ombros pesam sob a superfície da água, e Folasade segura meu braço.

— Venha — sussurra ela, com gentileza.

Mas não me mexo. Quero ver o rosto de Kola direito. Só uma vez. Se eu puder vê-lo mais uma vez, então ao menos voltarei para as profundezas com essa imagem. Espero, balançando sobre a nova crista de uma onda fria enquanto Folasade aperta a mão que me segura.

Por favor, apenas se vire.

Bem joga as mãos para cima e sai pisando duro, desaparecendo. Mas Kola, como se ouvisse meus pensamentos, se vira.

De uma só vez sinto como se meu peito tivesse sido aberto. Mesmo desta distância, consigo ver as curvas das maçãs do rosto de Kola, seus braços musculosos enquanto ele aperta a balaustrada e encara a água embaixo. Ele franze a testa, e seus lábios estão pressionados com força, sem nenhuma suavidade. Eu me lembro da sensação de seu corpo contra o meu quando sua alma cintilou entre nós, as feridas que Exu havia infringido nele eram severas demais para que sobrevivesse. Sua pele quente deslizando enquanto eu entoava orações e súplicas cansadas, qualquer coisa que pudesse trazê-lo de volta dos mortos.

Que pudesse trazê-lo de volta para mim.

Pressionei o peito dele, os anéis de ouro brilhando intensamente nos dedos dos gêmeos. Como Ibeji encarnados, o irmão e a irmã de Kola têm poderes de cura que rejuvenesceram o corpo dele, e minhas súplicas e orações ajudaram a guiar sua alma de volta ao corpo.

Eu podia aparecer para ele, penso. Falar com ele de novo. Isso me daria algo a que me ater quando voltasse. Algo que tornaria as profundezas sem sol uma coisa mais fácil. Abro a boca, o nome de Kola se formando na ponta da minha língua, mas então fecho os lábios. Que bem isso faria? Não mudaria nada. Observo Kola se virar, o rosto cansado cabisbaixo pela decepção, os ombros caídos. É melhor assim, digo para mim mesma enquanto ele grita com os homens a bordo e o navio se dirige para leste, se afastando depressa.

* * *

— Venha rápido, antes que Olocum descubra que você foi embora.

Sei que Folasade está certa, mas me permito subir na crista de uma onda enquanto Kola navega para longe, com uma impotência intensa tomando conta de mim. O navio fica menor, cruzando o mar. Eu observo até ser apenas um ponto no azul, piscando até não poder ver nem mesmo isso.

Folasade suspira e segura minha mão. Acima, um pedaço da lua translúcida pode ser visto, uma crescente pálida que compartilha o céu com o sol. Ao longe, o horizonte se alonga em águas mais escuras, se achatando mais adiante, me atraindo com a promessa de uma terra distante. Os reinos de Okô e Oió. Algo além das profundezas glaciais de ébano que esperam abaixo de mim. Estou feliz porque Kola viverá uma vida inteira, mesmo que me machuque pensar nele vivendo sem mim.

— Vem, Simi — sussurra Folasade, com a voz mais suave que já ouvi.

Ela me puxa de novo e nós mergulhamos, a água nos engolindo em uma corrente. Afundando, me permito submergir nos gradientes de azul, do claro até o escuro. Arenques, cavalas e conchas passam depressa ao nosso redor, vislumbres de escamas prateadas e olhos inexpressivos me observam enquanto desço para bem mais fundo do que eles já foram. Quando o azul se torna preto, eu fecho os olhos nas sombras.

— Simidele. — Ao ouvir meu nome, abro os olhos e tento sorrir enquanto Folasade segura meu rosto com as mãos, os dedos frios deslizando por minha pele. — Não posso ir além daqui.

Abaixo de nós, a escuridão parece pulsar. Agora me permito pensar em Olocum. No que ele irá dizer se descobrir que eu saí, mesmo que brevemente. Ergo o queixo e fecho as mãos para que meus dedos não tremam, sabendo o que direi para ele. Vou falar que não parti para valer. Que fiz minha escolha e não quebro minhas promessas. Mas Folasade está certa. Se Olocum a encontrar nas profundezas, não tem como saber o que ele irá fazer.

— Obrigada — falo. — Por vir de tão longe. Por me fazer lembrar.

— Eu faria de novo. — Folasade curva os lábios para baixo em um sorriso triste. — Quando você perguntou sobre a mãe Iemanjá antes, eu estava prestes a te contar o motivo da minha visita. — Ela segura minhas mãos, entrelaçando nossos dedos. — Tem algo que ela quer que eu te pergunte.

Eu aperto a mão dela com mais força, meus cachos flutuando em volta de nós como nuvens pretas na água. Há aflição na voz dela, um vacilo de pânico.

— O quê?

— Os restos da batalha mais cedo. Não são os primeiros. Iemanjá está muito preocupada. Oiá contou para ela sobre mais lutas na terra. Existe uma grande agitação entre os reinos de Nupé e Oió.

— As pessoas sempre vão criar guerras — respondo, mesmo com um nervosismo surgindo dentro de mim. — Faz parte da humanidade.

— Nós sabemos. Mas elas se intensificaram. Com o aumento repentino e incomum de uma onda de violência, Iemanjá está preocupada que, de alguma forma, os ajogun estejam envolvidos. — Folasade olha na direção da superfície, com os olhos tremeluzentes. — E agora, depois do que vimos…

Eu me lembro dos homens que afundaram ao nosso redor. Nas insígnias que usavam e no comprometimento óbvio com os ajogun.

— Exu mantém os ajogun sob controle — falo, me forçando a responder com firmeza. — Ele acaba com a influência deles e previne que alguém os liberte.

Folasade se aproxima de mim.

— É verdade. Mas ninguém vê Exu desde que você veio para a Terra dos Mortos. Iemanjá quer que eu te pergunte se o trapaceiro ainda está preso por Olocum.

Minha mente é preenchida por imagens de ondas agitadas e saliências áridas de rochas, com o palácio de Exu em um fragmento de terra, com as paredes da câmara principal abertas para o mar. Com o enigma que usei para distraí-lo e com o meu pulo, que nos fez mergulhar. A rajada fria da corrente que nos recebeu e a forma como puxei o trapaceiro mais para baixo. Fundo o bastante para Olocum aparecer da água preta, as correntes douradas não mais escondidas pelo escuro. Observei enquanto ele envolveu os grandes elos em torno de Exu, entoando palavras no ouvido do orixá para que ele conseguisse respirar no mar, mantendo ele preso até entregá-lo para o Criador Supremo para encarar a justiça.

— Mas Olocum entregou Exu para Olodumarê. Foi isso o que combinamos. — Ergo a voz enquanto aperto os dedos, os nós em um tom pálido de marrom. — Ele me disse que o Criador Supremo colocaria Exu no caminho certo novamente. Que o lembraria de seu dever e de seu lugar.

— Talvez esse tenha sido o combinado — diz Folasade. As palavras dela são cortantes como facas, e consigo senti-las na pele. — Mas você tem certeza de que foi isso o que aconteceu?

— Olocum prometeu — respondo, mas minhas palavras estão carregadas de uma incerteza que até eu mesma consigo ouvir.

— Pense, Simidele. Você viu Exu solto?

Balanço a cabeça, me lembrando dos meus primeiros dias no Reino de Olocum. A escuridão congelante que parecia se espalhar pelos meus ossos e a incerteza sobre meu papel em um lugar tão tenebroso assim. *Por que ele aprisionaria Exu?* E então me lembro das mensagens de penitência de Olocum que o trapaceiro não tinha repassado ao Criador Supremo. *Olocum manteria Exu preso por despeito? Para puni-lo?*

— Você o viu solto? — repete Folasade, apertando os meus braços agora, suas unhas pressionando minha pele. — Porque se Exu ainda estiver preso embaixo do mar, então o poder dos ajogun pode ser utilizado e tem o risco dos antideuses se libertarem. E então...

Eu sei, quero dizer. Sei o que vai acontecer. Estremeço, pensando em Arún, Ofó, Epê e os outros guerreiros. Se eles se libertarem, irão destruir tudo e todos.

— Eu vou descobrir — digo, abafando meu pânico crescente. — Vou perguntar para Olocum.

— Não. Se Olocum te enganou, então ele provavelmente não vai admitir. — Folasade hesita, olhando para a escuridão entre nós. — Eu me preocupo que você tenha se esquecido de tudo que ele é capaz. O motivo de ele usar as correntes que usa, e tudo que ele pode fazer para conseguir escapar dos confins dos mares e oceanos.

— Eu não esqueci — digo. *Fui tola de confiar nesse orixá?*

— Sei do que ele é capaz, assim como você.

Folasade retorce os lábios para o lado, as sobrancelhas franzidas.

— Procure por Exu — encoraja ela. — Mas se você o encontrar, não aja precipitadamente. Eu vou voltar, dessa vez com Iemanjá. Se Olocum estiver com Exu, ela vai saber o que fazer.

— Mas e o acordo?

— Eu encontro você. — Ela olha ao redor, em movimentos rápidos de pânico. — Os outros vão esperar no meio do caminho entre a superfície e o fundo do mar, onde a água passa de azul para preta.

Assinto, concordando enquanto aperto Folasade contra mim uma última vez. *E se eu estiver errada?* Olho por cima da curva do ombro de Folasade e encaro a escuridão adiante. *E se eu estiver presa em mentiras?* Quando prometi minha servidão a Olocum, acreditei que estava salvando as vidas de Kola, de meus amigos e de todos em Okô, mas se Exu não foi capaz de cumprir seu dever, se ele não tem vigiado as oferendas aos ajogun, então nada disso importa.

Os ajogun podem se libertar.

E será minha culpa.

CAPÍTULO 4

Quando o arco de ossos surge do lodo, penso em Exu preso na Terra dos Mortos e engulo em seco. Os peixes-diabos olham para mim quando passo, com suas grandes mandíbulas cheias de dentes finos tão longos quanto meu braço. Tentando não me encolher, uso a luz que eles oferecem para não me arranhar nas rochas cobertas por musgos no leito do oceano.

Nado pela escuridão densa, sendo atraída pelo brilho ameaçador do palácio de Olocum. A temperatura cai quando me jogo de novo no mundo ao qual me forcei a me adaptar, odiando cada momento na penumbra. Antes, eu sabia que meu sacrifício tinha valido a pena. E agora... agora o pensamento de que eu possa ter feito tudo isso e tenha apenas piorado as coisas não sai da minha mente.

Entro pelos túneis turvos e retorcidos, com as mãos tremendo. Estive longe por mais tempo do que imaginava, e o puxão de uma corrente fria e lenta me diz que estou atrasada para servir a refeição de Olocum. O orixá se lembra de ouvir pescadores falando sobre como os governantes dos reinos na terra são tratados, banquetes servidos com todas as carnes temperadas e frutas que o Alafim desejar. Desde que cheguei, Olocum me fez desempenhar algo semelhante a isso. Enquanto sirvo suas iguarias favoritas, ele permanece sentado em seu trono, se servindo do que quer que eu tenha a oferecer em bandejas finas de pedra.

Passo rápido pela cavidade pequena que liga a câmara principal, contente por já ter passado um tempo reunindo o que o orixá considera como comestível. O espaço está repleto de jarros de pedras de vários tamanhos, objetos resgatados de tributos a Olocum e usados para guardar comida. Eu pego os vasos que sei que estão cheios e coloco a mão dentro de outro, um recipiente maior para o espadarte que capturei ontem. Segurando tudo com cuidado, me apresso até a sala do trono. Quanto mais rápido eu terminar isso, mais rápido poderei procurar por Exu.

Olocum está olhando para sua cauda, com as barbatanas da ponta balançando de forma suave, suas escamas roxas reluzindo o brilho do musgo e das lulas. Enquanto nado na direção dele, procuro por sinais de raiva, ou algum indício de que ele saiba da minha ausência. Com cuidado, ofereço o pote de pedra com tampa para o orixá, recuando um pouco quando Olocum segura facilmente com uma das mãos. Ele não diz uma palavra.

Embora seu silêncio não seja uma novidade, sinto um tipo diferente de inquietação. Ele sabe que estive na superfície? Eu não encosto no meu pote, esperando que ele levante a tampa do dele, revelando as pequenas ovas de peixes pretas e vermelhas que estão lá dentro. Elas brilham enquanto Olocum as segura, rapidamente as levando até a boca antes de desaparecerem na água. Pego um pouco das minhas. Ele vai querer me ver comendo, para ter companhia ao consumir uma refeição.

Olocum termina a porção de ova de peixe, observando seus cavalos-marinhos disparando em volta dele, com suas asinhas translucidas e corpos frágeis decorando a água. As criaturas estão sempre por perto, uma miríade de cores indo do vermelho ao amarelo, passando pelas listras pretas e brancas cavalos-marinhos-zebra. Eles ficam nas margens do trono de coral dele, e até repousam suavemente nos ombros do orixá antes de se afastar, com fracas palpitações na água, pequenos sinais da presença deles. Alguns deslizam para os braços do trono, pegando as pequenas cascas de camarões que o orixá deixa para eles, antes de planar para longe, as pequenas caudas se enrolando delicadamente.

— Diga. — A voz de Olocum retumba, e eu inspiro com força. — Teremos mais do que ninharias para comer ou vai me fazer passar fome hoje? Não é assim que Alafins e Obás são tratados em terra.

Não estamos em terra, quero responder, mas fico quieta e coloco meu pote de lado. Deslizando a adaga dourada para fora das tranças no topo da minha cabeça, corto o espadarte em pedaços, espetando-os com a própria mandíbula afiada antes de colocá-los em uma rocha achatada. Pegando outra jarra, tiro de lá algas de tom marrom-esverdeado, salicórnias e algas vermelhas. Colocando as algas marinhas ao redor do peixe, dou sustância ao prato com ostras pesadas e mexilhões pretos quase arroxeados, e minha mente está girando.

Se Exu estiver aprisionado em algum lugar, certamente estará perto de Olocum. O buraco redondo do salão é familiar para mim, mas quando olho em volta do orixá, analisando a entrada de um túnel, eu percebo as voltas e contornos sinuosos que não existem no resto do palácio.

Olocum observa os pequenos cavalos-marinhos rodopiando ao seu redor, e só olha para mim quando entrego sua comida. Com as mãos grandes, ele segura a mandíbula do espadarte e enfia os dentes nos filés. Ele faz um gesto para as ostras e eu ergo uma, pegando a concha e quebrando contra a rocha. Eu faço força para abrir a casca curvada e passo a ostra para Olocum antes de fazer o mesmo com um mexilhão, extraindo a carne laranja da sua carcaça dura. Enquanto o orixá coloca a comida na boca, movimentando a garganta larga como um pilar, mastigo a minha, o suave amargor dos cogumelos me lembrando das florestas e da terra escura e molhada. Olocum me encara, franzindo a testa com força.

— O que foi, Simidele? — Ele para, usando o bico do espadarte para palitar entre os dentes. — Você não parece… você mesma.

Olho para baixo.

— Eu estou bem.

— Então coma. — Olocum aponta para comida.

Pego uma tira de salicórnia e mordo a haste verde crocante. A comida fica presa no céu da minha boca e preciso engolir várias vezes para que ela desça. As palavras de Folasade ainda ricocheteiam em minha mente, e eu observo o orixá enquanto ele escolhe as algas e suga as folhas vermelhas entre os lábios. Olocum colocaria em risco as vidas pelas quais ele lamenta? Ele me faria manter uma barganha que ele mesmo não manteve?

— Você espera… — Minha fala morre, e estou incerta de como organizar minhas palavras de uma forma que seja menos ofensiva.

A ALMA DO OCEANO **49**

O prateado lampeja nas pupilas pretas de Olocum. Ele se reclina no trono, com a mandíbula do espadarte ainda em mãos.

— Eu espero o quê, Simidele? — A voz do orixá reverbera pelo salão.

Uma enxurrada de cavalos-marinhos se espalha com o movimento repentino, as caudas coloridas brilhando.

Sinto como se algumas salicórnias estivessem presas na minha garganta e tusso suavemente, com a mão no pescoço. Eu devia acabar com a conversa agora, fingir ter esquecido e me servir de mais pedaços frios de comida. Mas as palavras saem da minha boca antes que eu consiga pará-las.

— Você espera que enterrar os mortos vai instigar Obatalá a lhe perdoar pelo que você fez? Que quanto mais corpos enterrar, quanto mais orar, você será perdoado e liberto?

Olocum se inclina para a frente, com o olhar em mim.

— Estou seguindo o meu acordo com Iemanjá. — O manto de pérolas do orixá balança em seus ombros largos, cintilando na escuridão quase completa, mas sua postura está descontraída, relaxada. — Além disso, eu me encarregaria de enterrar o corpo de qualquer pessoa que morresse no mar. Dando o respeito apropriado aos seus restos. — Olocum se mexe, esticando a mandíbula afiada do espadarte e espetando mais algas da bandeja de pedra. — E se Obatalá vir isso e... reconhecer a mudança em mim, que assim seja.

— O orixá sorri quando um pequeno cavalo-marinho dourado flutua na direção dele. O animal se aninha na sua mão, enrolando a cauda em volta do dedo indicador. — Mas não se preocupe comigo. Eu serei livre. De um jeito ou de outro. E então, você também será.

De um jeito ou de outro. Me estômago se revira. Impedir que Exu controle os ajogun e depois usá-lo para barganhar seria um jeito certeiro de Olocum conseguir sua liberdade. Quanto mais penso no aprisionamento do trapaceiro, mais isso começa a fazer sentido.

Olocum se ergue de seu trono em um movimento rápido e fluido. Ele agarra meu pulso com suas mãos grandes e me puxa para perto, se curvando na minha direção, com as narinas repentinamente infladas. Eu sufoco um suspiro de dor, com o coração batendo contra as costelas enquanto abaixo o olhar.

— Sei que deve ter um impacto negativo. Tudo isso. Eu... — A voz de Olocum é firme, mas sem raiva, e quando o orixá afrouxa seus dedos, eu ouso erguer o olhar para ele. Ele se afasta, soltando meu braço, revelando os hematomas delicados na minha pele antes que eles se curem. — Eu acho que você podia expandir a área de busca por tributos. Talvez não tão ao fundo? Sou grato pela honra que coloca em sua promessa, mas sei que você está sempre sentindo falta do seu mundo de antes. — Olocum não olha para mim, e estica o braço para alguns cavalos-marinhos que deslizam na direção dele. — Não me passou despercebido que você acha difícil se ajustar a estar tão nas profundezas, a tarefa com a qual me comprometi. Eu não te manteria completamente infeliz.

Toco a pele macia do meu pulso, ainda sentindo o apertão forte de sua mão. *Ele não sabe o que Folasade me disse sobre Exu.* Tento manter isso em mente enquanto suas palavras formigam em mim. *Eu serei livre. De um jeito ou de outro.*

— Eu iria gostar — respondo, esticando a mão para bandeja mais uma vez, abaixando a cabeça para esconder minha expressão determinada.

Se Exu estiver escondido ali embaixo, então vou encontrá-lo.

* * *

Eu me encosto no musgo do pequeno buraco aberto do meu local de descanso, com os dedos em volta de uma rocha que lança uma luz amarelo-clara ao meu redor. Olocum me deu a pedra do sol assim que cheguei. Ele passou milhares de anos aqui, então sabia se mover pela escuridão. Eu, ao contrário, ainda tinha dificuldade em navegar pelo palácio. Penso na generosidade repentina de Olocum me oferecendo um pouco mais de liberdade. Ele estava se sentindo culpado? E se ele manteve o trapaceiro preso aqui embaixo, esperando o momento certo de usá-lo para barganhar? Seguro a pedra do sol com força e me levanto, indo para o túnel principal.

Os longos caminhos da passagem formam um labirinto de lava fria e coral, e a frieza deles é o bastante para me fazer estremecer. Quando mergulho para dentro de um deles, levanto a pedra do sol. Eu não explorei a maioria dos túneis que formam o palácio de Olocum. Logo que cheguei, o orixá me aconselhou a não o fazer, mencionando a imprevisibilidade de navegar por eles, dando a entender que eles não são totalmente desabitados. Imaginando correntes fatais e criaturas estranhas, eu sempre me afastei das entradas esquisitas, sem nenhuma vontade de saber o que encontraria lá.

Agora, passo a mão livre pelas paredes onduladas, as laterais me lembrando de mel seco, me firmando enquanto a escuridão quase me engole. Eu deveria estar acostumada com a falta de luz, mas imaginar o que pode estar escondido na penumbra ainda me assusta.

Os níveis mais baixos são mais intricados do que os de cima. E muito mais escuros. Aqui embaixo, o frio tem um sabor. Um gosto frígido de sal envolto em deterioração. Eu levo a mão à adaga em meu cabelo, conferindo se a lâmina dourada ainda está lá. Ainda não tive motivo para usá-la para nada além de preparar peixes para Olocum, mas conheço seu peso e sei como bradá-la.

Eu me movo lentamente, depois paro com um movimento de água bem diante da entrada gigante de um túnel que é mais extenso do que a maioria. Algo desliza na escuridão espessa enquanto me inclino para a frente, e tentáculos de medo se enrolam com força em volta da minha coluna. Sombras cor de obsidiana se movem enquanto meu coração perde o compasso. *Tem alguma coisa ali*, penso enquanto puxo a adaga dourada das minhas tranças, no momento em que dois tentáculos disparam da escuridão da noite. Um se enrola no meu braço, apertando com força quando abro a boca para gritar. O outro membro desliza contra a pele e as escamas da minha cintura.

Pequenos ganchos esfolam a lateral do meu corpo enquanto tento controlar o medo que cresce, me lembrando dos meus comandos. *Solte!*, penso, com a adaga embaixo do tentáculo e firmando o corpo, tentando ignorar a explosão de dor. Ainda não consigo ver o corpo da lula, mas sua boca brilha na luz fraca da pedra do sol. Preparada e afiada como lâmina. Essa lula é menor do que as gigantes que algumas vezes vejo posicionadas nos arcos de ossos, mas ainda é grande o bastante para ser um problema se não seguir minhas ordens.

Solte, repito. O tentáculo em volta da minha cintura continua firme por vários segundos antes de afrouxar, mas mantenho a adaga ali, pressionada contra a pele laranja. *Me deixe ir embora agora ou vai perder um pedaço da sua carne*, acrescento, e aumento a pressão, com o lado afiado da lâmina perfurando o tentáculo da lula. Não quero matá-la se eu puder evitar.

Depois de um momento, ela recua, afundando na escuridão. Eu me afasto, com a pele machucada se regenerando enquanto aperto a pedra do sol com mais força e me viro para os túneis mais baixos. A temperatura despenca quando nado mais para o fundo, e estremeço ainda mais, fazendo a luz tremer. O túnel pelo qual passo a seguir é estreito e tem uma iluminação melhor do que os outros. Consigo pelo menos distinguir um brilho pulsante em um tom de verde que me lembra de um jade polido.

Alguma coisa se mexe embaixo de mim e me afasto abruptamente, fazendo as sombras saltarem nas paredes onduladas, com suas silhuetas desalinhadas combinando com as batidas do meu coração. Balanço a pedra do sol ferozmente até ver um pequeno caranguejo-vermelho. Eu me encosto na passagem, tirando um momento para me acalmar. *Não é Olocum, e você já lidou com a lula*, digo para mim mesma. *O que significa que a luz é outra coisa.*

Ou outra pessoa.

Continuo nadando com cautela, me movendo pela escuridão e pelas sombras, que aos poucos se dissolvem na combinação da pedra do sol que brando com a crescente luz esverdeada.

O túnel faz mais uma curva até revelar seu fim fosforescente. Pequenos calombos salpicam minha pele enquanto olho adiante. Estalactites e lava endurecida criam algo parecido com um salão. Algas verdes crescem pelas pequenas fissuras, pulsando em uma luz cor de limo. Sou atraída para perto, apertando a adaga com a outra mão. As formações de rochas naturais criaram barras que fazem o espaço se assemelhar com uma jaula.

E então um corpo se choca contra a rocha grande e alta, e solta um grito raivoso. O barulho cria ondas de som que me forçam a recuar e eu cambaleio, batendo contra parede e deixando a pedra do sol cair. O rugido cheio de ódio causa um turbilhão na água enquanto me movo, pegando a pedra de luz com os dedos trêmulos.

Quando finalmente me levanto, o grito cessa, e ergo a cabeça lentamente, encontrando o olhar prateado de Exu.

CAPÍTULO 5

Dedos longos estão ao redor das barras enquanto Exu abre a boca, gritando outra vez. Meu estômago revira ao ver o zombeteiro jogando a cabeça de um lado para o outro, as tranças chicoteando na água. Exu pausa apenas para forçar o rosto contra as estalactites, os olhos metálicos nos meus.

Iemanjá tinha razão.

Pressiono minhas mãos contra o peito, sem voz e sem fôlego.

— Chocada, peixinha? — O rosto do orixá se abre em um sorriso frio de dentes afiados e lábios grossos.

— Você deveria... — Minha voz é débil e fraca, patética até para mim mesma. Me recomponho, percebendo que estou segurando minha adaga com tanta força que minhas unhas afundam na palma da minha mão. — Você não deveria estar aqui.

Olocum não cumpriu sua parte do acordo. Todos esses meses que passei na escuridão glacial foram em vão. Como pude ser tão inocente? Engulo a onda de vergonha quente que sobe por minha garganta enquanto me encolho, sem desviar o olhar do orixá.

Exu ergue as sobrancelhas, arcos perfeitos e pretos, antes de jogar a cabeça para trás, rindo loucamente.

— E mesmo assim aqui estou. — O orixá pressiona o rosto com mais força nas barras. — É culpa de quem?

— Olocum disse que te devolveria a Olodumarê — sussurro. — Que o Supremo Criador te julgaria, te faria lembrar de seus deveres.

— Ele disse que Olodumarê me puniria? Você sabe que isso seria passageiro. *Precisam* de mim. — Exu ri e tira o rosto da pedra mineral. — Além disso, veja só onde estou. Olocum não me entregou a ninguém.

— Mas ele prometeu. — Posso ouvir o choque e a vergonha no falhar da minha voz.

— Olocum sabe bem que não deve dar sua única ferramenta de barganha — diz Exu. — Por mais de mil anos, ele esteve acorrentado bem no fundo do mar. Não ache que ele realmente acredita que seus deveres de enterrar os mortos e orar sobre seus restos mortais o absolverá.

— Mas…

— Olocum sabe que a punição dele nunca vai acabar. A não ser que… — Exu aperta as estalactites. O grande rubi em seu colar, cercado de esferas menores de ônix, bate nelas e chacoalha em seu peito. — Bem, a não ser que ele tenha algo com o que barganhar.

Me aproximo devagar, me precavendo contra o longo alcance do orixá e da ira que ele provavelmente ainda sente por mim, pelo que fiz contra ele.

— Você?

— O que mais? — Exu se afasta, e eu me aproximo. Os olhos dele brilham na escuridão da cela. — Se eu não estiver lá para manter os antideuses afastados, meu valor aumenta exponencialmente e Olocum ganha vantagem.

— Olodumarê não saberia disso? Que você está desaparecido...

— O Criador Supremo sabe o que eu lhe conto. Só isso. Ele não precisa se preocupar com mais nada. — Exu estufa o peito. — Confiam em mim para ser o porta-voz de tudo que precisam saber.

Penso nos ajogun, na soberba que sentem diante da doença, dor e morte. As palavras de minha mãe ecoam na minha cabeça. *Eles devastarão o mundo, destruindo cada parte do jeito que quiserem. Doença, sofrimento, guerras. Irmão vai se virar contra irmão, irmã contra irmã, enquanto eles brigam pelo que resta.* Nado para mais perto enquanto Exu se afasta, parando e abaixando a cabeça para que não bata no topo da caverna.

— O que você acha que estava acontecendo? — Odeio a falha em minha voz, mas não consigo evitar. — Na terra.

— O que você acha, peixinha? — sibila Exu, cruzando os braços. — Que tal: responderei suas perguntas e você me liberta.

Nego com a cabeça, pensando na raiva que Olocum sentirá quando souber que encontrei Exu. Mas se ele não honrou sua parte do acordo... por que eu deveria honrar?

— Eu...

Exu suspira, a irritação brilhando em seu olhar, mas faz um gesto para que eu me aproxime mesmo assim.

— Aqui — diz ele, a impaciência nítida em seus gestos. — Venha. Se você quiser que eu te responda.

O orixá me observa com atenção, segurando o rubi de seu colar entre as barras da cela. Nado para a frente enquanto ele aponta para a joia que gira entre nós, da cor do vinho tinto na escuridão. Fico o mais longe possível, estendendo os dedos para a pedra e, quando eles roçam o rubi, as águas escuras ao meu redor desaparecem.

A terra está devastada. Faixas de pó giram em um turbilhão gigante, espiralando em direção ao céu que se choca, faminto, contra a terra. Até onde meu olhar alcança, não há sequer uma vivalma, apenas terra morta salpicada pelas cinzas dos derrotados. Engulo em seco, com a língua áspera, enquanto oito silhuetas aparecem ao longe. Embora eu não consiga distinguir seus rostos, seus membros alongados e as cabeças inclinadas me enchem de medo. A figura maior se afasta das outras e anda a passos largos na minha direção. Icu, o único capaz de atravessar ambos os reinos quando quiser. Estremeço ao encarar seus olhos, que parecem poços escuros, e me viro para tentar correr, mas o chão prende meus pés, puxando-me para a prisão de uma terra moribunda.

— Isso não pode já ter acontecido — arfo, me afastando, ainda sentindo o terror com a aproximação dos senhores das guerras.

— Ainda não — admite Exu. — Mas vai. A não ser que eu seja liberto para prender os ajogun. Só eu posso aplacá-los, persuadi-los a permanecer em seus reinos. Você sabe disso. — A voz de Exu é baixa, suas palavras, firmes. — E se eu não for liberto e eles forem soltos? A anarquia reinará. Os ajogun não se importam com orixás nem com humanos. Eles não descansarão até que tudo seja destruído. Até que tudo esteja morto.

Meu corpo vacila contra as estalactites, e eu quase solto minha arma e a pedra do sol.

— Olocum vai esperar até haver caos na terra antes de revelar que tem você.

— Exatamente. E então Obatalá não terá escolha a não ser aceitar as exigências dele. — Exu me observa, soltando o rubi e deixando a pedra pousar de volta em seu peito.

— Olocum não se importa com nada, exceto com a própria liberdade. Então a pergunta é: o que você vai fazer agora, peixinha? Considerando que é tudo culpa sua.

Me encolho para longe das barras e do olhar preto-prateado de Exu.

— Fiz apenas o que precisava fazer. Para salvar Iemanjá e Kola. E os outros.

Exu ri mais uma vez, agora baixinho, mas ainda com escárnio. Ele se apoia na parede dos fundos, o brilho verde das algas projetado em sua cela, destacando os amplos planos de seu rosto.

— Pode ser, mas não muda o fato de que estamos aqui.

— Ele ergue as palmas das mãos e olha ao redor, ironicamente fingindo surpresa. — E estou preso em vez de oferecer o que é necessário para manter os ajogun sossegados. Para impedi-los de destruir todos nós.

— Não era isso que eu queria. — Me jogo contra as barras, uma súbita onda de raiva quente crescendo em meu peito. A ideia do que vai acontecer, resultado de minhas ações, pesa em mim. — Você sabe disso!

Exu é mais rápido do que consigo acompanhar. Um vulto e um redemoinho de água e ele aparece diante de mim. Com sua mão poderosa, ele aperta minha garganta, agarrando pele, músculos e veias com força. Reluto enquanto o orixá aproxima sua cabeça da minha.

— Não importa se era o que você queria — rosna ele. — Se era sua intenção. É o que aconteceu, e o motivo de estarmos aqui agora.

Abro a boca em um arfar fraco, lutando para me libertar. Bem quando tento alcançar minha adaga, Exu me solta e caio para trás, amortecida apenas pela água.

— O que você quer que eu faça? — arfo, rapidamente tocando os hematomas que rodeiam minha garganta, acariciando a pele que já começa a sarar.

Mas sei a resposta. Os homens mortos que vi na água são prova de que os ajogun têm adoradores que farão o que for preciso para libertá-los. Só há uma coisa que eu *posso* fazer, e esse pensamento se une ao meu medo dos senhores das guerras.

— Liberte-me — responde Exu, estendendo os braços, tão amplamente que as pontas de seus dedos tocam os dois lados de sua cela. — Devolva-me para a terra, para o céu e o sol, e farei o que sempre fiz para manter os ajogun afastados.

Exu sorri, mas eu não digo nada. Nós dois sabemos que não tenho escolha, mas penso em tudo o que os orixás fizeram e na forma como ele atacou Kola. Mesmo agora, me lembro do terror que senti enquanto o sangue empapava a túnica de Kola. O vermelho que manchava as linhas da minha palma, secando nos sulcos.

Exu me observa tranquilamente, juntando as mãos, as unhas voltadas para o teto de pedra preta.

— Você está se perguntando se eu a trairia. O que eu de fato faria. Com você. Com os outros.

É como se ele tivesse lido meus pensamentos. Iemanjá não me falou do decreto com o Supremo Criador. Olocum

A ALMA DO OCEANO **61**

não cumpriu sua parte do acordo. Por que seria diferente com Exu?

— Você quase matou Kola. — Não falo muito, mas minhas palavras saem duras enquanto semicerro os olhos. — Por que eu acreditaria em você? O orixá zombeteiro, manipulador de pensamentos e palavras, capaz de tomar qualquer forma, de *qualquer um*.

— Você precisa de mim. — Exu sorri, expondo seus dentes longos. — Vidas serão perdidas. Já foram perdidas. Você sabe que, a não ser que me ajude a escapar daqui, os ajogun destruirão a terra antes mesmo que Olocum se dê ao trabalho de barganhar com Obatalá.

Penso no que Folasade disse sobre o Reino de Oió e de seu vizinho, Nupé. Milhares vivem em suas terras. Sinto minha expressão desabar, a raiva se transformando em medo e uma culpa esmagadora.

Levanto meu queixo, ignorando a incerteza que me domina.

— Você pede que eu confie em você depois de tudo o que fez?

— Peço.

— Embora você tenha estado disposto a abandonar vidas para ganhar mais poder?

— É verdade. Cometi atos que não deveria ter cometido. Mas busquei poder para consertar o mundo. — Exu fica em silêncio antes de flexionar os ombros, as pontas de suas tranças raspando na pele lisa. — Pense nisso também, peixinha. Eu também habito este mundo. Se for destruído… o que eu ganho com isso? — A voz do trapaceiro está mais baixa agora, o tom prateado sumindo de seus olhos. — Além disso, você não pode ignorar o fato de que, a não ser que eu esteja livre para prendê-los, os ajogun podem ser libertos. Você não tem escolha.

Ele tem razão. As lágrimas ardem em meus olhos, mas pisco rapidamente, tentando não as deixar cair.

— Quando? Os ajogun estão tão perto assim?

O trapaceiro hesita, mexendo a boca em silêncio enquanto conta.

— Se contei as ondas direito, a lua estará cheia daqui a dois dias. Temos até lá.

Arregalo os olhos com a mão na garganta, o pânico da decisão preso entre carne e pele enquanto luto para engolir.

— Simidele — diz Exu, e me espanto com meu nome saindo de sua boca. — Peixinha, venha aqui. — Ele faz um gesto para que eu me aproxime. — Respeito sua hesitação. Apenas um tolo não tomaria cuidado com o que digo, com o que sou capaz. Mas te darei algo. Uma oferenda que me prende às minhas palavras.

Permaneço onde estou, olhando para a curva dos dedos de Exu, pensando na forma como ele me agarrou. Ele leva a mão ao pescoço, retirando a corrente, o rubi brilhando mesmo na escuridão.

— Pegue. Fique com ele. Enquanto carregá-lo, estarei preso à minha promessa a você.

Segurando a pedra vermelha na palma de sua mão, ele mostra a joia para mim.

Não me mexo, minha mente revendo o que ele ofereceu, pensando na visão que o rubi me trouxe.

— Esta pedra está relacionada à minha habilidade de prender os ajogun. Um gesto de confiança. Pegue. Fique com ela até ser minha hora de usá-la. — Exu passa o colar por entre as barras. A voz dele fica ainda mais baixa. — Eles não vão parar. Não até que o mundo esteja em ruínas. A não ser que eu possa fortalecer as amarras que os mantêm presos.

Faz seis meses que estou aqui, o que significa que Exu está preso pelo mesmo tempo. Estremeço ao pensar na proximidade dos ajogun, na energia maligna que já reuniram. Tudo porque usei um orixá para me ajudar a derrotar outro.

Sinto meus ombros desabarem. Não tenho escolha. Ponho a adaga de volta nas minhas tranças e aceito a joia. Exu sorri, seus dentes brancos contrastando com a água escura, e tento não estremecer. Penso em pendurar o colar em meu pescoço, mas não parece certo colocá-lo ao lado da safira de Iemanjá. Em vez disso, eu o enrolo várias vezes ao redor do meu pulso esquerdo, onde o rubi se pendura como uma bulbosa gota de sangue.

CAPÍTULO 6

As colunas de estalactites são depósitos minerais endurecidos que formaram uma prisão perfeita. Eu as puxo, apesar do olhar irritado de Exu. Ele suspira, movendo o pescoço de um lado para o outro, apoiado na parede.

— Sei que meus poderes estão muito reduzidos nesta água, mas se eu não consegui quebrá-las. Por que você acha que conseguiria?

Eu o ignoro, passando os dedos nos lugares onde as estalactites se destacam das outras pedras. A superfície é dura, mas sem rachaduras, não há fraquezas, e minha frustração cresce. Dou um soco em uma, a água espiralando na luz verde, os nós dos meus dedos doendo quando atingem a pedra. Fitas de algas brilhantes flutuam ao meu redor como longos membros sinuosos. Paraliso, e uma ideia se forma em minha mente. Me afasto de Exu.

— Aonde você vai, peixinha?

Mas não respondo, nadando rápido pelos túneis serpenteantes, segurando a pedra do sol diante de mim para iluminar o caminho. Quando chego na passagem mais larga, desacelero, espiando a escuridão. O medo que senti da última vez é substituído por um respeito cauteloso.

Venha. Minha ordem é engolida pelo breu, mas algo se mexe, sombra na sombra. *Me siga.*

Um tentáculo grosso e laranja-escuro na luz da pedra do sol emerge da entrada, se enrolando no espaço entre nós. O tentáculo é forrado com ganchos e ventosas; dá para entender por que alguns pescadores os chamam de demônios vermelhos. O membro é seguido por outro enquanto a lula sai de seu esconderijo e se aproxima de mim.

Você não me machucará, ordeno. A lula para, me encarando com o grande orbe que é seu olho. *E eu não a machucarei. Por aqui.*

Olho para trás uma vez e vejo a lula disparando atrás de mim em arcos e investidas graciosas. Vez ou outra, os tentáculos da criatura roçam nas minhas costas, mas a criatura ouve meus comandos e não tenta me machucar.

Exu ainda está apoiado contra as barras quando volto. Encolhendo-se, ele esconde o corpo na curva da parede, ciente da lula, que preenche toda a passagem.

— Fique aí — digo para ele, saindo do caminho.

Aponto para as estalactites enquanto a criatura me observa. *Puxe. Quebre-as.*

A lula se aproxima das barras e enrola seus dois tentáculos nas pedras mais próximas. Depois, agarra as demais com todos os seus membros.

Puxe, ordeno, forçando minha voz dentro da mente da criatura, mostrando a ela imagens da cela quebrada.

A lula pisca uma vez, e então começa a puxar as estalactites, seu corpo tremendo com o esforço. Há um som de estalo, mas nada quebra.

— Exu! Você precisa puxar do seu lado também! — grito, agarrando a coluna de pedra mais próxima.

O orixá olha para a lula antes de avançar e se lançar contra as barras de pedra. Também as puxo, meu rosto tão próximo dos tentáculos da criatura que posso ver a dureza de seus ganchos mortais. O grande coágulo do olho da lula estremece, e me pergunto se a criatura está pensando em como gostaria de enfiá-las na minha pele. Mas ela continua a obedecer aos meus comandos, e o som de pedra se partindo fica mais alto, rachaduras irregulares nas três barras principais nos dando o ímpeto de continuar a puxar e empurrar. Exu fecha os olhos, o rosto enrugado enquanto empurras as barras, os músculos retesados e as veias saltadas. A estalactite do meio estala, seguida pelas duas próximas a ela, e paro quando uma nuvem de poeira mineral nasce entre nós. A lula continua a puxar, segurando duas estalactites irregulares com seus tentáculos.

Exu espia entre os buracos, mas não se mexe, de olho na grande criatura diante dele. A lula solta as estalactites, mas seus tentáculos disparam na direção do orixá pressionado contra a pedra.

Vá, ordeno com um balançar de cabeça. *Volte para sua toca.*

A lula hesita por um instante, sua boca abrindo e estalando uma vez, o corpo estremecendo com um desejo violento.

Vá. Forço meus pensamentos para a lula, ordenando que me escute. A criatura se vira, me encarando por meio segundo com seu olho gigante. E então vai embora, disparando de volta aos túneis.

— Muito bem, peixinha. — Exu fica de lado, passando seus ombros largos entre o vão e se libertando.

Enquanto ele passa a outra perna pelo vão e fica no túnel diante de mim, não me encolho, embora meu coração martele contra minha caixa torácica. Em vez disso, tento não ser expressiva e me manter calma, sem entregar nada.

— Não fique tão preocupada — diz ele. — Eu disse que cumpriria minha promessa. — O orixá aponta para o rubi vermelho como sangue em meu pulso antes de assentir para a escuridão diante de nós. — Agora, por favor, mostre o caminho.

Não tenho certeza da importância do rubi em nosso acordo, mas é tarde demais para voltar atrás. Sentindo o peso da joia contra meu punho fechado, nado de volta pelos túneis, parando aqui e ali para permitir que o orixá me alcance. Toda vez que olho para trás, vejo seu rosto iluminado e esverdeado, seus braços cortando a água, os pés em um movimento fraco atrás dele. Ele parece quase tão monstruoso quanto o peixe-diabo. *Você não teve escolha*, digo para mim mesma, *e agora precisa ir até o fim.*

Quanto mais nos aproximamos dos grandes túneis principais, mais nervosa fico. Estou esperando simplesmente nadar lá para fora com Exu? Paro diante da boca do túnel que se conecta com os principais.

— O que foi, peixinha?

Eu me viro para encarar Exu.

— Pare de me chamar de peixinha. — Dou uma olhada para a frente e abaixo a pedra do sol, diminuindo a luz.

— Está preocupada com Olocum? — Exu oscila na água, as mãos contra as paredes para impedir que seu corpo suba.

— Com sorte, ele estará nas profundezas. Ele confere a terra por mais mortos e geralmente leva a maioria dos peixes-diabos consigo. — Não menciono como Olocum é gentil com os corpos, como os enrola no fundo do mar, dando a eles o respeito que merecem. Não muda o fato de que ele aposta com outras vidas, e sei que Exu apenas me lembrará da grande quantidade de mortos que teremos se não agirmos agora. Penso no orixá agachado ao meu lado na escuridão. É o rubi que o impede de apertar o meu pescoço, quebrando os ossos tão facilmente quanto os de uma galinha? Ou ele falou sério? Quer cumprir seu dever e prender os ajogun?

— O que você está esperando? — sibila Exu, os olhos brilhando na luz baixa. — Não podemos nos dar ao luxo de desperdiçar tempo aqui.

Ele está certo, mas, se formos pegos por Olocum, não haverá ninguém para prender os ajogun. Ignoro os sussurros repreensivos do orixá e sigo devagar para fora do túnel. Pedaços de musgo brilhante estão cravados nas paredes inclinadas da passagem principal, preenchendo-a com sombras saltitantes conforme as correntes quentes surgem suavemente. Não há criaturas marinhas, e posso ver o brilho muito fraco do salão.

Voltando-me para Exu, eu faço um gesto para que ele venha, meu coração disparado.

— Vamos rápido — sussurro. — Me siga.

Disparo para a esquerda, sentindo o turbilhão de água atrás de mim, indicando que o orixá está perto. Olho para trás uma vez e vejo Exu franzindo a testa, os lábios em uma linha fina enquanto ele nada com força. Passamos pelos túneis o mais rápido possível. Conforme o sangue rimbomba em meus ouvidos, fico esperando ver a luz oscilante de um peixe-diabo, sua órbita destacando os longos espinhos de seus dentes. Mas não vemos nada, e logo o túnel nos cospe para as correntes do lado de fora do palácio de Olocum. As infiltrações termais espalham seus círculos brilhantes de água, aquecendo nossa pele, mas acelerando meus batimentos.

Exu olha ao redor, mas eu o conduzo em direção aos ossos da baleia, grata pelas lulas vaga-lume que nos rodeiam, lançando pontinhos azuis brilhantes. Acima de nós, o marfim se estende em arcadas esqueléticas abobadadas, cada uma passando vertiginosamente enquanto eu nado depressa.

— Rápido — digo, observando a água.

Passamos pelo recife, acima do coral vermelho-escuro, e então pelo semicírculo do cemitério diante de nós. Exu olha para baixo, para o subir e descer do sedimento. Ele abaixa o olhar e pousa a mão direita no peito, acima dos batimentos do seu coração, os lábios se movendo em uma oração que não consigo ouvir.

Sei que ele está pensando nos mortos pelas mãos dos òyìnbó. Nos longos membros de crianças à beira da fase adulta, nas dobras e rugas de rostos que viram muitos anos. Nas famílias deixadas para trás e nas vidas ceifadas antes que o mar os engolisse e os unisse aos seus ancestrais. Agora eles estão em casa, eu acho. Ainda me lembro de cada alma que reuni, suas jornadas para casa em Olodumarê abençoadas.

— Venha. — Vou em direção à superfície.

Haverá mais mortos se não sairmos do Reino de Olocum. Os chutes de Exu na água ainda não são suficientes para que ele seja tão rápido quanto eu, então cerro os dentes e agarro seu pulso largo para puxá-lo para cima.

Ainda estamos longe da superfície, mas agora o mar está mudando, passando da escuridão da meia-noite para o índigo escuro. Logo a água ficará igual ao céu, e a luz se infiltrará na escuridão, brilhando nos redemoinhos dos peixes e até na minha cauda rosa e dourada. Respirarei um pouco de ar e o sol me aquecerá.

Quando a água fica ainda mais brilhante, sinto o começo do alívio e vejo as escamas roxas brilhando na minha pele negra. Folasade.

Ela mergulha, uma lança de coral vermelho em sua mão direita. E arregala os olhos ao ver Exu atrás de mim.

— Eu sabia — exclama ela, parada onde a água muda de tom.

Eu a observo olhar nervosamente para cima.

E então as vejo.

Das correntes turvas, há vislumbres de escamas. Tons de verde, laranja, amarelo, vermelho e um cinza iridescente e pálido se revelam a cada giro e mergulho.

Abeni, Niniola, Morayo, Iyanda e Omolara.

As outras cinco Mami Wata descem pela água e param ao lado de Folasade, cada uma delas segurando uma lança de ponta prateada e serrilhada. Exu flutua atrás de mim, parando ao ver as armas.

— Fique onde está, trapaceiro — sibila Folasade enquanto Abeni e Niniola disparam à frente, apontando suas lanças para o rosto dele.

— Precisamos partir agora — digo, observando a escuridão abaixo. — Antes que Olocum venha.

— Simidele. — A voz ruge, disparando pela água.

Reconheço a opulência daquela voz, e os tons pretos e macios me enchem de conforto enquanto ergo a cabeça.

Iemanjá desce, e o mar muda ao redor dela em tons que combinam com as cores de sua cauda, o cabelo preto com pequenos cachos escurecendo a água. Na mão, ela segura uma espada dourada de lâmina curva, o cabo cheio de diamantes polidos. A orixá sorri, seu véu de pérolas ondulando acima de seus dentes pontudos. Quando me alcança, Iemanjá corre as longas unhas por minha bochecha antes de segurar meu rosto e pressionar seus lábios quentes contra minha testa.

Meu coração dispara, e a culpa corre por mim, quente e afiada. Eu não pedi permissão a ela nem lhe contei sobre sair da Terra dos Mortos. Mesmo agora, tenho Exu, mas sou o motivo de ele estar aqui embaixo. O motivo pelo qual Iemanjá e os outros tiveram que descumprir o acordo com Olocum. Olho para cima, ousando encarar Iemanjá.

— Você está bem? — pergunta ela, me afastando para poder olhar para mim. Assinto, incapaz de falar. Iemanjá se vira, faz um gesto para Exu. — Venha.

Abeni e Niniola afastam suas lanças com relutância para que o trapaceiro passe por elas. Ele desliza da profundeza fria mantendo a mão direita no peito e abrindo a boca. Iemanjá ergue a mão.

— Você não precisa falar. — Iemanjá semicerra os olhos brilhantes. — Eu te busquei por necessidade.

Por um momento, penso que Exu dirá algo mesmo assim. Mas ele assente e permite que Morayo e Iyanda o conduzam entre elas, seus cabelos longos e presos em uma trança serpenteando atrás das duas. Enquanto as Mami Wata nadam ao redor dele, escondendo-o da vista, a água se movimenta sob nós com um rugido.

Iemanjá e eu giramos em uma cambalhota de bolhas e escamas, o som reverberando pela água. Girando com o movimento das ondas de som, olho para baixo, sentindo meu estômago revirar. Abaixo de nós, vejo o brilho de uma corrente de ouro, olhos de obsidiana forjados com prata, e uma boca escancarada em um grito visceral.

Olocum.

CAPÍTULO 7

O orixá ruge de novo, disparando das profundezas. Ele nada mais alto, sua capa longa com pérolas negras ondulando. — O que é isso? — sibila Olocum, olhando para Iemanjá e para os outros. — O que aconteceu com nosso acordo, Mãe dos Peixes?

Eu me mexo ansiosamente enquanto Iemanjá olha para Olocum, seu véu oscilando. Ela inclina a cabeça devagar.

— Você pegou uma das minhas Mami Wata.

Olocum não se aproxima mais, pairando na parte escura do mar, a corrente dourada se enrolando atrás dele. Me pergunto quão longa é, e até onde ele pode ir.

— Não posso pegar o que foi dado. Simidele fez um acordo.

Penso em Exu preso e um protesto começa a se formar na minha garganta.

— E o nosso? — pergunta Iemanjá, pousando a mão no meu braço. Fico em silêncio, a frustração aumentando.

— Mantive o meu — sibila Olocum, balançando seu abedê. — Foi você que quebrou nosso acordo. Nenhuma de vocês deveria estar nesta profundeza.

Olocum olha para as Mami Wata. Elas flutuam no lugar, cachos e caudas escondendo a pele marrom do corpo de Exu e o movimento de suas pernas.

— Se é esse o caso, então Simidele também não deveria estar aqui. — Olocum torna a olhar para Iemanjá enquanto ela fala. — O acordo dela com você não anula o dela comigo e o tratado que firmamos. — Iemanjá estende os braços para mim, me aninhando na pele aquecida da lateral de seu corpo. — Eu a reivindico de volta.

Olocum dispara na nossa direção em uma onda violenta de água, o abedê esticado.

— Como você ousa me questionar! — grita ele, tentando nos atingir com o leque.

Iemanjá mergulha, desviando das pontas afiadas como lâmina do abedê de Olocum. Aproveitando o movimento, o orixá agarra meu braço.

— Simidele tomou sua decisão de livre e espontânea vontade.

Meu peito incha de raiva enquanto tento me soltar.

— Eu tomei minha decisão, mas você… você *mentiu*!

— Como assim? — Olocum não me solta, mas afrouxa a mão. Os olhos dele parecem queimar perigosamente. — Não voltei atrás no meu acordo de enterrar os mortos.

— Não é isso — digo. — Você disse que entregaria Exu a Olodumarê. — Me inclino para Olocum, as palavras passando por meus dentes cerrados. — Mas não entregou. *Por quê?*

— Ah, então é por isso que você está aqui. — Olocum encara Iemanjá. — Para contar histórias.

— Eu o vi — digo baixinho. — No interior escuro do seu palácio.

Olocum me solta e desvia o rosto, olhando para a superfície. — Não vou discutir com você. Você sentiu como é estar no meu reino. — Olocum se volta para mim e sua feição muda, os olhos em um tom de prata mais claro agora. — Me instalei nos vapores frios que se tornaram os mares e oceanos quando Olodumarê criou o mundo, mas eu não estava preso aqui. Não da forma como estou agora. Não da forma que estive por mais de mil anos. Para sempre limitado à escuridão fria.

— E por que isso, Olocum? Agora você contaria a história como se fosse inocente? — pergunta Iemanjá, a boca curvada para baixo, a voz salpicada de tristeza. — Você tentou afogar a humanidade.

— E agora você os condenou outra vez ao manter Exu, sabendo o que pode acontecer. — Me inclino para ele, minhas mãos fechadas em punho.

As verdades se desenrolam entre nós, engolidas pela água e pelas sombras enquanto Olocum se volta para mim. Ele tem a graça de abaixar os olhos brevemente antes de falar.

— Eu quero ver o sol, Simidele. Sentir o calor dele. Quero provar o fogo das pimentas, pegar iyan enquanto ainda está quente. — Olocum pisca devagar e dá uma olhada na superfície acima de nós. — Sei que você também sentiu falta do resto que a terra tem a oferecer, mas nem você sabe como é. A eternidade de existir assim.

— Então você prefere barganhar com Exu e arriscar a vida de outras milhares de pessoas. Se busca redenção, não é assim que deve agir.

— A redenção demora demais! — O olhar de Olocum fica mais sério, suas narinas infladas. — Terei minha liberdade. Não esperarei outro milênio. — O orixá se aproxima de mim, ondulando as dobras serradas de seu abedê na água.

Um fio de medo percorre minhas veias. — Não cabe a você entender, Mami Wata. Não é o seu papel.

Agora sei que Exu me disse a verdade. Olocum o teria mantido preso até que a humanidade fosse ameaçada, até que as pessoas morressem, e então o usaria para barganhar com Obatalá por sua liberdade. Estremeço na água escura, pensando nas vidas que seriam perdidas, tudo para que Olocum visse o sol.

— Você quebrou o nosso acordo — digo, a raiva alterando cada palavra.

Olocum corre a mão pela água, fazendo um gesto para as Mami Wata acima dele.

— Se estamos falando de quebrar acordos — diz ele —, então Iemanjá e suas filhas devem responder por quebrar o delas.

Olho para o enorme corpo de Olocum enquanto ele se aproxima de nós, a boca aberta em um enorme sorriso, os dentes brilhando como os ossos dos mortos. A corrente que o prende ao fundo do oceano brilha como um tesouro cobiçado. Há uma tensão nele enquanto abaixa a cabeça, os ombros musculosos arredondados e prontos, a cauda encolhida. Quero olhar para Exu, ver se ele ainda está escondido, mas não ouso fazer isso.

— O acordo foi oficialmente quebrado — diz Olocum em um tom mais grave, apontando seu abedê para nós. — E vocês estão todas no meu reino, onde não deveriam estar.

— Não aja precipitadamente. — A voz de Iemanjá se espalha pelo mar como lava derretida.

Mas Olocum não presta atenção nas palavras da orixá. Ele avança na direção dela, abrindo o leque e revelando pontas longas e afiadas. Bolhas se espalham na água quando Iemanjá me empurra para o lado, parando o abedê de Olocum com sua espada, segurando a lâmina com força contra o ataque do leque de metal. Os dois orixás giram na água, um turbilhão de escamas, olhos prateados e dentes expostos, até que Olocum se afasta, soltando uma das pregas do abedê. Com um movimento poderoso do pulso, ele a joga em Iemanjá. A adaga improvisada se enterra na lateral da orixá e ela grita de dor, seu berro agitando as correntes de água.

As outras Mami Wata saem de posição ao mesmo tempo, nadando para baixo para ficar ao lado de Iemanjá, as caudas brilhando contra suas peles em tons de marrom, apontando suas lanças de cor coral e prata para Olocum.

— Não! — diz Iemanjá, mas é tarde demais.

Olho para cima, ao mesmo tempo que Olocum, e vejo Exu suspenso no mar, onde a escuridão encontra a luz. Olocum arregala os olhos e então rosna com uma fúria que nunca vi antes.

— Você ousaria ir contra mim?

Me preparo para o ataque de Olocum, vendo as outras fazendo o mesmo, segurando as lanças com força. Mas Olocum não vai atrás de Exu, como eu esperava. Em vez disso, fecha os olhos e começa a murmurar, seu abedê brilhando nas sombras.

Iemanjá se afasta dele, chocada pelas palavras que ouve.

— Você precisa ir agora — diz ela para mim, e então se vira para encarar Exu.

As outras Mami Wata formam um círculo ao seu redor, olhos firmes e cabelos sedosos no mar, os nós dos dedos apertados enquanto seguram suas armas, prontas.

Ainda não me mexo. Algo está acontecendo abaixo de nós. Observo as profundezas atrás de Olocum enquanto os tons escuros da água tremulam. E crescem. A escuridão se espalha como uma nuvem preenchendo o mar ao nosso redor. Outra onda surge das trevas, e parece que o oceano e a escuridão estão se separando.

O Omniran.

Um tremor de mau presságio percorre Iemanjá antes que ela se recomponha e olhe para baixo. Olocum sorri enquanto as sombras sob ele crescem até formar um tentáculo tão longo quanto um navio. A escuridão se contorce abaixo de nós, solidificada em uma crescente forma monstruosa.

— Venha, Omniran — chama Olocum. — Assim como eu, você ficou preso por tempo demais.

Relâmpagos perfuram as ondas, nos iluminando em fragmentos que enchem as águas com um brilho irregular. Um estrondo ecoa da superfície, o som repentino chegando até aqui embaixo. A água nos balança, as marés se tornando violentas enquanto uma tempestade vinda do céu acima de nós se espalha pelo mar abaixo.

Olocum sorri, os olhos brilhando e os dentes expostos. Um grito divide a água, ecoando ao nosso redor enquanto tentáculos gigantes disparam das profundezas escuras.

Nunca vi o Omniran, apesar de estar na Terra dos Mortos, e, embora tenha ouvido algumas histórias sobre a criatura, não é o mesmo que ver o monstro. A lula gigante esteve se esgueirando nas profundezas por um milênio, banida depois de caçar muitas das criaturas marinhas que Olodumarê criou. Enquanto os membros do Omniran se desenrolam, ele preenche o mar abaixo de nós, e eu sinto uma onda de medo.

Olocum saca o abedê, abrindo-o com um movimento do pulso. Ele arranca outra dobra das pregas prateadas do leque e atira o fragmento em Iemanjá, que ergue sua espada para desviar o ataque. Abeni, Morayo e Iyanda surgem atrás dela, e as outras se afastam, tentando formar uma barreira ao redor do trapaceiro.

— Leve Exu para um lugar seguro! — grita Iemanjá para mim enquanto dança para longe do abedê de Olocum, suas escamas com um brilho embaçado. A massa cresce abaixo dos orixás, e mais um tentáculo monstruosamente grande se junta ao outro. — Farei o meu melhor para aplacar o Omniran. Olocum usa a distração dela para enfiar mais um de seus espinhos na lateral de Iemanjá. Ela arfa, mas o arranca de sua pele, colocando a mão sobre a ferida. Niniola dá um soco em Olocum, atraindo a atenção dele e permitindo que Iemanjá mergulhe, ordens escapando de seus lábios enquanto as feridas curam. Girando no sangue da orixá, as Mami Wata fazem um círculo espaçoso ao redor de Olocum, usando as lanças para mantê-lo no mesmo lugar. Exu olha para baixo uma vez e então começa a nadar devagar para a luz fraca acima dele.

Olocum sorri. Ele tem o dobro do tamanho das Mami Wata, e os músculos de seu peito e ombros brilham.

— Venham — diz ele, usando o que resta de seu abedê para nos chamar. — Deixem-me ver quão bem Iemanjá as refez.

Iyanda dispara à frente, a lança mirada para o pescoço largo de Olocum. Ele desvia do ataque, arrastando o abedê pelo braço dela, os espinhos afiados cortando a pele marrom do bíceps ao punho. Sibilando, Iyanda se afasta para se curar enquanto Abeni toma o lugar dela.

Abaixo de nós, o colosso se agita; um tentáculo alongado se ergue, cortando a água. Em uma investida gigante, agarra Morayo bem quando ela está disparando a lança no peito de Olocum. Ela berra quando o tentáculo grosso se enrola no

A ALMA DO OCEANO **79**

meio de seu corpo, os ganchos perfurando sua pele e espalhando sangue ao redor.

Pisco para afastar as lágrimas quentes dos meus olhos. É minha culpa. Ergo minha lâmina e avanço enquanto o céu lança outro relâmpago de raiva. Com a tempestade batendo no mar acima, as correntes subaquáticas reagem ainda mais, a água fria rodopiando enquanto relâmpagos perfuram as ondas em rajadas de branco.

— Mãe Iemanjá... — Quero dizer a ela que Olocum não vai recuar, que já vi o desejo feral em seu rosto, o alongar de seu corpo, quando ele olha para a superfície.

Eu deveria saber que Olocum não pararia por nada. Em vez disso, achei que seu suposto papel como guardião dos mortos significava que a compaixão era tão importante para ele quanto para mim.

Olocum bloqueia o ataque das seis Mami Wata, o rosto contorcido em um rosnado, tornando-o quase irreconhecível como o orixá que um dia pensei conhecer.

Há outro rugido vindo de cima, desta vez sentido profundamente nas reverberações na água, mas Iemanjá continua indo em direção ao Omniran. Relâmpagos rápidos escavam o céu, fazendo brilhar nossos rostos enquanto a orixá se move pelas sombras, o rosto dela iluminado em disparos violentos de luz.

Um tentáculo cruza a água na nossa direção, mas Folasade corta a grossa carne laranja e os ganchos gigantes. Ela corta para baixo, e então para quando um relâmpago ilumina a careta no rosto de Morayo, o medo no de Abeni, a raiva no de Niniola. Outro rugido de trovão ecoa na água.

— Mãe... — grito enquanto Iemanjá se lança no tentáculo que vai na direção dela.

A orixá olha para cima, arregalando os olhos.

— Eu disse, vá!

E então ela nada depressa para mais perto do Omniran, as palavras escapando de seus lábios em um cântico frenético. A criatura ataca, tentando alcançar Abeni, mas desacelera com os comandos de Iemanjá. Ela grita mais ordens, com olhares nervosos para Morayo até que o gigante a solte.

— Simidele! Você ouviu Iemanjá! — grita Folasade enquanto ela e as outras brigam com Olocum, revezando-se para atacar de duas em duas antes de se afastar para se curarem.

Ele só tem mais dois fragmentos de seu abedê e está usando-os como longas adagas, segurando-os com força, cada uma delas espalhando o sangue das Mami Wata.

— Leve Exu para a superfície! Olocum não pode segui-los até lá.

Com as palavras dela, Olocum olha para o Omniran, cujo enorme corpo está se balançando no ritmo da cantiga de ninar de Iemanjá. Apenas ela poderia controlar uma fera tão antiga e gigantesca. Mesmo enquanto observo, as sombras ficam mais finas, os membros monstruosos afundando de volta aos sulcos das rochas. Nado rápido, pegando o braço de Exu e puxando-o em direção à superfície.

Com um rosnado, Olocum se afasta de Iemanjá e, ao me ver com Exu, grita. Golpeando Omolara, ele atinge sua cauda brilhante uma vez, cortando suas escamas iridescentes. Ele não espera para vê-la afundar e se curar no mar antes de lançar os fragmentos nas barrigas de Abeni e Iyanda, girando as duas lâminas bem fundo. As outras se apressam para contê-lo, mas é tarde demais. Olocum quebra o círculo e dispara na minha direção.

A ALMA DO OCEANO **81**

— Vá! — grito para Exu. Mas as pernas dele não são páreo para a cauda de Olocum, mesmo enquanto eu o puxo.

O orixá ruge e estende a mão, os dedos raspando o tornozelo de Exu. Puxo o trapaceiro para cima, impulsionando-o para que ele não esteja distante da camada superior do mar. E então o toque de Olocum fica mais fraco, os dedos escapando do pé de Exu enquanto o sangue serpenteia na água.

Olho para baixo e vejo Olocum suspenso na água, a lança de Folasade saindo de suas costelas. O peito de Olocum estremece, e ele olha para baixo, desacreditado, emoldurado pela escuridão das profundezas.

CAPÍTULO 8

Os relâmpagos brilham em explosões esporádicas enquanto arrasto Exu para mais perto da tempestade na superfície. Olho preocupada para baixo e vejo Olocum arrancando a lança do peito, os gritos engasgados em sua boca cheia de sangue. Nadando mais depressa, alcanço o topo das ondas com as mãos em garra, o calor subindo por minha garganta, pulsando com cada batida febril.

Um grito me faz olhar para baixo outra vez. Vejo Iemanjá ficar no mesmo nível que Folasade, golpeando as costas do orixá em um arco implacável. Ele gira na nuvem de água sangrenta, se virando para encará-las, agarrando os restos de seu abedê. Todas as outras Mami Wata se juntaram a Iemanjá agora e estão atacando Olocum enquanto ele ruge e avança com o que sobrou de seu leque. Eu me viro, puxando Exu comigo enquanto nos viro em direção à superfície, bem quando o trovão soa outra vez. Por um momento, estamos iluminados por uma onda de luz criada por um relâmpago prateado que cortou as ondas.

— Rápido! — grito, agarrando Exu com mais força. — Não desacelere agora.

Arriscando uma outra breve espiada para baixo, vejo que Olocum conseguiu se aproximar, fugindo da espada de Iemanjá e das lanças das Mami Wata. A corrente dourada dele ainda está pendurada em sua cintura, e sei que se pudermos nadar só mais um pouquinho para cima, ele não conseguirá nos seguir.

Iemanjá corta a barriga dele com sua espada.

— Vão! — grita ela. — Todos vocês!

Niniola para ao lado de Iemanjá, suas escamas verdes como folhas caídas na água, mas o resto das Mami Wata a arrastam consigo, todas nadando com tanta força e velocidade quanto possível. Fragmentos de luz iluminam o espaço abaixo, mostrando o terror nos brancos dos olhos dela. Enfio Exu nos braços de Folasade.

— Leve-o.

E então estou mergulhando de novo.

Não vou deixar Iemanjá.

Sangrando, o peito arfando e o cabelo espalhado como uma trilha de algas escuras, Iemanjá não para de olhar para Olocum. Ela dispara à frente com sua última reserva de energia, tentando acertar as costelas de Olocum, mas ele desvia de sua espada, agarrando-a pela cauda e puxando-a para si. Enquanto ela luta para recobrar o equilíbrio, o orixá a traz para mais perto, esmagando os dois pulsos dela em um aperto. Iemanjá parece muito pequena, e a boca de Olocum se curva em um sorriso desdenhoso.

— Pare! — grito quando chego até eles.

— Fique fora disso, Simidele — rosna Olocum, mas não me ataca.

Penso no tempo que passamos enterrando pessoas que foram roubadas, a tristeza que compartilhamos por estarmos tão profundamente no mar. Olocum disse que me deixaria ir à superfície para ver o sol. Se ele tem qualquer consideração por mim, eu a usarei.

— Solte ela. — Endireito meus ombros e olho para ele. Olocum poderia quebrar o pescoço dela em segundos, penso, tentando aplacar o tremor que percorre meu corpo. — Deixe-nos ir. Precisam de Exu. Você sabe disso.

Olocum olha para o ponto onde a luz da tempestade se infiltra no oceano mais uma vez. A luz faz com que o rosto dele pareça mais anguloso, a covinha em seu queixo profunda como pedra esculpida.

— Não serei mais prisioneiro.

Penso no desespero dele, no tempo que eu mesma passei longe da terra. Nada fará Olocum parar. Iemanjá fica parada, e eu me aproximo, segurando a adaga na lateral do meu corpo enquanto Olocum me observa.

— Eu sei. E vou garantir que Exu leve seu pedido ao Supremo Criador. — Penso nas minhas palavras com cuidado. — Mas você precisa nos deixar ir.

Olocum olha para mim. Ele pisca devagar e abre a boca para falar, mas antes que consiga fazer isso, Iemanjá se solta, girando e segurando sua espada. Antes que Olocum possa reagir, ela desce a lâmina, atingindo o braço dele, parando apenas quando chega ao osso do ombro do orixá. Com um grito, ela arranca a lâmina e agarra minha mão, nos arrastando para a superfície. Dou uma olhada em Olocum, que está com uma das mãos na ferida enquanto nada rápido em nossa direção, fazendo uma careta de fúria e dor.

Nadamos rápido, mas sinto que Olocum está nos alcançando. Quando olho para baixo, ele está a um braço de distância, e então dispara à frente, estendendo o braço. Me encolho quando a corrente dourada dele se retesa e ele é puxado, parando. O olhar dele está fixo em mim, cheio de tristeza e humilhação.

E então Iemanjá me vira para ela, as luzes piscantes da tempestade iluminando nossos rostos.

— Continue, Simidele. — Ela segura meu queixo e passa o outro braço por minha cintura. — Não olhe para trás.

* * *

Alcançamos a superfície do mar e damos de cara com um amanhecer que deixa o céu em tons de roxo, assim como os hematomas em nossas peles. A tempestade está passando, mas ainda consigo sentir o gosto metálico dos relâmpagos. As outras Mami Wata estão espalhadas ao meu redor, descansando nas ondas, com cuidado e ainda se curando. Folasade corre a mão pelo corte em sua têmpora enquanto Omolara se aproxima, olhando para nós duas, conferindo se estamos inteiras.

Exu flutua relativamento perto, o rosto voltado para as nuvens que foram partidas pelas tempestades, tufos brancos em um céu azul.

— O ar! — grita ele. — Está sentindo o cheiro? — O orixá ri sozinho e inspira fundo outra vez, o peito subindo e descendo.

Um sorriso amplo está espalhado no rosto dele.

Iemanjá vira a cabeça, os cachos espalhando respingos de água no ar, e conta quantas de nós está ali. Quando seus lábios estremecem com o número sete, ela relaxa, aliviada.

— Estão todas seguras — digo. Não graças a mim, acho.

— Desculpa, eu deveria ter esperado por você. — Há ansiedade no meu tom hesitante. — Eu deveria ter encontrado Exu e esperado.

Iemanjá fica em silêncio por um instante, observando Morayo e Abeni sorrindo para o horizonte, onde o sol nasce em uma bola brilhante vermelha e laranja.

— São muitos "deverias" quando nós duas sabemos que você não faz... o que deve fazer. — Ela se vira, o véu de pérolas balançando, e sorrindo tranquilamente para mim. — Você deveria ter esperado antes de resgatar Exu, mas foi corajosa o suficiente para se arriscar. Se não tivesse feito isso, teríamos perdido tempo tentando determinar como libertá-lo. — Permaneço em silêncio, observando o leve brilho rosado no véu de pérolas de Iemanjá. — Você deveria ter ido com as outras Mami Wata para a superfície enquanto eu batalhava com Olocum, mas não fez isso. Estou aqui, sã e salva, por causa disso. Então, nesse caso, deixe seus "deverias" para lá. Não quero ouvi-los.

Abaixo a cabeça, meus lábios tocando a água. Mas não consigo parar de pensar em quando Olocum enfiou suas lâminas nas barrigas macias de Abeni e Iyanda.

Iemanjá se aproxima e sussurra:

— Acho que nós duas sabemos que você é em si uma criatura. Uma criatura que eu criei, mas que não consegui controlar ou prender. Eu a aceito e celebro sua existência, Simidele.

Engulo em seco, o gosto amargo da culpa no fundo da minha garganta. A compaixão de Iemanjá não tem limites, mas nada disso devia ter acontecido. Essa luta, o trapaceiro preso sob o mar por tempo demais. Tudo isso é minha culpa. Me afasto, deixando-as conversarem baixinho enquanto nado até Exu. A única coisa que posso fazer é garantir que os ajogun estejam presos.

A ALMA DO OCEANO **87**

Quando me aproximo do orixá, ele se vira e sorri para mim, os olhos acesos com um amanhecer que está aos poucos mudando de rosa para amarelo, seu calor já se espalhando.

— Está sentindo? O sol? — Ele inclina a cabeça na direção do céu mais uma vez, deixando suas tranças finas traçarem trilhas na superfície do mar.

— Você se machucou?

Mas Exu não me responde. Ele continua com os olhos fechados, ainda sorrindo de forma tranquila. Penso na violência que deixamos lá embaixo e sei que, na verdade, é equiparada no orixá diante de mim. O véu de Iemanjá é testemunha disso, dos caprichos maliciosos de Exu, as pérolas penduradas escondendo os buracos que o trapaceiro queimou nas bochechas dela como punição por criar as sete Mami Wata. Ergo o pulso, observando o rubi de Exu brilhar na luz do amanhecer.

— Eu perguntei se você...

— Estou bem, peixinha.

O orixá se vira de barriga para baixo na água e nada até ficar na minha frente. Ele para, os braços se movendo em arcos curtos, boiando enquanto Iemanjá se aproxima. A água desce pelos ombros da orixá enquanto ela observa o trapaceiro. Quando entreabre os lábios, vejo o poder no ângulo de sua boca, no queixo levemente inclinado, e fico orgulhosa. Orgulhosa da força dela, de sua falta de medo e da força de sua coragem.

— Exu.

O orixá abaixa a cabeça uma vez, a mão direita sobre o coração, antes de olhar para ela.

— Iemanjá.

Os nomes giram entre eles no alvorecer, uma trégua desconfortável renascida.

— Eu poderia arrastá-lo de volta às profundezas, entregá-lo a Olocum. — Iemanjá leva a mão ao véu, deslizando os dedos sob as pérolas e tocando as cicatrizes abaixo. — Mas não me agarro à energia que não me beneficia. — Iemanjá nada ao redor de Exu, as ondulações que deixa para trás o envolvem. — Você é livre por conta de seu dever. Nada mais, nada menos. Sei que sua natureza chama para aplacar os ajogun. Apesar de sua busca por mais poder, esse é um de seus chamados mais importantes.

— Sim.

— E assim estou disposta a libertá-lo, a deixar Simidele levá-lo para a terra, para ajudá-lo em tudo o que você precisa para prender os antideuses. Para proteger a todos nós.

Exu se vira quando Iemanjá passa por trás dele, tentando mantê-la em seu campo de visão. Ela não para, dando a volta completa para encará-lo. O sol nascente se espalha no brilho da coroa dela, banhando seu rosto em dourado, reluzindo nas pérolas no rosto e no cabelo dela.

— Nunca fugi do meu dever — responde Exu, passando a mão pelo rosto, afastando suas tranças pretas que deslizam pelas ondas. — E não fugirei agora. Além disso, como vou me divertir se o mundo está à beira da ruína?

Iemanjá ignora as últimas palavras dele e se vira para mim, encontrando as minhas mãos sob a água.

— Simidele, você vai cuidar disso?

Assinto, pensando no meu papel dentro do que está em jogo.

— Vou — respondo.

— E eu também vou.

Folasade aparece ao meu lado. Ela está com uma expressão de determinação, os ombros retesados.

A ALMA DO OCEANO **89**

— Não — digo com firmeza. — Não vou arriscar mais ninguém. Por favor. — Me viro para Iemanjá. — Não me peça isso também.

— Eu vou ficar bem — declara Folasade, semicerrando os olhos para mim antes de se voltar para Iemanjá. — Além disso, acho que Simidele precisa ser... equilibrada.

Abro a boca para discutir, mas sou silenciada quando Iemanjá ergue a mão, diamantes brutos e citrinos nos anéis que brilham em seus longos dedos.

— E assim — continua Folasade — haverá duas de nós para supervisionar Exu. Eu não ia querer que Simidele lidasse com esse peso sozinha.

Observo Exu, que voltou a flutuar de costas. Embora ele tenha me dado seu rubi, estou desconfortável. Folasade me dá a mão debaixo da água. Suspirando, aperto os dedos dela uma vez. Eu estaria mentindo se dissesse que não estou aliviada, que não sinto algum conforto quando penso em tê-la comigo.

— Tem certeza, Folasade? — pergunta Iemanjá, colocando a mão em nossos ombros, suas palmas mornas.

— Tenho — responde Folasade. — Eu arriscaria mais pela nossa segurança.

— Então que assim seja. — A orixá nos abraça, pressionando os lábios em nossos cabelos. — Não gosto, mas também sei que é o que é necessário. — Ela lança um olhar para Exu. — Sem ele, o mundo já está mergulhando em caos.

— Não vou decepcioná-la — digo.

Que adequado, penso, que o orixá que causa tanta discórdia é agora o único que pode acabar com tudo.

— Simidele — diz Iemanjá, a voz tão suave quanto as nuvens cinza e rosa acima de nós. — Eu sei.

Abaixo a cabeça para esconder um leve sorriso. E com essas palavras ela nos liberta, então chama as outras Mami Wata, ignorando as expressões de confusão delas quando Folasade e eu ficamos onde estamos. Murmuramos nossas despedidas, balançando por conta de pequenas ondas. Iemanjá inclina a cabeça, fazendo um gesto para as profundezas, e observa enquanto cada uma das Mami Wata mergulham no mar, vislumbres de verde, amarelo e vermelho, até que sobra apenas a orixá. Iemanjá se vira para nós, iluminada no brilho do sol matutino, cabelo e ombros brilhando com a luz dourada.

— Tomem cuidado. Que Olodumarê as guie e que o mundo encontre equilíbrio com sua ajuda.

Pouso a mão no coração, e Folasade faz o mesmo. Iemanjá sorri para nós, dentes pontudos e lábios cheios. E então ela parte.

— Qual de vocês vai me ajudar a ir até a costa, então?

— Exu nos tira da ausência de Iemanjá. Me viro para ver o orixá inclinando a cabeça de lado. Ele ergue as mãos, a água escorrendo por elas. — Já que não há dúvida de que chegaríamos lá mais cedo.

Inspiro profundamente enquanto Folasade suspira e nada até o lado dele. Sigo mais devagar, meu olhar fixo no rubi pendurado no meu pulso. Apesar da promessa que ele me fez, estou cautelosa. Eu acho que continuarei assim, e digo a mim mesma que é uma coisa boa. Os orixás têm seus próprios segredos. A vergonha queima em mim ao pensar que Olocum estava me manipulando quando eu deveria ter sido mais cautelosa. A fé é algo que é dado em excesso. Dessa vez, não haverá suposições e confiança cega.

Juntas, Folasade e eu seguramos nos braços de Exu com firmeza, impulsionando-o em direção à costa. O ar fica mais quente enquanto o sol queima pelo céu sem nuvens. Um pouco além do subir e descer das ondas, vemos um pedacinho de terra, a praia com grama enquanto conduz à floresta. Meu estômago revira na água quando penso na areia macia e no calor da terra úmida entre meus dedos dos pés. Penso em Okô, nas colheradas quentes de sopa de pimenta, nas estrelas manchando o céu.

Em Kola.

Penso no tom marrom-avermelhado da pele dele e em seu sorriso amplo. O toque aveludado das pontas de seus dedos quando ele massageava meus pés doloridos, suas mãos envolvendo minhas solas como se elas fossem a coisa mais preciosa que ele já tocara. Kola olhava para mim como se eu fosse sol e lua ao mesmo tempo, sua noite, seu dia. Fecho os olhos com força.

Exu se mexe sob minhas mãos, me trazendo de volta para o mar e para a lufada de ar fresco. Pare, digo a mim mesma, abrindo os olhos para o brilho do novo dia. Não estou nas profundezas. Devo focar no agora — levar Exu para a costa para que possamos descobrir o que fazer a seguir.

A faixa de terra cresce e me vejo nadando até lá, o puxão do que parece meu lar me atraindo, me fazendo nadar mais rápido. Exu exclama ao ver a praia e nada para longe de nós, surfando nas ondas até sair da água. Ele joga o corpo na areia quente e suspira de alívio. Folasade faz uma pausa na superfície marrom e creme, com os olhos arregalados, observando a costa.

— Venha — digo gentilmente, deixando o mar me empurrar para a praia, o ar passando pela minha cauda.

A atração que senti quando avistei a terra agora desaparece, se dissolvendo com o toque do sol e do ar nas minhas escamas. Folasade prefere não se transformar, a não ser que tenha uma alma para abençoar com Iemanjá, mantendo sua forma de Mami Wata, evitando a terra. Agora ela observa enquanto minhas escamas se transformam em pele marrom, o ouro rosado se tornando uma túnica que se ajusta perfeitamente ao meu peito e quadris. Fico de pé, ouvindo os ossos dos meus tornozelos estalarem, sentindo o calor do sol em meus ombros nus. Com os dedos dos pés afundando na areia molhada, fecho os olhos, ouvindo o farfalhar suave das folhas tremendo na brisa. É bem diferente do frio das profundezas, sua escuridão sem sol que parecia estar se infiltrando em cada parte de mim, até mesmo em meu espírito.

Aliso as dobras da minha túnica contra minha pele, permitindo que um sorrisinho se forme enquanto chamo Folasade. Ela hesita antes de deixar que as ondas gentis a empurrem para mais perto. Enquanto ela emerge do mar, suas escamas se transformam em uma túnica roxa que envolve seu corpo. Estendo a mão e ela aceita, olhando para as próprias pernas.

— Tem certeza de que quer fazer isso? — pergunto. — Eu dou conta.

— Eu sei. — Folasade ajeita a postura, soltando minha mão e correndo os dedos por seus quadris largos. — Mas prometi a Iemanjá. Além disso, quem vai ficar de olho em você?

Folasade sorri enquanto nos viramos e vemos Exu se levantando da areia, erguendo as mãos para o céu. Quando ele se encolhe, penso ser pela areia quente, mas então ouvimos assovios curtos no ar enquanto flechas salpicam o chão perto dos meus pés recém-formados.

CAPÍTULO 9

A primeira luz cor de pêssego e dourada do dia brilha em nosso complexo enquanto um galo cacareja ali perto. Bocejo, esfregando os olhos enquanto meu estômago ronca alto, e puxo minha túnica para mais perto.

— Mas, bàbá, por que tenho que aprender isso? — pergunto enquanto ele estende a adaga.

É pesada, o cabo de marfim em formato de cauda de peixe, cada pequena escama feita perfeitamente. Meu pai semicerra os olhos, com a mão erguida para bloquear o sol nascente. Sinto as ruguinhas quando franzo a testa. Ninguém mais tem que acordar tão cedo assim. Por que eu tenho que acordar?

Bàbá suspira e agacha ao meu lado para ficarmos no mesmo nível.

— Sei que você preferiria dormir, mas isso é importante.

Olho para baixo, passando um dedão na terra vermelha. Há alguns meses realizo essa prática que meu pai insiste que eu faça. Sei que é porque ele está preocupado comigo. O Tapa, que esteve atacando o Reino de Oió faz décadas, ficou mais ousado agora. Atacando vilas e ateando fogo nelas, levando pessoas de volta ao Reino de Nupé. Ouvi conversas dele tarde da noite com outros acadêmicos, discutindo se a guerra deve ou não ser declarada. As vozes deles costumavam ficar finas de medo, se erguendo com a fumaça de seus cachimbos em forma de leopardo. Até mesmo as histórias de ìyá passaram a ficar cheias de lições de coragem, de batalhas travadas décadas atrás, contando histórias de reinos formados, destruídos e reconstruídos.

— Estamos em Oió-Ilê, bàbá — digo. — Os muros nos protegerão. Além disso, Ara não precisa aprender a lutar.

— Muros podem ser derrubados, ọmọbìnrin ìn mi. — Bàbá põe um dedo sob meu queixo, erguendo meu rosto. — Não devemos contar com eles. Estou te ensinando a se defender para que não dependa de ninguém.

Reprimo um suspiro e fico de pé, espanando a poeira da minha túnica enquanto bàbá olha para o meu rosto, os cantos de sua boca formando rugas. Não quero preocupá-lo mais. Segurando a adaga com força suficiente para que as escamas esculpidas marquem minha palma, me agacho.

— Assim?

Bàbá se levanta também, agora sorrindo. Colocando a mão para trás, ele pega seu escudo, a madeira marcada ainda brilhando. Ele me chama, movimentando seus longos dedos, os olhos mais brilhantes agora.

— Isso mesmo. Segure com firmeza.

Ajusto minha pegada, dançando à frente, deixando o ar frio do movimento me despertar. Apesar das minhas reclamações, gosto da graça necessária para atacar, para defender.

— Agora, me ataque. — Bàbá abaixa o escudo e me observa por cima dele, o sorriso amplo. — E com vontade.

Só consigo pensar no Tapa enquanto mais flechas atingem a areia ao nosso redor. Meu pai me treinou para lutar, sempre consciente do perigo que eles representam. Folasade estremece ao meu lado enquanto Exu se agacha, os olhos em um tom forte de prata enquanto observa as árvores. Por um instante, não há nada, apenas o grasnido das gaivotas e o barulho do mar atrás de nós. E então vejo movimentos na beira da floresta. Nossos atacantes saem detrás das árvores, os arcos prontos, embora o mais alto, o líder, tenha uma espada. Ele avança pela praia em nossa direção, os pés afundando na areia, seus passos certeiros e firmes. A luz brilha na longa lâmina que ele porta, seu rosto coberto por uma sombra feita pela mão que interrompe a luz do sol.

Sinto o mesmo puxão em mim, aquele que me conduziu a esta praia. Cresce em minhas entranhas enquanto pego minha adaga, a ponta tremendo.

— Não se mexa ou acabarei com você. — As palavras do líder saem altas demais, mas ele hesita quando está perto o suficiente para nos ver, parando pouco antes de onde estamos, meia dúzia de homens atrás dele em uma explosão de luz solar.

Meu estômago se revira de novo, agora como um punho fechado, e o mundo parece girar enquanto tento respirar de novo.

— Simi? — pergunta Kola, a espada caindo de suas mãos, afundando na areia. Ele estende a mão em minha direção.

Minhas pernas recém-transformadas tremem e, por um instante, acho que vou cair, desabar na areia, mas Folasade está ao meu lado, me segurando. Abro a boca, mas nada sai.

Respire.

Apenas se concentre em respirar.

O pequeno vislumbre de Kola no mar foi um tipo cruel de prazer, mas vê-lo diante de mim agora quase parece pior. Deixá-lo na ilha de Exu quebrou uma parte de mim que permaneceu despedaçada e ferida mesmo no mar. Tive que afastar os pensamentos sobre ele diversas vezes, ou enfrentar um tipo de loucura em que era impossível pensar em qualquer outra coisa a não ser meu desejo, mesmo que não pudesse tê-lo. Principalmente quando eu não podia tê-lo.

— Simi — repete Kola, e a forma da boca dele quando diz meu nome é exatamente como me lembro.

Enfim inspiro mais ar salgado. Ele vem em minha direção, e eu também dou um passo, presa no brilho de seus olhos castanho-claros. Caminhamos pela areia quente, o mar quebrando atrás de nós, mas até isso fica em segundo plano. Como é que ele está aqui? Eu o encaro, perto o suficiente para sentir o cheiro familiar de coco do sabão preto. Uma barba rala se espalha pelo queixo dele agora, e seus braços estão mais fortes, os ombros mais largos.

— Kola…

Ele fica tenso, olhando por sobre meu ombro. Endireita a postura, retesando a mandíbula e olhando para um ponto atrás de mim. A boca de Kola se retorce em um rosnado quando me viro e vejo Exu se levantando. Ele me empurra para o lado e pega sua espada do chão. Cambaleio na areia macia, meus batimentos acelerando ao saber o que virá.

— Espera! — digo, mas Kola já está disparando na direção de Exu, a mão fechada em punho no cabo de sua espada.

O orixá dá um pulo para trás, curvado, prendendo a respiração para que a espada não atinja seu abdômen. Mas Kola continua avançando, mais rápido do que já vi, agarrando o braço de Exu. Uma linha grossa de sangue desce pela pele do orixá, que grita de surpresa. Ou o tempo de Exu nas profundezas o deixou mais lento ou a habilidade de Kola melhorou.

O garoto se lança para a frente, usando a surpresa de Exu para ganhar terreno, erguendo sua espada bem alto. Me movo antes mesmo de pensar, cambaleando entre eles. A espada brilha no sol forte.

— Pare! — digo, fechando os olhos com força, esperando pelo golpe que não vem.

Quando os abro, vejo o rosto de Kola franzido pela confusão.

— Simi, o que é isso? Está defendendo ele? — Kola se aproxima, lançando um olhar sério para Exu. — Depois de tudo o que ele fez para nós?

— Eu sei. — Ergo as mãos, dando um passo à frente para que Kola seja forçado a abaixar a espada e se afastar. — Mas… por favor, só me escuta.

Atrás de mim, Folasade está ao lado de Exu, as palmas pressionadas contra a ferida superficial dele para estancar o sangramento. O trapaceiro não diz nada, mas seu olhar está fixo em Kola. Espero que ele não sorria nem diga algo que transforme a situação em caos.

Kola anda de um lado para o outro, as narinas infladas. Os guerreiros atrás dele se aproximam. As flechas continuam prontas, e mais lâminas brilham na luz do sol.

— Kola, por favor — digo, minha voz soando patética até para mim mesma. — Confie em mim. Você sabe que pode. — Ele me olha, o sangue manchando sua espada e já secando em um tom escuro de vinho no sol quente. — Eu posso explicar. Mas precisamos nos recompor e descobrir o que precisa ser feito. Nos dê pelo menos isso.

Kola dá um passo para longe de mim, a mão livre tremendo, e quero tocá-lo. Mas espero até que ele enfim assinta, voltando para falar com os homens que o acompanham. Eles conversam por alguns momentos, olhares feios e algumas vozes se erguendo.

— Me deixe falar — pede Exu. O sangramento parou e agora ele está com a postura ereta, o orgulho em seus olhos misturado a um brilho escuro. — Vou explicar.

— Não. — Minha resposta é rápida. Não confio que ele não brigará com Kola. — Sei que precisam de você, mas ele só se lembra do que você fez.

Eu só me lembro do que você fez, penso, mas não digo nada.

Exu suspira e dá um passo para trás na areia, Folasade bem ao seu lado.

— Como quiser.

Quando Kola volta, tem uma expressão de desconforto no rosto. Ele aponta em direção a uma palmeira grande, e eu o sigo. O nó de tensão em suas costas está nítido, as cicatrizes das chibatadas ainda entrecruzadas em alto-relevo. Penso nos navios òyìnbó e estremeço.

— O que está acontecendo, Simi? Por que está com ele?

Olho para Exu por cima do ombro. Como posso contar a Kola que minha aliança com Olocum foi um erro? Que eu o deixei apenas para ouvir mentiras?

— O que foi? — pergunta Kola. Ele está longe de mim. A distância dói, mas a expressão dele é pior. A suspeita está costurada nas rugas de sua testa franzida, e ele desvia o olhar toda vez que me encara. — Por que você defenderia o orixá que levou meu irmão e irmã? O mesmo que... — Kola se interrompe, retesando os lábios.

Inspiro fundo e me preparo.

— Olocum não manteve sua promessa comigo. Ele manteve Exu. — Meu sussurro cheio de vergonha sai em uma longa expiração. Torcendo os dedos, foco nos meus pés afundando na areia.

A ALMA DO OCEANO **99**

— E isso é ruim? — Kola bufa na direção do trapaceiro. Olho para Exu, que está todo orgulhoso, os pés afastados, falando com Folasade. — Eu o deixaria enterrado nas profundezas do mar por toda a eternidade pelo que ele fez.

— Eu também, mas se lembra dos deveres dele?

— Sim, mas...

— Os ajogun, Kola. — Ouso olhar para ele agora, esperando que entenda minhas palavras.

A careta dele desaparece, arregalando os olhos ao se dar conta.

— Então, quem vai impedi-los...?

— Ninguém. — Minha resposta é pesada.

Kola me observa com cuidado enquanto explico tudo. Quando termino, o silêncio se espalha entre nós enquanto o suor se acumula no meu couro cabeludo, descendo por meu pescoço. Não há brisa, e o dia está esquentando. Acima de nós, uma pomba cinza arrulha antes de alçar voo, acabando com a calmaria.

— Levarei todos vocês a Okô. — Kola balança a cabeça, retorcendo a boca. — Prefiro que Exu fique onde posso vigiá-lo. De lá, nós podemos planejar o que faremos.

— Nós? — Olho para Kola, e dessa vez ele retribui o olhar. Ele não sorri, mas há algo além da raiva ali.

— Você achou que eu te deixaria fazer isso sozinha?

* * *

A jornada para Okô é preenchida pelos constantes comentários de Exu, de alegria ao ver uma borboleta com listras amarelas a nojo com as pedras sob seus pés. Kola não disse nada desde que deixamos a praia e mal me olhou. Em vez disso, ele e seus homens vigiam Exu, com as flechas ainda encaixadas nos arcos.

Enquanto o orixá resmunga sobre o calor crescente, Folasade olha para mim com uma careta. Ela mantém o ritmo do trapaceiro, mas percebo que está mancando um pouco. Faço um gesto para os pés dela, me perguntando se estão doendo, já que os meus estão, mas Folasade nega com a cabeça, erguendo o queixo.

— Como você aguenta, peixinha? — pergunta Exu, se aproximando de mim, suas tranças finas roçando em seu queixo.

Confiro se Kola percebeu que o orixá está falando comigo e sinto uma tola onda de alívio quando ele não olha para nós. Exu ergue um pé e tira uma pedra do meio dos dedos. Penso por um instante que ele está falando dos meus pés, mas então o vejo se abanando com uma folha grande.

— O sol?

— Sim, me esqueci de como é intenso. O calor parece quase insuportável depois do frio do mar.

— Você vai se acostumar — murmuro, caminhando mais rápido, tentando alcançar Kola.

Ele só olhou para mim uma vez, mas foi suficiente para ver a preocupação em seu rosto.

Enquanto o sol sobe no céu, alcanço Kola, focando em dar um passo de cada vez, o cheiro do sal passando aos poucos enquanto a areia sob nossos pés se transforma em grama. Quero perguntar como ele está, como estão sua família e Bem. Quero falar de Yinka, de Issa e de seu rostinho lindo.

Olho de soslaio para Kola.

— Tudo bem com você? — A pergunta é normal, e me arrependo de sua simplicidade.

Kola não parece ter me ouvido, e se vira para seus homens.

— Esperem — ordena. — Vamos parar para pegar água.

Atrás de nós, ouço Exu expressar sua satisfação e a resposta baixa e concisa de Folasade. Meu rosto queima por Kola me ignorar. Mas o que eu deveria esperar? Eu o deixei sem muitas explicações. Estou prestes a me virar quando ele me entrega seu odre, instruindo seus homens a compartilhar com Folasade e Exu.

Kola toma cuidado para não deixar nossos dedos se tocarem, tirando a mão assim que pego o odre. Tomo um grande gole, a água descendo por meu queixo.

— Eles te respeitam. — Seco a boca e faço um gesto para os homens, que formam um círculo amplo ao redor de Exu e Folasade.

— Eles têm um compromisso comigo. — Kola segura seu odre, ainda sem olhar para mim. — Sou o capitão da guarda Okô agora. Bàbá diz que é uma boa prática para quando...

— Quando o quê? — pergunto.

Kola olha para mim rapidamente e vejo um vislumbre de tristeza. Sei o quanto a família significa para ele, as coisas que fez para voltar para eles.

— Para quando ele morrer e eu ficar em seu lugar. — A voz de Kola é baixa. Ele tensiona a mandíbula e se endireita. — Estou aprendendo tudo o que posso enquanto é possível.

— Isso...

— Simi, por que você foi embora daquele jeito?

Fecho a boca e engulo as palavras que morrem em minha garganta. Será que ele quer perguntar por que eu o deixei?

— Tive que fazer isso — digo por fim. Me fiz a mesma pergunta várias vezes, sempre sabendo que fora a decisão certa. Mas agora, por algum motivo, sou eu que não consigo olhar para Kola. — Foi mais fácil assim.

— Eu te procurei, Simi — diz Kola, o olhar encontrando o meu, iluminado e intenso. — Em toda a oportunidade que tive. Quero dar um passo à frente, tocar o rosto dele e dizer que só pensei nele desde que parti. Que lá no fundo das águas frias e escuras, o pensamento nele me dominava.

Inspiro fundo e abaixo o olhar, para longe do calor dos olhos de Kola. A busca dele por mim não significa que as coisas estão diferentes. As Mami Wata não podem se deixar levar por amor a um humano. Ainda não podemos ficar juntos, e agora as responsabilidades dele significam que a sua vida sempre será Okô. Mesmo assim, quero lhe oferecer algo.

— Eu te vi. Dia desses. — Penso em quando o vi em seu navio. Quando vimos os mortos que haviam se tornado devotos dos ajogun. — Havia outro navio… — digo, me lembrando dos destroços que cobriam as ondas com pedaços de madeira e corpos esturricados.

— Ontem? Caçamos um navio Tapa. — Kola ergue as sobrancelhas. Observo uma gota de suor descer da raiz do cabelo dele e parar em uma ruga de sua testa franzida. — Depois, pensei que eu conseguia… sentir sua presença. Que você estava lá.

Penso no puxão que também senti. Foi coincidência? Kola se aproxima, e as batidas do meu coração saem do ritmo.

— Eu queria ficar, procurar mais, no entanto Bem disse que era melhor partirmos, caso houvesse mais navios — explica ele. — Os Tapa aumentaram seus ataques, atacando pelo Reino de Oió. Até Oió-Ilê.

— A capital?

Meu lar é o que quero dizer, pensando imediatamente em meus pais. Eu me pergunto se eles se cansaram de lamentar minha morte ou se acham que estou viva. De qualquer forma, eles estão sofrendo por minha perda. Talvez eu consiga mandar notícias para eles, penso, retorcendo as mãos.

— Dizem que em breve o Alafim declarará guerra. — O rosto de Kola está tão sério que vejo suas bochechas encovarem. — O Reino de Nupé matou muitos.

Me encolho, sentindo minha pele arrepiar mesmo no calor do dia.

— Vi a armadura dos homens, do navio que você atacou.

— Conseguimos interceptá-los antes que invadissem a costa. — Kola sorri, mas seus olhos permanecem sérios. — Quando penso neles se aproximando tanto de Okô... — Ele arfa e vira a cabeça de um lado para o outro, esticando o pescoço.

— Vi o couro deles. As marcas neles. — Imagino os oito cortes e os círculos que representam cada guerreiro e engulo em seco. — Não sei se você estava perto o suficiente para ver, mas eles eram prometidos aos ajogun.

Kola passa a mão em seus cachos pretos e olha para Exu e Folasade.

— Então é verdade. — Ele encara o orixá, e vejo os olhos dele ficarem sérios ao aceitar por completo o que lhe contei mais cedo.

— Agora você entende por que precisamos de Exu.

CAPÍTULO 10

Nos aproximamos de Okô em meio a mognos tão densos que circulam quase toda a vila com uma proteção natural. O ar está tomado pelo canto dos tordos da floresta, vislumbres de seus peitos laranja aparecendo na folhagem verde. Exu segue o voo de um dos pequenos pássaros, o prazer brilhando em seus olhos, ignorando os olhares feios de Kola. Precisar do orixá agora não muda o que ele fez e, temendo o que os dois podem fazer, me coloco entre eles, evitando o olhar sério de Kola.

— Não vamos entrar pelo portão principal. Todos estão mais cautelosos com os ataques dos Tapa — explica Kola. — A última coisa que queremos é aparecer com Exu e ver os aldeões se revoltarem. Não depois do que ele fez com Taiwo e Kehinde.

— Como eles estão? — pergunto ao ouvir os nomes do irmão e irmã mais novos dele.

Sorrio ao pensar no olhar poderoso de Kehinde e no sorriso iluminado de Taiwo.

— Bem — diz Kola, e embora sua resposta seja curta, posso ver o calor que os nomes deles trazem ao seu olhar. — Eles perguntam sobre você. Muito.

— Talvez eu possa vê-los?

— Eles iam adorar — responde Kola, encarando minha boca sem disfarçar.

Ele se vira quando percebo, e eu pisco, contendo um sorriso de satisfação.

Os homens destampam a passagem discreta, quase não reconhecível no muro alto que circula Okô. Kola os adverte a não falar de Exu, mas informar Bem que o encontre no complexo de sua família. Metade deles partem, e os outros vigiam a entrada atrás de nós. Levando um dedo aos lábios, Kola nos pede que façamos silêncio. Entramos, Exu e Folasade atrás de mim. Eu me viro, desconfiada de Exu e Kola tão próximos um do outro, mas o rapaz apenas lança um olhar semicerrado para o trapaceiro.

Ficamos espalhados no caminho vazio de terra que passa por trás do que parece o quartel dos guardas Okô, bem ao lado do complexo de Kola. Estamos no meio da manhã, mas escondidos do resto da vila, ouvimos apenas as vozes altas dos comerciantes, os gritinhos das crianças e as ocasionais repreensões depois de uma risada estridente. O cheiro de algo doce fritando é trazido pela brisa e eu inspiro, com fome.

Kola nos conduz, levantando nuvenzinhas de poeira enquanto se apressa em direção a uma porta pintada no mesmo tom do muro. Quando ele abre os painéis, o cheiro de carne assada e de pimentas nos recepciona. Exu grunhe alto, com as mãos na barriga, e Folasade pede que faça silêncio. Kola nos chama e passamos pelo que na verdade é a cozinha do complexo da família dele.

— Temos até o crepúsculo. Os representantes Oió de Alafim estão aqui. Todos estão com o conselho, discutindo sobre os Tapa. Vamos descobrir o que precisa ser feito. — Kola faz um gesto para Exu, mas o orixá está de olho nas panelas.

— Preciso comer primeiro — diz ele, lambendo os lábios.

Kola franze a testa, respirando fundo para se acalmar antes de responder.

— Vamos comer enquanto discutimos a situação. — Ele para com o súbito som de passos.

— Já voltou...? — A voz chega antes da garota.

Quando ela aparece na soleira, olha diretamente para Kola. Leva a mão à testa, fazendo sombra nos olhos, e por um instante acho que meu coração parou de bater. Ela dá outro passo para dentro e me lembro de novo da postura e da curva de seus ombros, do rosto redondo e das bochechas grandes. *Tem uma covinha na bochecha esquerda dela,* penso. Ara.

A explosão amarga de peras inunda minha memória. Dedos separando meu cabelo em mechas, trançando os cachos em fileiras certinhas. Uma risada tão profunda quanto o rio em que costumávamos nadar. Um espaço entre os dois dentes da frente dela, mas os de baixo são retos como as muralhas ao redor de Oió-Ilê.

Minha amiga mais próxima no meu antigo lar.

A garota que estava procurando frutas selvagens na floresta comigo quando os òyìnbó atacaram. Quando nos levaram. A garota que não vi mais desde que fui arrastada para o mar, enfiada em um barco e levada para um navio maior que fugiu nas águas profundas.

— Simi?

Não respondo, e não consigo fazer nada além de assentir e tropeçar na direção dela. Ara grita, mas não entendo as palavras. Em vez disso, estou me lançando nos braços abertos dela. E então estamos nos abraçando com força, as lágrimas molhando nossos sorrisos. Eu fungo, e Ara se mexe como se fosse se afastar, mas não deixo. Ela está quentinha, tem cheiro de manteiga de karité e de casa. Pressiono meus lábios na bochecha dela e então em sua orelha.

— Você está viva — sussurro. Só essas palavras já parecem um milagre.

Sorrindo, eu a deixo se afastar de mim, segurando minhas mãos, nossos dedos entrelaçados enquanto nos olhamos.

— E você está aqui — diz Ara, a covinha surgindo em sua bochecha, o cabelo perfeitamente trançado no estilo korobá que sempre foi o preferido dela.

— Estou. — Quero abraçá-la de novo. — Como você está em Okô? O que aconteceu com você?

Ara balança a cabeça, o sorriso desaparecendo e os braços ficando frouxos, as pontas de seus dedos ainda presas aos meus. Ela olha para as outras pessoas na sala e então para o chão.

Exu está abrindo as panelas, pegando arroz quente mesmo depois de Folasade o repreender e Kola ficar sério.

— Estaremos lá fora — murmura Folasade atrás dele, puxando Exu pelo braço enquanto ele enfia mais arroz na boca.

Quando Folasade e Kola levaram Exu para o pátio, Ara olha para mim de novo. Ela sorri, mas é uma sombra do que costumava ser, e fico pensando no que aconteceu com nós duas. Os pensamentos se acumulam, roubando parte da alegria de rever Ara.

— Depois que nos separaram, para onde eles te levaram? — pergunto baixinho, pensando em quando fomos forçadas a caminhar para a costa.

Pensei que o rio Ogum era poderoso, mas ver as ondas gigantes e a água se estendendo pelo horizonte pela primeira vez me fez sentir muito pequena.

Ara arfa, os lábios trêmulos enquanto retorce os dedos.

— Os òyìnbó me trocaram. — Há cicatrizes apagadas nos pulsos dela, mas são as únicas que consigo ver. Sei que, assim como em mim, há outras, escondidas e profundas.

— Onde? Com quem?

— Os Tapa.

O Reino de Nupé. Não consigo deixar de inspirar fundo.

— Mas… por quê?

— Os òyìnbó queriam seu ouro e marfim, e os Tapa queriam as armas òyínbó. — Ara tenta erguer o queixo, mas vejo que seus ombros tremem. — E pessoas como eu para servir na cidade deles.

Estou com medo de perguntar mais. Agora não é o momento. Trazendo Ara para mais perto, eu a abraço com força como se pudesse espremer a dor e as memórias dela.

— Está tudo bem, Simi — sussurra Ara em meu ouvido antes de se afastar. — Fui levada para o templo em Rabah. Fiz tudo o que a iyalawo do Obá precisava. Faz uns meses que consegui fugir. Kola me encontrou na floresta enquanto patrulhava com a guarda. Eles ajudavam qualquer um que estivesse tentando escapar dos Tapa. — Os olhos de Ara estão arregalados e brilhando.

— Desculpe. — Abaixo a cabeça enquanto a culpa me consome. Logo não sobrará mais nada, eu acho.

— Desculpa pelo quê, Simi? — Uma linha fina se forma entre as sobrancelhas de Ara. — O que aconteceu com a gente não é culpa nossa.

— Se eu não tivesse feito você ir à floresta naquele dia…

— Ninguém me *fez* fazer nada. — Ara aperta a pele macia dos meus braços e me puxa para si. — O que aconteceu foi culpa dos òyínbó, e depois dos Tapa.

— Mas…

Ara balança a cabeça em negação, a boca curvada.

— Acho que foi melhor do que aquilo que você aguentou.

Me agarro às palavras dela.

— Como assim?

Agora é Ara quem me segura, o olhar ficando mais tranquilo.

— Kola tem te procurado desde que você fez um pacto com Olocum. Ele me contou o que aconteceu com você. — Ela olha para as minhas pernas e para a esmeralda que enfeita a adaga presa em meu cabelo.

Não sei se quero que ela veja essa parte de mim agora. As coisas que tive que fazer. O quanto estou mudada. Quero ser a garota com quem ela cresceu, aquela com quem ela riu tarde da noite, que correu pelas ruas de Oió-Ilê, fugindo de nossas tarefas.

— Estive ajudando Kola. Os iyalawo sabiam de algumas coisas, tinham conhecimentos, e Kola esperava que isso o ajudasse quando ele se tornasse o líder da aldeia.

— Que tipo de conhecimentos? — Minha língua parece áspera, e eu me atrapalho com as palavras.

Kola contou a Ara sobre mim, penso enquanto o vejo retornar com os outros. O que mais ele disse?

— Vamos comer. — A voz de Kola é gentil quando nos chama, estendendo tigelas de madeira com círculos concêntricos esculpidos nelas. — Mais tarde vocês vão poder conversar.

— Por que você não me contou quando me viu? — Semicerro os olhos. — Sobre Ara.

Kola evita olhar para mim, mas eu o vejo hesitar.

— Havia... outras coisas mais chocantes. — Ele olha para Exu. — Mesmo que não tivéssemos concordado em todos vocês virem até aqui, eu teria garantido que vocês se reunissem. A resposta dele me irrita, como se fosse uma punição por eu estar com Exu. Mas pelo menos Ara está segura, penso, olhando para ela com animação. Ela está aqui. E isso é suficiente para mim, por enquanto.

— Podemos conversar mais tarde. — Ara me abraça outra vez e sussurra no meu ouvido. — Há esperança.

Esperança? Esperança de quê? Seja lá o que ela quer dizer, não há esperança a não ser que os ajogun sejam contidos. Juntas, nos aproximamos da luz brilhante do pátio retangular do complexo.

Distribuo o resto das tigelas enquanto Folasade pega a cabaça de água e a entrega a Exu, que olha para baixo com nojo por ter que segurar algo. Ara oferece uma travessa de carne assada para Kola primeiro, o cheiro apimentado preenchendo o ar. Folasade traz tigelas de manga e arroz. A comida fresquinha me lembra da doença e morte que começaram a arruinar Okô depois que os gêmeos foram levados. A lembrança apenas aumenta minha gratidão pela simples refeição diante de nós, e murmuro uma breve oração de agradecimento para Iemanjá.

Os outros se acomodam nos tapetes trançados cor de laranja e vermelho, e enquanto me mexo, preciso me lembrar de como dobrar e mover meus membros para me sentar de pernas cruzadas. Folasade faz o mesmo, franzindo a testa, concentrada para se sentar na posição que um dia foi tão natural, mas que agora é quase alienígena para ela. Exu pega a carne, e sinto uma onda de irritação por ele estar comendo o que quase destruiu.

A ALMA DO OCEANO

— Simidele! — A voz é baixa e reverbera pelo pátio, e eu me levanto na mesma hora, ficando de pé e me virando para ver Bem. Ele sai correndo, cruzando em segundos o espaço entre nós e me erguendo para que possa me girar. A risada grave de Bem vibra entre nós, e eu o abraço de volta, meus braços ao redor de seu pescoço. Bem me põe no chão gentilmente, olhando para Kola. — Os guardas me disseram que você voltou… com convidados. Mas jamais imaginei!

Kola assente, e o simples gesto faz o sorriso de Bem sumir.

— O que foi? — Ele se volta para mim, me encarando. — Você está bem?

Assinto, dando de ombros, tensa pelo momento que sei que se aproxima. Abro a boca para alertá-lo, mas Bem já está olhando o complexo inteiro, a dúvida retorcendo seu rosto quando vê Folasade e Exu. E então sua expressão se endurece e ele dispara em direção ao zombeteiro, fechando as mãos em punho.

Kola se põe de pé rapidamente, pousando a mão no peito amplo do amigo.

— Está tudo bem. Sente-se. — Bem força por mais um momento, mas Kola murmura algo que só ele ouve, e então relaxa aos poucos, comprimindo os lábios em uma linha fina.

— Tudo será explicado.

Kola e Bem se sentam diante de Exu, com travessas de frango, carne, arroz quente e frutas entre eles. Nenhum deles parece conseguir evitar os olhares feios que lançam para o orixá, e me vejo sussurrando orações de paciência para Iemanjá enquanto nos revezamos para lavar nossas mãos com a cabaça.

Esperando distraí-los, mesmo que por um momento, sirvo carne por cima do arroz de todos. Exu estala os lábios, a boca brilhando com a gordura do frango que já está comendo. Ara está sentada ao lado de Bem, murmurando para ele, mantendo-o calmo enquanto ele segue encarando Exu. Por fim, ele cede, pegando o arroz e a carne temperada com amendoim, pimentas e gengibre que ela serve em sua tigela.

— Simi, pode contar aos outros o que me contou? — pede Kola.

As palavras dele são educadas, mas ele ainda não me olha e nem toca a comida.

Tento engolir, uma bola de arroz presa em minha garganta, a boca ficando seca enquanto penso em explicar meu erro. Mas Folasade me salva.

— Exu estava preso nas profundezas do mar por Olocum. Confinado à Terra dos Mortos.

Bem solta sua tigela com um baque alto.

— Pra mim, parece certo. — Ele contorce os lábios, e sei que está pensando em Yinka, perdido no vulcão na ilha de Exu. Em Issa e na morte dele na mandíbula do sasabonsam.

Exu hesita, um pedaço de carne a meio caminho de sua boca.

— Admito que aquilo não foi… o meu melhor.

— O seu *melhor*? — dispara Kola, arregalando os olhos enquanto se levanta. — Você pegou meu irmão e minha irmã. Deixou nossas terras apodrecerem. — A voz dele falha. — Perdemos amigos por sua causa.

— Vamos, Kola — diz Ara baixinho, se levantando. Ela pousa a mão no ombro dele brevemente. — Vamos ver o que Simi tem a dizer.

A vergonha cresce dentro de mim e meus olhos ardem com lágrimas. Ele está certo. Perdemos tanto, e muito disso foi minha culpa. Tomando um gole de água, forço o arroz pela minha garganta, e então largo a tigela.

A ALMA DO OCEANO **113**

Exu pega mais carne, enfiando-a na boca e mastigando, ignorando Kola. Quando termina, limpa a gordura dos lábios.

— Sou o que sou. Minhas ações são um reflexo disso, e não posso ignorar. Sou o trapaceiro, zombeteiro, mensageiro, Senhor das Encruzilhadas. Contar com qualquer outra coisa seria como esperar nadar entre crocodilos e sair ileso.

— Ele inclina a cabeça para o céu. — Olodumarê sabe disso. Todos sabem disso.

A expressão de Bem ainda é séria, e o rosto de Kola é impassível como rocha.

— Mas o que importa agora é manter o equilíbrio deste mundo. Nosso mundo — digo.

Olho para o rubi pendurado no meu pulso enquanto a pedra gira ao sol, dispersando luz vermelha na minha pele.

Exu hesita, olhando para a joia rubra.

— Simidele está falando a verdade.

— E como sabemos que você não vai nos enganar de novo? — pergunta Kola, um músculo saltando em sua mandíbula. Ele bate a mão na coxa. — Como saberemos que você prenderá os ajogun e não nos deixará em uma posição pior?

— Vocês não saberão. — Exu encara Kola, seus olhos prateados brilhando como estrelas cadentes congeladas. — Mas esse é o meu propósito. Embora vocês não gostem, este mundo é meu também. Eu não o destruiria. — Ele ergue as mãos, os dedos brilhando com gordura, o sorriso crescendo. — Afinal de contas, como falei antes, como eu me divertiria caso isso acontecesse?

— Não temos escolha — acrescento, ignorando o último comentário de Exu e tentando manter minha voz firme. Uma gota de suor desce entre minhas omoplatas. — Parece que os Tapa já usaram o fino véu entre nós e os ajogun.

— Como assim? — pergunta Ara, arregalando os olhos.

— O navio Nupé que atacamos faz uns dias — explica Kola. — Simi e Folasade viram homens mortos lá. Eles tinham símbolos dos ajogun.

— Eles haviam se comprometido com os ajogun? — pergunta Bem, o medo dominando a última parte de suas palavras.

— Sim. Se de alguma forma estão desviando o poder deles, aqueles ataques reportados de Oió-Ilê fazem mais sentido.

— E se estão usando a influência dos ajogun enquanto esperam que eles sejam libertos, então podem estar reunindo esse poder para controlar criaturas de um tipo diferente. — Engulo em seco ao pensar no Ninki Nanka e no sasabonsam.

— Idera disse... — Ara se senta, entrelaçando os dedos sob o colo. Quando ela ergue a cabeça, os olhos estão arregalados — ... que para cada vila que os Tapa conquistam, no nome dos ajogun, para cada... vida... que tomam, os senhores da guerra são alimentados. E então eles são atraídos para bem mais perto do véu.

— Idera? — pergunto.

— Ela é a conselheira espiritual do Obá de Nupé. O poder dela é... imenso — diz Kola. — E está aumentando.

— Quanto mais matarem, mais fácil ficará invocar os ajogun? — pergunto.

— É nisso que Idera acredita — responde Ara. — É por isso que ela está incentivando o Obá do Reino de Nupé a atacar o máximo de vilas e cidades de Oió possível. Idera alega conseguir influenciar as vitórias dos Tapa. Ela abençoa os soldados. Para dar a eles força e sabedoria na batalha.

Isso significaria que ela fez uma barganha com eles, penso enquanto Exu assente calmamente.

— Com cada morte em nome deles, ela está trazendo os ajogun para mais perto, colhendo a energia deles para que fique mais fácil libertá-los. — O trapaceiro tira um fiapo de carne do dente antes de olhar para todos nós. Meu estômago revira quando penso nas guerras, na fome e na pestilência que os ajogun libertarão.

— Por que Olodumarê não está fazendo nada? — pergunta Kola.

— Talvez pudesse fazer — diz Exu enquanto lambe a gordura dos lábios — se eu estivesse livre para contar o que está acontecendo. Caso contrário, o Supremo Criador não se preocupa com isso.

— E agora você está. — Kola cruza os braços, observando o trapaceiro.

Exu balança sua grande mão preguiçosamente no ar antes de pegar outra coxa da travessa diante dele.

— Foi longe demais. Quando pedir uma audiência com eles, a lua estará em sua totalidade, e então Idera libertará os ajogun. Não há tempo.

— Eles precisam ser presos até a lua cheia? — fala Kola, aumentando a voz, e sinto um pânico nele parecido com o meu quando Exu me contou pela primeira vez.

O orixá mastiga o frango devagar, olhando para mim. Depois que engole, lambe os dedos antes de responder.

— Isso... ou serem libertos.

Coloco minha tigela no chão, incapaz de comer mais.

— Então diga o que precisa ser feito para parar isso.

Exu se endireita, as tranças deslizando sobre seus ombros.

— Prender os ajogun geralmente envolve rituais com o ajé. As Mães me ajudariam a aplacar e cuidar da natureza mais sombria dos antideuses. — Ele hesita, limpando as mãos na túnica e suspirando. — Mas estive longe por tempo demais. Muitos rituais foram perdidos.

— O que isso quer dizer? — Odeio quão fraca minha voz soa, arrastada com a tensão de confiar no orixá.

— Só tem mais uma maneira de impedir que os ajogun consigam sua liberdade. — Exu se inclina para mim, tocando a lateral do nariz com o dedão. — Precisamos selar seja lá qual portal foi preparado para a entrada deles no mundo. Isso vai impedir que eles escapem e usem seu poder. Quando isso for feito, poderei voltar a manter o equilíbrio entre eles e este reino.

— Diga exatamente do que você precisa — pede Kola, se inclinando para Exu.

O orixá fecha os olhos por um longo instante antes de continuar.

— Se não agirmos até a próxima lua cheia, os ajogun arruinarão tudo, e o sangue da terra fluirá. O mundo como o conhecemos deixará de existir. — O trapaceiro olha para Kola com seus olhos negros e cautelosos. — Para impedir isso, precisamos da alma e da canção de uma criatura há muito temida. "Ele que para o fluir dos rios." O Mokele-mbembe.

— O Mokele-mbembe? — pergunto.

— Foi o que eu disse. — Exu me chama, apontando para o rubi. — Erga-o.

Devagar, levanto a joia, segurando-a entre o indicador e o dedão.

— Agora fique parada. — Exu encara a pedra. — O poder do Mokele-mbembe é enorme. — Uma luz surge na joia e eu arfo, minha mão tremendo. — Eu disse para ficar parada. — Exu franze a testa para mim enquanto o brilho vermelho gira diante de nós. — Alguns acham que é um monstro, um demônio, ou as duas coisas. De qualquer forma, é uma criatura aterrorizante, a forma como se levanta das profundezas, destruindo barcos com seu longo pescoço e suas costas couraçadas. Partindo os corpos dos homens com sua mandíbula.

Exu hesita quando o brilho vermelho começa se transformar, se solidificando e criando um corpo achatado, e então um longo pescoço. Com olhos flamejantes, o pequeno monstro abre a boca e ruge baixinho, os dentes pontudos preenchendo sua boca.

— A lenda diz que o Mokele-mbembe canta toda vez que tira uma vida, e que se for morto, as canções que cantou enquanto consumia almas serão libertas em uníssono, iguais em essência, criando uma anima cheia de grande poder. Um som que os ajogun desejam. Que os pacificará ou libertará, dependendo do ritual.

O pequeno Mokele-mbembe conjurado tenta me atacar. Me encolho bem na hora que Exu estala os dedos e a criatura desaparece.

Ara se recosta, de boca aberta.

— Você precisa da canção da alma dele? — Nos viramos para Ara, que abaixa o olhar, enfiando os dedos na cabaça de água e espalhando as gotículas no ar. — Ouvi histórias de um monstro dos iyalawo em Rabah. Idera tinha certeza de que ele tinha o poder para invocar os ajogun.

— O que você viu no seu período no templo? — pergunto gentilmente.

Não quero que Ara tenha que reviver algo que a machuque, mas quanto mais soubermos, mais preparados estaremos.

— Ela tem um grande interesse nos ajogun, e há rumores de que eles são a fonte do poder dela. — A voz de Ara é baixinha, e ela continua olhando para baixo. — O Obá construiu um templo para ela, feito para adorar os oito senhores da guerra.

— Faz quanto tempo que ela está no Reino de Nupé? — Kola anda de um lado para o outro na nossa frente, as mãos fechadas em punho.

— Ela chegou em um inverno, alguns anos atrás — responde Ara. — Ninguém sabe de onde ela veio, mas uma vez ela mencionou uma ilha do lado sudeste da costa. O Obá a tratou com respeito logo de cara, embora alguns de seus conselheiros não aprovassem.

— Por que o Obá confiaria nela logo de cara? — pergunta Folasade, a voz séria.

— Ele disse que sonhou com a vitória do Reino de Nupé através de um poder trazido por um estranho. — A mão de Ara treme enquanto ela mexe em sua túnica. — E Idera mostrou sua força desde o início. Na noite do aniversário do Obá, dias depois da chegada dela, todos que se opuseram a ela morreram.

— Como? — pergunto, me arrepiando ao pensar em um governante impressionado com a morte.

Ara abre a boca, mas hesita, negando com a cabeça enquanto lágrimas enchem seus olhos.

— Tudo bem — digo rapidamente, tocando a mão dela e apertando seus dedos. — Não precisa falar disso agora.

Exu examina Ara, olhando das tranças dela até a forma como se senta sobre os pés.

— Os iyalawo estão certos sobre o Mokele-mbembe. Como falei, o que é necessário para prender também libertará, dependendo do ritual e da intenção.

— E como conseguimos essa canção da alma? — pergunta Bem.

— Com a morte, obviamente. — Exu pega outra coxa, mordendo a carne com seus dentes grandes. — A única forma de capturar a canção da alma do Mokele-mbembe é matá-lo. E então Simidele pode usar sua safira para conter a essência dele até que eu possa usá-la no ritual, no qual prenderei os ajogun e selarei o portal.

Exu tira a coxa de frango, agora sem carne, da boca e parte o osso, as bochechas encovadas enquanto chupa o tutano dele, os olhos estremecendo de prazer.

— Você fala como se fosse fácil. — Me forço a relaxar e pego um copo de água.

— Ah, com certeza não será — diz Exu, colocando as lascas de osso no cantinho da tigela. — Mas é a única forma.

Kola enfim se senta enquanto o silêncio nos envolve. Bem olha para ele, a preocupação repuxando os cantos de sua boca.

— Onde está o Mokele-mbembe? — pergunto, minha voz cortando o silêncio.

— A criatura pode ser encontrada nos espaços de água entre a terra e o mar. — Exu se reclina e se alonga, as unhas brilhando no ar. — Tem alguma coisa pra beber?

Folasade entrega água para o orixá, mas ele apenas olha com nojo.

— Quis dizer uma bebida de verdade. — Olhando ao redor, ele se levanta e saltita para a entrada. Bem e Kola se levantam, observando o trapaceiro.

Exu ri e olha por sobre o ombro, os olhos brilhando.

— Não se preocupem, não vou a lugar nenhum. — Ele para no canto e se agacha no altar, que está cheio de oferendas. Ignorando as nozes-de-cola, inhame e carcaça de um frango, ele pega uma garrafa de vinho de palma, erguendo-a para admirar as imagens de Ogum que decoram suas laterais curvadas.

— Isso é para Ogum — sibila Bem, as mãos no cabo da espada embainhada em suas costas. — Como ousa pegar a oferenda dele?

Kola inspira fundo, os lábios tensos de irritação.

— Podemos oferecer mais vinho de palma a Ogum. Um melhor. — Mas ele olha para Exu com animosidade enquanto o orixá volta e se esparrama nas almofadas.

Exu toma um grande gole da garrafa antes de abrir um sorriso enorme, a bebida escondida nas dobras de sua túnica.

— Ogum não precisa de vinho como eu. Ele entenderia, confie em mim. — O trapaceiro dá outro gole e sorri. — Além disso, cadê seu Ogum agora? — Ele olha ao nosso redor. — Não o vejo vindo ajudar vocês. Ocupado demais julgando as pessoas e brincando com suas armas. Melhor eu beber isso aqui então, né?

Kola e Bem tornam a se sentar, os olhares escuros na luz do dia.

— Onde está essa criatura? — pergunta Kola, tentando parecer paciente. — Você disse que estaria nos espaços entre a terra e o mar.

— Pode ser encontrado em um abismo que é parte do mar, mas que passa na terra — responde Exu, escolhendo a maior ameixa. Ele a ergue, admirando a fruta suculenta antes de mordê-la.

— E o que isso quer dizer exatamente? — pergunta Kola, curto e grosso.

Rapidamente me inclino para o orixá, cortando qualquer outra coisa que Kola possa dizer.

— Está falando dos canais. A água entre duas terras?

Exu termina a ameixa, aproveitando cada mordida.

— Foi o que eu disse — responde por fim, tomando outro gole de vinho de palma bem devagar.

Ao lado dele, Folasade pigarreia e se inclina para mim, por cima dos pratos vazios.

— Só existe um assim, aquele entre Oió e o Reino de Nupé. Não leva mais de uma hora para atravessá-lo, mas ainda assim é conectado ao mar.

— Você o conhece?

Folasade assente.

— Houve uma grande tempestade uma vez, e fui arrastada para o interior do abismo. Posso nos levar até lá. — Ela se levanta, olhando para o céu.

Restam dois dias, penso.

— Então precisamos partir agora — digo, estendendo a mão para Folasade, que me puxa para me levantar. — Iremos e voltaremos antes do amanhecer. Exu ficará aqui.

Onde pode ser vigiado, penso.

— Ótimo — diz Exu. Ele arrota alto e se deita de costas, sua pele retinta brilhando no sol. — Preciso esquentar esses ossos.

— Vocês não podem ir sozinhas — diz Kola, mas não olho para ele. Em vez disso, aliso as dobras da minha túnica.

— E você não consegue respirar debaixo d'água, então não sei como poderia ajudar. — Não quero continuar envolvendo-o. Quanto menos pessoas em risco, melhor.

Kola ergue as mãos, a boca fechada em uma linha fina de desagrado.

— Sim, seria tolice... — Mas ele não consegue terminar.

Ouvimos um grito alto, seguido de mais berros, todos apavorados.

CAPÍTULO 11

O céu está coberto por um sol escaldante e branco, mas o medo desce por minha espinha, frio e cortante. Bem se vira em direção à porta, já desembainhando a espada. Ouvimos outro grito, perturbando o súbito silêncio. Ara leva a mão à boca, se aproximando de Folasade enquanto levo a mão rapidamente até a adaga em meu cabelo.

— Fique aqui — diz Kola, dando uma última olhada em mim antes de seguir Bem, correndo para a entrada do complexo.

Não sei o que está provocando os gritos, mas não vou esperar para descobrir.

— Cuide de Ara e fique de olho em Exu — digo, antes de sair correndo.

— Simidele! — chama Folasade, mas eu ignoro o grito estrangulado dela e fecho a porta atrás de mim.

Inspiro fundo, me preparando antes de descer as escadas do complexo de Kola, a adaga ao lado do meu corpo. A larga rua central está esvaziando rapidamente enquanto as pessoas se espalham. Um aldeão tenta empurrar seu carrinho, que fica preso em uma pedra e tomba, milhos se espalhando na terra. O homem pega parte da colheita antes de deixar o resto para trás, correndo para uma porta à esquerda. Desço rapidamente, meus pés raspando nos amplos degraus enquanto os aldeões de Okô correm para casa. Guardas aparecem das ruas laterais, túnicas pretas e espadas brilhantes refletindo o sol que paira acima dos campos.

Há mais gritos agora, e uma mulher passa correndo por mim, uma criança firmemente presa em um pano laranja amarrado habilmente. Ela se agarra a mim.

— Você precisa ir pra casa — diz ela enquanto o bebê chora. Os olhos da mulher estão arregalados, a parte branca muito aparente enquanto ela põe a mão nas costas, acariciando a curva suave das costas de seu bebê. — Não é seguro.

Abro a boca para responder, mas ela se afasta, os pés levantando poeira enquanto ela desaparece da rua principal. Aperto o cabo da minha adaga com mais força, correndo em direção aos portos de Okô, onde posso distinguir Bem e Kola se juntando aos guardas.

— O que houve? — arfo, parando ao lado deles. — O que está acontecendo?

Kola se vira para mim com o olhar assustado antes de se voltar para a abertura estreita.

— Os Tapa atacaram os guardas Okô em patrulha. Ainda há uns dos nossos lá fora.

— Eles estão na floresta! Precisamos fechar os portões — diz um homem alto, a barba grisalha. — Precisamos proteger seu pai e o conselho.

Kola balança a cabeça, o peito subindo e descendo com cada respiração acelerada.

— Não fechem os portões ainda. Os guardas estão vindo, Adewale! — Ele aponta para a terra estreita na entrada de Okô. — Olha!

Por cima do ombro, vejo algumas pessoas tentando voltar para a vila. Eles estão correndo o mais rápido possível, dois deles carregando uma pessoa, demorando mais por conta do ferido.

— Recebi ordens — diz Adewale, os olhos pretos enquanto começa a erguer os portões, outros guardas o ajudando.

— Não podemos deixar Okô ser invadida. Você sabe disso.

— E você sabe que estou no comando da guarda agora. Mantenha os portões abertos a não ser que veja os Tapa vindo. — Kola passa correndo pelo homem mais velho e atravessa a abertura.

Enquanto corre em direção ao grupo, Bem o segue, abrindo caminho a cotoveladas entre os homens. Corro atrás deles, meus braços doendo, ignorando o começo da dor nos meus pés.

Kola é o primeiro a alcançar os guardas Okô, buscando sinais de perigo no caminho atrás deles.

— Os Tapa — confirma uma mulher que manca em nossa direção, com um arco pendurado nos dedos enquanto faz uma careta de dor. — Estávamos patrulhando quando os encontramos. Eles nos atacaram, mas pararam no começo da floresta.

— Quantos? — pergunta Kola, o rosto contorcido.

— Muitos — responde a mulher, baixinho. — Pelo menos cem, talvez mais. Nossa melhor opção é voltar para Okô e esperar que os portões e muralhas resistam. E mesmo assim...

Observo ao redor do grupo, estudando o caminho atrás deles, me perguntando por que os Tapa não nos seguiram nem estão atacando. O sol toca a copa de uma árvore, crian-

A ALMA DO OCEANO **125**

do faixas de luz no caminho vazio. O medo dos guerreiros se mistura com o cheiro de suor e o odor metálico de sangue, intenso no calor. Bem não espera mais, pegando o homem ferido dos outros dois guardas e o apoiando gentilmente em seu ombro enorme antes de se virar para os portões.

— Vamos. Rápido — diz Kola ao oferecer ajuda a outro homem com uma ferida irregular na perna, amarrada com um pedaço de tecido rasgado. — Simi, rápido.

Mas estou observando a floresta e não o ouço. O borrão verde se mistura com a terra marrom e os ramos de árvores cor de creme. Tudo está parado no fim da tarde. E então eu os vejo. Um movimento nos arbustos escuros, uma sombra contra um tronco, o brilho de uma lâmina. Os Tapa fazem fila na floresta, de armas em punho. Dou alguns passos para trás, sem parar de olhá-los. Kola grita, mas ainda não me viro. Vislumbro um tecido cor de bronze entre as árvores.

Alguém me agarra por trás e sou erguida no ar, carregada antes que possa reclamar. Os portões de Okô se assomam até eu ser arrastada pela abertura sendo fechada, colocada no chão enquanto eles a fecham com um baque alto.

— O que você estava fazendo? — Kola me encara enquanto me levanto. — Eu te disse para ficar aqui!

— Por que você faria isso? — rebato. — Consigo tomar minhas próprias decisões. — Bato a poeira da túnica e deslizo a adaga entre as tranças no topo da minha cabeça.

— E olha só no que isso deu — rosna Kola, se aproximando mais. Atrás deles, os guardas bloqueiam o portão.

Fico paralisada, encarando-o através do véu das súbitas lágrimas. A raiva vem com tudo agora, se misturando com a verdade das palavras dele. Kola fecha os olhos e esfrega a mão no rosto.

— Eu não quis dizer...

— Quis, sim — disparo, e dou meia-volta, pisando duro pela rua principal, indo para o complexo.

Como ele ousa? Dei o meu melhor por *todos*. Todos exceto eu mesma.

Ouço passos atrás de mim, mas não diminuo o ritmo.

— Você precisa parar de fazer isso.

As palavras sérias de Kola me fazem parar, e me viro.

— Fazer o quê?

— Apressar as coisas! — Os dentes dele estão expostos, um olhar sério no rosto. — Você poderia ter sido morta.

— E você também! — devolvo, meu peito tremendo de fúria.

— Os Tapa são perigosos. — A voz dele é baixa. — E não quero que você continue a... se sacrificar por todos.

— Eu sei. — Mantenho minha resposta no mesmo tom.

— Mas...

— Simi, só... me deixa terminar. — Kola endireita a postura e respira fundo, se forçando a ter paciência, a medir suas palavras. — Você já ouviu falar deles antes, quando morou em Oió-Ilê, mas as coisas pioraram muito desde que você partiu. Te falei do estado em que encontramos a última vila...

Relaxo minhas mãos em punho ao ouvir a dor na voz dele, minha raiva desaparecendo.

— Não há testemunha, exceto por um menininho. Ele disse algo que me assustou mais do que os guerreiros esperando na floresta.

Espero, um arrepio tomando conta de mim.

— O quê?

— Ele disse que eles vêm à noite.

— Os Tapa?

— Não sei. — Kola balança a cabeça em negação. —
Mas seja lá o que os atacou, pareceu bem pior.

* * *

Cutuco a esmeralda no cabo da minha adaga, tirando-a de
minhas tranças e a segurando com a mão direita. Guerreiros
ladeiam as muralhas de Oko, e os portões foram fortificados
com blocos de madeira. Kola ordenou que os guardas garan-
tam que todos estejam dentro de seus complexos com as
portas fechadas. Os pais dele e o conselho ainda estão reunidos, protegidos por patrulhas constantes.

— Onde estão Kehinde e Taiwo? — pergunto, observando homens e mulheres nas muralhas ajustarem as armas e
suas posições. Eles parecem cansados, a espera e o medo
cobrando seu preço.

— Com meus pais. Eles praticamente não os deixam fora
de vista desde que voltamos.

Expiro, feliz por estarem em segurança. Mas se os portões
e as muralhas não forem o bastante, ninguém estará seguro.

Os guardas estão parados em seções das muralhas, com
grupos maiores perto dos portões. Patrulhas conferem cada
contingente, todos os movimentos coordenados, obviamente
bem praticados. Fico por perto, tentando acalmar meu estômago, mexendo no cabo da minha adaga. Quando um jovem
tentou me levar para a segurança de um complexo, Kola o
dispensou, assentindo brevemente para mim.

Um sentinela confirmou que os Tapa ainda estão na floresta. Esperando. Ouvimos alguns boatos de vez em quando,
perguntas sobre por que eles ainda não atacaram, sobre o
que a noite trará. Bem e Kola trocam olhares antes de se

aproximarem da fileira de guardas, falando palavras de conforto, mas até eu vejo como seguram as armas com força, com dedos escorregadios e os nós dos dedos esbranquiçados, olhando ao redor com apreensão.

O sol se põe, aquecendo a floresta e levando consigo o calor do dia. Acima de nós, a luz desaparece do céu, e a lua é como uma mancha atrás de nuvens sem forma enquanto as estrelas começam a aparecer. Os guardas ao longo da muralha estão em silêncio, olhando para as estrelas que brilham na noite. Eles já enfrentaram ataques antes, mas suas posturas indicam medo.

Kola passa de grupo em grupo, incentivando seus homens. A atitude dele mudou muito nos últimos seis meses. Comandando e em controle, ele aperta o ombro de um jovem, se inclinando à frente para falar com ele, enchendo o rapaz de coragem.

Espero no bloqueio, pensando em possíveis ataques até que tudo o que eu possa pensar seja sangue, gritos e portões de madeira sendo destruídos. *Pare*, me repreendo. *Okô é forte e suas defesas também*.

Kola volta para o meu lado, e eu abro um sorriso forçado. Ele me entrega um odre, e quando o levo aos lábios, um chamado ressoa na floresta escura. Longo e baixo. E é respondido por outro. E outro, e mais outro, até que gritos preencham o ar, trazidos até nós pela brisa suave.

— Simi, fique perto de nós — diz Bem agarrando sua espada, endireitando a postura. — Não importa o que aconteça.

As altas muralhas de Okô parecem impenetráveis, mas sei que nada é garantido. E enquanto os gritos se aproximam, todos os músculos do meu corpo ficam tensos.

Kola grita comandos e os guardas ficam em posição de defesa, as lanças apontadas para o topo da muralha, com arqueiros ladeando as extremidades das ruas. Outra formação se afasta, homens e mulheres com espadas em punho, lâminas brilhando à luz da lua.

O primeiro golpe nos portões faz estremecer as dobradiças. Me encolho, ficando mais perto de Kola enquanto o som do impacto cresce, com batidas incansáveis nos painéis de madeira. Os guardas deixam suas armas prontas, a determinação estampada em seus rostos.

E então o som para.

Viramos nossos rostos para o portão e esperamos, engolindo o medo que cresce em nossas gargantas. Pego minha adaga, o rubi do trapaceiro balançando em meu pulso, um vermelho-escuro da cor de cereja.

Exu deveria estar aqui, lutando com o povo de Oko, depois de tudo o que fez. Encaro a gema e então respiro fundo quando a joia brilha intensamente, emitindo um calor que machuca a pele delicada do meu pulso. Arfando na escuridão, cubro o rubi com a mão, o brilho escapando entre meus dedos. A dor é intensa e imediata, e tudo ao meu redor desaparece.

Giro em um círculo vagaroso. Okô desapareceu e estou cercada pelas ruas de Oió-Ilê. O décimo quinto portão está ao longe, e quando olho para esquerda, vejo a estrada principal que leva ao palácio. Está escuro, com uma nuvem de carvão rodopiante que se agarra às minhas pernas como fumaça.

Tropeçando uma vez, começo a andar, meus pés indo automaticamente na direção da minha casa. A luz da lua crescente me guia, sua superfície em um tom de amarelo-escuro no céu.

A cada passo que dou, o medo aumenta enquanto examino cada portão de complexo pelo qual passo. Os painéis de madeira brilham na luz baixa, mas há iluminação suficiente para que eu veja as marcas. Um corte e um círculo, o sinal de contaminação. Praga. E então o vejo, fora da estrada principal, se aproximando dos muros curvados de uma casa. Membros alongados e dedos tortos que tentam alcançar a madeira, com unhas escuras que disparam fogo vermelho enquanto ele queima sua marca em cada painel esculpido.

Epê. Senhor da guerra das maldições.

Corro. Passo pela seção dos guardas do palácio, indo em direção ao mercado, levantando nuvens de poeira a cada passo. O cheiro me alcança primeiro. O cheiro doce de podridão que vem com a morte recente. Paro de repente, tropeçando com a visão na minha frente.

A praça do mercado, da qual me lembro cheia de especiarias, frutas e tecidos ou, mais tarde na noite, cheia de pessoas esperando pelas histórias da minha mãe, agora é uma cova a céu aberto. Corpos estão empilhados no centro. Ofó, senhor da perda, está diante dos mortos, com um corpo nos braços e mais aos seus pés. Ele vira a cabeça devagar, escancarando a boca em um sorriso cheio de dentes longos. Levo a mão ao nariz, engasgando com o fedor dos mortos em decomposição, meus calcanhares na terra enquanto me afasto às pressas.

— Não, não, não, não. — Fico de pé, cambaleante, desesperada para chegar em casa.

Bem quando alcanço as muralhas do meu complexo, lágrimas descendo por meu queixo, o rubi no meu pulso fica mais quente, aumentando a temperatura a um ponto que me faz achar que vai derreter minha pele e consumir meus ossos. Caio contra o muro, *um grito escapando de mim, e agarro a joia até ela começar a esfriar, os rostos ao meu redor desaparecendo.*

Arfando, meu coração martelando alto, abro os olhos para o crepúsculo que envolve Okô.

— Não é real — sussurro, mas estou tremendo enquanto me livro da premonição de Epê e Ofó. Ainda ouço sons de pancadas, mas está vindo dos portões. Afastando o rubi da minha pele, tiro a mão, examinando a carne sob a gema, mas não há marca. — Não é real — repito, até que aos poucos meu coração desacelere.

Ouço fragmentos de vozes trazidas pelo vento. Me concentro, tentando distinguir as palavras enquanto elas chegam entre as batidas nos portões. Aos poucos, elas se tornam gritos que aumentam no começo da noite. Uma cacofonia de gritos ecoa na calmaria.

— Morte a todos no Reino de Oió!

CAPÍTULO 12

Os portões de Okô tremem ao serem atingidos outra vez. Estalos atravessam o ar, e desta vez a madeira se parte enquanto algo enorme a atinge do lado de fora.

— Fiquem em posição! — grita Kola, mas há medo no olhar dele ao observar os guardas Okô correndo para posições defensivas no perímetro da vila.

Estremeço, pensando na minha visão, bem quando há outro impacto contra o portão, agora mais forte. Os painéis de madeira tremem e uma fissura aparece, uma linha preta e irregular que, com outra batida, faz com que eles se quebrem. Enquanto as dobradiças cedem, a adaga na minha mão treme, e não consigo respirar. Através dos fragmentos dos portões, vejo as formas escuras dos Tapa batendo galhos grossos contra os painéis. Nuvens ocultam a lua, nos deixando quase no escuro por alguns segundos enquanto mais batidas vêm da entrada de Okô. Quando a lua se liberta, os portões estão em ruínas, e os primeiros dos guerreiros Nupé abrem caminho pelos destroços.

Ao ver suas espadas brilhando na luz da noite e seus olhares intensos, me esforço para não dar um passo para trás. Kola grita, direcionando os guardas para que enfrentem os invasores em suas túnicas pretas e amarelas. Os Tapa correm em nossa direção, e vejo os círculos concêntricos cortados com oito linhas em armaduras grossas de couro. O terror se cristaliza em algo afiado entre as minhas costelas. Bem corre à frente com sua longa espada, passando a ponta cortante pelos peitos de dois Tapa. Os guerreiros Okô avançam, em uma formação que evita que os guerreiros Nupé invadam o resto da vila.

Estamos cercados pelo som das espadas se chocando e pelo cheiro metálico de sangue fresco. Lâminas e xingamentos se encontram no ar noturno. À minha esquerda, uma arqueira Okô é atingida no ombro pela lança de um Tapa. Ao meu redor, almas espiralam, brilhando douradas e prateadas, subindo para o céu escuro. Um nó se forma na minha garganta quando choro pelas vidas perdidas.

Fico perto de Kola enquanto ele gira, passando pelos guerreiros que chegam, a espada os cortando em arcos mortais. Três homens correm na direção dele, mas Kola chuta um e atinge os outros dois com a espada, fazendo um deles ficar de joelhos. Os guardas Okô lutam com a mesma força de vontade, porém mais guerreiros Nupé passam pelos portões quebrados, e sinto meu estômago revirar ao ver que estão em número muito maior que nós.

Ouvimos gritos ao nosso redor, e Bem e Kola se esforçam para manter nossa defesa. Desviando do golpe de uma adaga que parece perigosa, ergo o punho fechado, dando um soco para cima. A garota que me atacou cambaleia para trás na terra fria. Olho para além da batalha, vendo a escuridão mudar e uma mulher atravessar pelo que resta dos portões. Mechas grossas de cabelo passam de seus ombros largos e descem até a cintura de sua túnica bronze brilhante. Poder emana dessa mulher que parece uma estátua, e não tenho dúvidas de quem é.

— Idera — sussurro, apertando minha adaga com mais força.

A iyalawo vira a cabeça, observando a batalha com indiferença. Ela grita, um uivo curto que alerta os Tapa. Eles se afastam, formando fileiras ao nosso redor, esperando.

Idera é quase tão alta quanto o maior dos homens Nupé que nos observa, com longas pernas e braços musculosos amarrados com tiras de couro. Quando ela é iluminada pela luz da lua, vejo fios brilhantes de cobre enrolados em seus dreadlocks, que se mexem com cada movimento de seus quadris. Nervosa, olho ao redor. Restaram poucos guardas Okô, e eles tentam levar os feridos para a segurança das ruas internas da vila. Idera para bem diante de nós e sorri, revelando dentes pequenos e brilhantes como pérolas.

— Uma defesa fraca — diz ela, olhando ao redor, a voz rouca e grave na brisa suave da noite. — Ouvi histórias de como esta vila resistiu aos Tapa por anos. E veja só.

— Jamais nos renderemos, Idera — diz Kola entredentes.

Ele endireita a postura ao meu lado, o peito subindo e descendo pesadamente. Alguns dos guerreiros que restaram se juntam ao nosso redor, um grupo dos últimos vestígios de força e determinação.

— Ah, então você sabe quem sou. — A iyalawo sorri.

— Sabemos quem você é. — Kola faz uma careta. Sangue pinga de sua espada, caindo no chão, manchando seus pés.

— O Reino de Oió ouviu falar de você. De como o Obá dos Tapa não estaria agindo assim a não ser que você estivesse do lado dele.

Idera sorri, e vejo que o olho direito dela tem uma cicatriz, e tem um tom leitoso, como se não enxergasse.

— É verdade. É necessário tempo e habilidade para usar o real conhecimento em seu benefício.

Ela se aproxima de Kola, apontando para os guerreiros feridos atrás de nós. Muitos estão caídos na terra, o sangue se acumulando ao redor deles.

— Okô acabou. Rendam-se ao comando Tapa agora e pensaremos em poupar suas crianças.

Kola range os dentes e Bem segura o braço dele, mantendo-o no lugar. Idera inclina a cabeça de lado, esperando a resposta.

— Não darei Okô a você — diz Kola, a voz baixa, o queixo erguido. Ele aperta a espada com mais força e eu sei que lutaremos. — Não importa o que aconteça, meu povo é forte o bastante.

Idera nos observa tranquilamente antes de rir. Ela ergue as mãos, sua túnica bronze brilhando.

— Então que seja.

Os Tapa atrás dela começam a avançar, fazendo caretas ao erguer suas armas ensanguentadas.

— Preparem-se! — grunhe Kola dando um passo à frente, o olhar disparando para as guerreiras que avançam. Duas mulheres Tapa idênticas com tranças que serpenteiam por seus ombros olham para ele, as lanças prontas.

Engulo em seco e fico ao lado de Kola. Um vislumbre de movimento atrás de Idera atrai minha atenção e eu hesito, espiando à frente. O espaço entre os portões de Okô estão iluminados pela lua e as nuvens estão espaçadas, revelando um grupo de silhuetas na entrada. Idera fica tensa enquanto os Tapa se reúnem ao redor dela, apenas a leve tensão em seus ombros indicando que nem tudo é como parece. O céu noturno muda outra vez, as nuvens absorvendo a luz bem quando as pessoas se mexem, descendo a rua. Idera ruge e ergue as mãos, direcionando seus guerreiros para os recém-chegados. Me preparo, tentando distinguir se são os guerreiros Okô voltando da patrulha ou, melhor ainda, reforços de Oió-Ilê. Enquanto eles correm pelo caminho central, são outra vez iluminados pela lua. O brilho prateado ilumina uma cabeça raspada e maçãs do rosto altas. A garota ergue seus machados e grita uma ordem para aqueles ao seu redor, olhando além dos Tapa até nos ver.

— Yinka — sussurro, quase deixando minha adaga cair.

CAPÍTULO 13

Ela está viva.

Minhas pernas fraquejam enquanto Yinka sorri, dentes e boca escancarados. Ela para no caminho, o grupo logo atrás, e é quando vejo Aissa. Ali de pé com os outros, com o cabelo preso em dois coques altos acima de cada orelha, ela olha para Yinka, que assente uma vez.

Os bultungin.

A esperança aparece dentro de mim enquanto passo a adaga para a mão esquerda, limpando o suor dos meus dedos. Pensei que jamais tornaria a ver Yinka depois da ilha de Exu. Nós a deixamos para trás quando a passagem do vulcão desabou, e ela segurou o bultungin que atacava para que pudéssemos escapar. Penso no vulcão e no calor do grosso rio de lava. O bultungin, enfeitiçado por Exu para defender as terras dele de qualquer invasor.

Kola abafa uma risada, o peito ainda tremendo pelo esforço, mas Bem abre um sorriso enorme, erguendo a espada para a amiga de infância deles. Yinka assente uma vez. Cercada pelo resto do grupo, as túnicas de pelo cinza quase prateadas no crepúsculo, ela emite um chamado baixo. Antes que sequer termine, a pele rasga, o pelo crescendo e se espalhando sobre corpos que caem no chão. A lua brilha sobre nós, cortada no céu cor de ônix, iluminando Okô. Meu coração bate mais forte enquanto unhas se tornam garras e ombros ficam mais amplos. O ar se enche com o som de ossos quebrando e os gritos que acompanham as transformações.

— Yinka! — Meu grito é cheio de cautela enquanto os bultungin se formam diante dos Tapa, uma fileira de hienas duas vezes maiores que as normais.

A iyalawo grita, fazendo careta para nós no meio de seus guerreiros. Sua voz está tomada de ferocidade enquanto instrui os Tapa a atacarem. Yinka permanece onde está, segurando os machados com as duas mãos enquanto ajusta a postura, seus músculos se avolumando. Uivos ecoam nas ruas vazias enquanto os bultungin abaixam a cabeça, o maxilar estalando.

Com um rosnado, a criatura que é Aissa olha para Yinka, e quando ela dá outro comando, os bultungin se viram e disparam na direção dos Tapa.

Yinka larga seus machados e se lança pelo caminho atrás deles com graça e velocidade das quais bem me lembro. E então está pulando, planando no ar enquanto o pelo de sua túnica se espalha sobre sua pele, ombros se alargando e dedos se transformando em garras. Pontos delicados estão espalhados em seus flancos enquanto se transforma em uma onda de carne e ossos e luar. Ela uiva, e então não é mais a garota da qual me lembro, mas sim uma criatura linda e mortal.

— Me sigam! — grita Kola para os guardas atrás de nós.

Alguns estão boquiabertos por ver os bultungin, mas a presença de Yinka parece incentivá-los, e eles seguem, indo em direção aos bultungin.

Corro à frente, meus pés macios sendo feridos pela terra dura. Meu coração sobe à garganta enquanto tento acompanhar Kola. E então sou derrubada, caindo de lado, sem fôlego. Acima de mim, o céu escuro brilha com estrelas enquanto luto para preencher meus pulmões de ar. Ponho a mão na barriga, minha adaga perdida enquanto um rosto preenche minha visão. Frestas de olhos brancos em um olhar odioso e dentes expostos. Abro a boca para gritar enquanto a mulher acima de mim me empurra, seu braço horizontalmente sobre meu peito, prendendo a mão que segura minha adaga. Sorrindo, ela coloca uma faca no meu pescoço. Me contorço embaixo dela, tentando me libertar. A mulher gargalha enquanto pressiona a lâmina contra minha garganta. Arfo, sem fôlego, quando uma gota de sangue desce pelo meu pescoço. E então um borrão e um grunhido acima, e posso ver as estrelas outra vez.

Kola se agacha ao meu lado. Respirando com dificuldade, me oferece a mão. Deixo que me ajude a levantar, dando só uma rápida olhada na figura torcida da mulher.

— Onde está a iyalawo? — pergunto, me virando e girando o pescoço, em busca de um vislumbre de bronze. A luta parou, e agora resta apenas um grupo de guardas Okô e guerreiros Tapa em uma batalha final entre as ruínas dos portões.

— Ela foi embora — diz Kola enquanto me endireito, vendo o último dos guerreiros Nupé escapar.

* * *

O portão está em frangalhos. Fico afastada, exausta, enquanto os guardas tentam bloquear a entrada com placas de madeira.

Yinka avança na minha direção, as maçãs do rosto indicando sua beleza real que tanto me intimidou quando nos conhecemos. Agora, vê-la me enche de uma leveza da qual preciso desesperadamente, e damos as mãos.

— Você está bem? O que aconteceu? — As palavras saem de uma vez. — Pensei que não veria você de novo.

— Aissa disse a verdade. Sou parente. — Yinka aperta meus dedos, lançando um olhar para a alta bultungin. — O que significa que eles não podem me atacar. — Ela sorri mais uma vez, a alegria estampada em seus lábios.

Penso nas minhas próprias lembranças, reivindicadas e minhas. Saber de onde veio é algo poderoso em relação a como você se sente sobre si mesmo. Disso sei muito bem. Yinka indica a matilha com o queixo, a expressão calma.

— Vou te contar tudo. — Ela se vira para mim, os olhos com um brilho que parece mais humano. — Prometo.

Assinto, apertando a mão dela enquanto vemos os guardas Okô cuidando dos feridos.

— Tantos perdidos — sussurro enquanto os mortos são cobertos, o murmúrio fraco das orações enquanto cada pessoa é abençoada.

Aissa se aproxima da lateral de Yinka, a pele brilhando à luz da lua.

— Você estava certa — diz ela, admirada. Depois, se vira para mim e gesticula para Yinka. — Ela ouviu falar dos ataques no Reino de Oió.

— Encontramos pessoas fugindo de suas vilas — diz Yinka, o olhar sério. — Eles falaram do òyìnbó. Houve mais avistamentos, mais roubos. Mas eles também nos contaram dos ataques dos Tapa, das histórias deles incluindo coisas que nunca aconteceram antes.

— Tipo o quê? — pergunto, mas algo na expressão de Yinka quase faz com que eu me arrependa. Um vislumbre de dor e sofrimento.

— Os refugiados falam de mortes... anormais.

Penso em Kola falando da vila dizimada que encontraram.

— Continue.

— Algumas das pessoas que foram deixadas tiveram o sangue drenado, os corpos estraçalhados. Não havia crianças. Nem seus restos. — Yinka engole em seco, colocando a mão na barriga como se precisasse se amparar. — Os aldeões atacados estavam todos no Reino de Oió. Os ataques estavam se espalhando para a costa.

— E se aproximando de Okô — completa Aissa, apertando o ombro de Yinka. — Ela insistiu que viéssemos para cá o mais rápido possível.

— Eu não queria que esta vila tivesse o mesmo destino — diz Yinka. Ela alonga o pescoço, como se para se livrar da inquietação. Eu a observo, pensando no que poderia ter acontecido se os bultungin não tivesse chegado. — Além disso, Okô é o meu lar. Eu sempre retornaria.

Lar. Penso em Oió-Ilê e meus pais. Se os Tapa estão atacando o Reino de Oió, cedo ou tarde chegarão na capital.

— Acabei de conferir meu pai e o conselho — diz Kola, se juntando a nós, massageando a nuca. — Os representantes do Reino de Oió estão lá com eles. O Alafim declarou guerra. Ele concordou com o conselho, os ataques dos Tapa estão fora de controle. O ataque começa na lua cheia.

— Dois dias — digo, minha voz trêmula. Me viro para ele. Meus nervos estão em frangalhos, criando uma tensão que se espalha dentro de mim. — O mesmo que o ritual necessário para prender os ajogun.

Penso em Ara, Folasade e Exu.

— Alguém viu…

— Não precisa — diz uma voz grave atrás de mim. Me viro e vejo o trapaceiro descendo o caminho lateral, dando um amplo sorriso. Folasade e Ara vêm logo atrás, quase correndo para acompanhá-lo. — Estamos bem.

— Era para você ficar quieto — diz Kola. Ele se apressa para encontrar o orixá, parando-o antes que possa entrar na rua principal.

— Uma pena que você não veio mais cedo para ajudar a defesa — murmura Bem enquanto nos reunimos no caminho coberto.

— Mas e se algo tivesse acontecido comigo? — pergunta Exu, estendendo as mãos e arregalando os olhos pretos. — Quem é que nos salvaria?

A pergunta sarcástica dele é respondida com um rosnado enquanto Yinka me empurra, a pele rasgando e os olhos brilhando.

— Yinka, não!

Mas é tarde demais. Yinka corre, pulando no ar e parando diante de Exu. Com um uivo irregular, ela começa a se transformar, os caninos já longos como os de um leão enquanto avança na garganta do trapaceiro.

Kola se move rapidamente, pulando na frente da bultungin e agarrando Yinka pela cintura. Ele sussurra no seu ouvido enquanto ela luta em seus braços, e quando a mudança do corpo dela para, sei que ele está falando dos ajogun e do que aconteceu. Yinka hesita brevemente, os olhos ainda incendiados, mas então seus membros ondulam, o pelo retrocedendo enquanto luta contra a mudança. Os dentes ainda estão expostos, mas agora estão mais curtos, menos afiados. Aissa rosna ao lado dela.

— Não é hora de falar do passado — diz o trapaceiro, sorrindo e se divertindo. — O que está feito está feito.

Aissa estende a mão para Yinka, puxando-a de volta para seu lado, olhando feio para Exu.

— Agora não é o momento — ouço-a sibilar, sem tirar os olhos do orixá. O corpo de Yinka está tenso, mas ela se deixa ser levada para longe, os ombros subindo com cada respiração, todo o esforço dela aplicado em manter a forma humana.

— Exu, você precisa voltar para o complexo — diz Kola entredentes. — Yinka não é a única que se ressente de você.

O trapaceiro abre a boca para falar, mas Folasade agarra o braço dele e conduz o orixá na direção de que vieram. Ela olha para os guardas mortos e comprime os lábios em uma linha fina, o luto estampado em seu rosto.

Kola está no meio do caminho, de cabeça baixa. Posso apenas imaginar a força necessária para evitar que Yinka atacasse Exu.

— Muito bem — digo baixinho enquanto Ara segue Bem, indo ajudar os guardas Okô feridos.

O rapaz ergue a cabeça e olha para mim.

— Estou fazendo o que posso para ser o líder que Okô precisa quando a hora chegar.

E então Kola volta para a carnificina do ataque dos Tapa, e fico me perguntando se um dia ele me perdoará por deixá-lo.

CAPÍTULO 14

Sigo para os portões principais, esperando ajudar, pensando em todas as almas que começaram sua jornada de volta a Olodumarê. Os feridos são colocados em colchões. Vejo Ara inclinada sobre uma mulher cuja perna está destruída, com pele rasgada e ossos aparecendo. Ara tem uma pequena cabaça de água e tiras de algodão, que usa para gentilmente limpar e enfaixar a ferida. Ao lado dela, há uma cesta de ervas e uma pequena tigela de sálvia verde-clara. Com movimentos pacientes, ela cuida dos feridos, seu toque gentil. Quando termina, ela limpa as mãos e se levanta, se aproximando de mim.

— Venha comigo buscar mais água — diz Ara. — E então vamos comer com os outros. — Ela começa a andar de voltar para o complexo, a cabaça equilibrada nas tranças no meio de sua cabeça. — Todos precisamos descansar.

Assinto e viramos à esquerda, em direção ao centro de Okô e ao poço que serve a vila. A lua está forte, embaçando as sombras e iluminando nosso caminho. Um pequeno leopardo esculpido está caído de lado, abandonado, e eu o pego e o apoio contra a parede do complexo. Espero que a criança que o deixou cair o encontre.

— Kola me contou o que aconteceu com ele. O que você sacrificou. — A voz de Ara é tranquila, e ela olha para as minhas pernas.

Então ele contou a verdade sobre mim.

— Tudo? — Meu estômago revira com a ideia de ela saber que não sou mais a mesma.

Ara assente. Penso em Kola contando a ela sobre como eu o salvei, que sou criação de Iemanjá. O que ela acha disso?

Ara deixa a cabaça de lado e se aproxima, me abraçando.

— Simi, você é a mesma pessoa. Lembra da minha vizinha, Jenrola? — Assinto no calor da pele dela, sentindo o cheiro da manteiga de karité. — Lembra do grampo dourado?

Ara recebera dos pais um presente em seu aniversário de dezesseis anos, um pequeno ornamento de cabelo que brilhava como o sol. Ela o usava todos os dias, preso entre as divisões apertadas de suas tranças. Certa tarde, eu estava arrumando o cabelo dela e o grampo caiu. Nós não vimos, mas Jenrola o encontrou e disse que era dela.

— Ela se recusou a devolver e você começou a chorar.

Ara ri um pouco, a testa pressionada na minha.

— Sim. E você... — Ela se afasta, dando um sorriso. — Você exigiu que ela devolvesse. Não aceitava não como resposta.

Dou de ombros, mas a memória me enche de afeição.

— Jenrola não tinha direito de mentir daquele jeito.

Ara aperta meu ombro.

— Mas você não a deixou sair impune. Essa é a Simi que conheço. A Simi que você ainda é. — Observo ela apoiar a cabaça no cocuruto e voltar a caminhar. — Você é exatamente como me lembro.

Observo o cabelo arrumado dela, as pontas das tranças formando pequenas nuvens pretas que emolduram seu rosto macio.

— E você?

Posso sentir que algo mudou nela. Não é possível passar por tudo pelo que ela passou, tudo pelo que passamos, e não ser mudado de alguma forma. Disso eu sei.

— Tiro o melhor de qualquer situação. — Ara pisca, com o olhar vazio. — Estar em Rabah me ensinou a tratar e curar os doentes e feridos. Mantive a cabeça baixa e ouvi.

— Ara ergue a mão para a cabaça, equilibrando-a com as pontas dos dedos. — Saiba que isso vai estimular Idera.

— Como assim? — pergunto, mas acho que já sei o que Ara dirá, e minha boca fica seca.

— Idera não gosta de perder. Ela tem um… olho ferido. Dizem que ela foi punida por olhar da forma errada para uma das esposas do Obá. A mulher encurralou Idera quando rumores do poder dela estavam se espalhando, com ciúmes da atenção que o Obá de Nupé dava à iyalawo. Ela pagou um mercenário para ferir Idera. — Ara parece preocupada, os lábios formando uma linha fina. — Idera ganhou uma cicatriz, mas a mulher perdeu muito mais.

— Quanto mais? — pergunto, embora metade de mim não queira saber.

— Ela foi encontrada com os olhos arrancados e a língua cortada. — Paramos no poço, suas paredes altas de tijolo brilhando em um tom de vermelho-amarronzado. Ara abaixa a cabaça, se vira para o outro lado para descer a corda e o balde de cobre. — Não se deve irritar Idera.

Não consigo imaginar como deve ter sido para ela em Rabah. Pelo menos ela não está mais lá, penso. Inclino minha cabeça para o céu, inspirando o ar fresco da noite, me permitindo sentir gratidão apesar do ataque dos Tapa. Grata por estar reunida com tantos e pelas vidas que jamais podem ser vistas como garantidas.

Pequenos grupos de guardas Okô estão sentados sob as estrelas segurando tigelas de cozido vermelho e arroz. Ara me conduz até Bem e Kola, que descansam na extremidade dos grupos. Bem chupa uma asa de galinha inteira, arrancando a carne de uma só vez, mas Kola está parado, encarando a carne em suas mãos.

— Está esperando que esse frango volte à vida… cresça asas e saia voando? — Ara coloca a cabaça de água fresca no chão diante deles, e eu entrego um copo a cada um.

Mesmo assim Kola não ergue o olhar, então Ara coloca as mãos sob as axilas e balança os braços.

— Có-có-có. — Ela se inclina à frente, a cabeça girando como se buscasse milho, joelhos dobrados, olhos arregalados. Cacarejando de novo, Ara arrasta os pés descalços na terra.

Há um momento de silêncio e então Bem cospe, rindo alto. Até Kola sorri.

— O que é isso? — Yinka se aproxima de nós, com Aissa ao lado, sorrindo. — Estamos fingindo ser a comida que queremos?

Kola se levanta quando Yinka se apressa para ele, jogando os braços ao redor do pescoço do rapaz. Sorrio enquanto os observo. E então Bem se levanta, passando um braço pelos dois antes de me agarrar com o outro, puxando-me na direção deles. Rio e fecho os olhos por um momento, me permitindo sentir a onda de amor que tenho por todos eles.

— Vamos. Estou faminta! — Nós nos viramos e vemos Aissa buscando mais comida, esfregando sua túnica de pelo cinza. — Devo agir como uma galinha para ser alimentada?

Yinka ri enquanto nos afastamos, se sentando entre Kola e Bem.

— Vou pegar mais — diz Ara, ainda de braços dobrados, cacarejando enquanto vai até a fogueira. Ela se vira uma vez e sorri para nós, e meu coração fica mais quentinho do que nos últimos tempos.

Kola encara Yinka, os olhos brilhando. Ele ficou animado assim em me ver? Ainda não parece querer olhar para mim direito. Prendo um suspiro e tomo um gole de água, aceitando as fatias de banana frita que Bem me entrega.

— O que aconteceu? — pergunta Kola para Yinka. — No vulcão.

— E depois — completo, mordiscando a comida.

Nos acomodamos enquanto Ara retorna com um pouco de ẹ̀fọ́ rírò. Bem sorve alegremente, ignorando o olhar que Yinka lhe dá por fazer barulho demais. Ela revira os olhos e continua nos contando como os bultungin se revelaram como clã.

— Com a ajuda de Aissa, eu viajei para o Reino de Daomé, para aprender sobre o lugar de onde minha mãe era. — Yinka faz uma pausa, os olhos brilhando. Ela pigarreia, e Aissa dá tapinhas gentis em suas costas. — Para falar com pessoas que a conheciam, que a respeitavam. — Uma lágrima desce pela bochecha e ela a limpa, assentindo. — Apesar das… dificuldades… foi tudo que eu precisava.

Yinka nos conta da posição de general que sua mãe tinha, protegendo o Obá no regimento inteiramente feminino e supervisionando o treinamento de jovens como guerreiras.

Sobre as ilusões destruídas das outras líderes e suas discussões. Ela fala de como a mãe foi banida, quase cedendo à morte antes de se recuperar quando chegou em Okô. Kola a abraça de novo, apertando-a contra a lateral do corpo.

— O que deu em você? — pergunta Yinka para Kola, sorrindo e bufando um pouco enquanto o afasta. — Pare. Não me lembro de você ser tão legal assim comigo antes!

Kola ri, com a mão no peito e as sobrancelhas erguidas, em um protesto bem-humorado.

— O que foi? Senti saudades!

— Eu sei. Eu também sentiria se fosse você, mas toda essa afeição é demais!

Ver as ruguinhas ao redor dos olhos de Kola quando ele sorri faz meu coração disparar. Eu me lembro de quando ele sorria assim para mim, e sinto tanta falta disso que dói. Tento não deixar as lágrimas se formarem, piscando rapidamente, sem apetite.

Me levanto para lavar minha tigela na gigantesca cuba. Disfarçada nas sombras, me afasto, voltando para o complexo da família de Kola. Quando abro a porta, ouço os roncos altos. Atravesso o pátio correndo, e encontro Exu adormecido em uma pilha de colchões e cobertores. A boca do orixá está aberta, braços e pernas espalhados. O ronco alto dele ecoa ao nosso redor.

— Folasade! — sibilo, sem me incomodar em falar baixo. Como o orixá pode dormir depois do que acabou de acontecer? Tenho vontade de chutar ele. — Cadê você?

A garota se apressa da cozinha, a testa franzida.

— Ele só sabe comer!

— Não devíamos ter que fazer a vontade dele. — Estalo a língua, olhando para Exu adormecido.

— Ele disse que se estiver cansado ou com fome não poderá planejar nossa ida ao Mokele-mbembe. — Folasade põe as mãos na cintura.

Reviro os olhos e olho feio para o trapaceiro.

— Me passa a água.

Folasade me entrega um copo cheio, os olhos brilhando quando eu o seguro alto acima da cabeça do orixá. Devagar, deixo o conteúdo cair, a água limpa brilhando na luz laranja dos lampiões pouco antes de cair no rosto de Exu. O orixá arfa, sentando-se rapidamente, os olhos prateados brilhando quando ele dá um pulo, as mãos em punho.

— O quê...?

— Nos conte mais sobre como conseguir a canção da alma.

— Olho para Folasade, que não se dá ao trabalho de esconder o sorrisinho perverso. — Precisamos partir o quanto antes.

Penso nos Tapa e na iyalawo. Na devastação que causaram em poucas horas.

Exu fica de pé, se assomando sobre nós enquanto tira a água de suas tranças.

— Sabe quanto tempo faz desde que dormi com a pança cheia de comida e vinho?

Ergo o queixo e não desvio meu olhar do dele, ignorando meu nervosismo.

— Você concordou em nos ajudar.

O orixá suspira e pega a garrafa de vinho de palma. Quando descobre que está vazia, deixa que role pelo chão, fazendo um som de irritação.

— Já falei. A criatura vive no abismo entre ambos os reinos, em um trecho de água que também está conectado ao mar.

— E quanto à criatura? Qual é a melhor forma da gente matá-la?

Exu pisca e joga as tranças para trás.

— A melhor forma de *vocês* matarem a criatura, imagino, é como qualquer outra caçada. Perseguir e atacar. — Ele tira uma lasca de frango do meio dos dentes e a observa solenemente antes de descartá-la.

— Espera — digo, semicerrando os olhos. — Quer dizer que você não vem? Mas você concordou!

— Eu disse que prenderia os ajogun. Não falei que conseguiria a canção da alma. — Exu sorri e se recosta, uma expressão convencida no rosto enquanto cata um pedaço de manga da bandeja e o enfia na boca. — Além disso, já que você me libertou de Olocum, não posso mais respirar no mar. Não, é bem melhor que eu fique aqui e me prepare para prendê-los. — Ele fecha os olhos e faz um gesto com as mãos para me dispensar, as palmas pálidas aparecendo. — E como falei antes, precisarei de toda a minha energia para o ritual.

Abro a boca, as palavras raivosas queimando na minha língua, mas Folasade pousa a mão no meu ombro, os dedos frios contrastando com o meu calor.

— Eu disse que sei onde fica o abismo. — Ela lança um olhar sombrio para o trapaceiro. — Posso nos levar até lá.

— Viu? — diz Exu, abrindo os olhos. — Ela sabe. — O orixá engole a manga e estala os lábios. — Se vocês partirem de manhã, voltarão à tarde. E isso nos dá um dia. Ficarei aqui para me preparar.

Folasade se inclina para perto de mim e abaixa o tom para um sussurro, o olhar sério.

— E eu não necessariamente confiaria nele se estivesse com a gente.

Tento controlar minha irritação e tiro Folasade de perto de Exu, que simplesmente estica os braços acima da cabeça antes de cruzá-los sobre o peito. Quando chegamos no pátio, descrevo o ataque de Idera.

— Então Ara está certa. A iyalawo sabe dos ajogun. — Folasade brinca com sua safira, lutando contra a expressão de medo em seu rosto. — Você acha que ela sabe como libertá-los?

— É o que Ara diz. — Penso nos mortos no mar, a crueldade pela qual Idera é conhecida e o poder que ela tem. — Não quero arriscar descobrir. Precisamos conseguir a canção da alma.

Enquanto Exu ronca alto, Folasade explica a localidade do abismo.

— Como falei antes, há um canal que corre do mar entre os reinos de Oió e Nupé. Em certa altura, deságua em um rio.

Franzo a testa, pensando nos detalhes.

— Por que o Mokele-mbembe escolheria esse lugar?

Folasade se arrepia e passa as mãos nos braços.

— Talvez porque é profundo, mas sem os perigos do mar. Frio e escuro o suficiente para esconder quase qualquer coisa.

Penso nas águas da Terra dos Mortos de Olocum. A escuridão como tinta e o frio que entra em seus ossos.

— Vamos agora. Quanto antes, melhor.

— Vocês não vão embora até o nascer do sol, pelo menos. — Kola aparece na entrada do complexo, o rosto coberto em sombras e os ombros quase tão amplos quanto a soleira da porta. Mais uma vez, fico impressionada com o quanto ele mudou. Não apenas sua altura, mas o peso de suas palavras e a expectativa de que suas palavras serão consideradas. — Não com Idera aí fora. Ainda não sabemos se há mais Tapa esperando.

Então agora ele está falando comigo. Respiro fundo, mas sei que ele está certo. Seria tolice correr no que resta da noite depois do que aconteceu. Folasade aperta as mãos.

— Partiremos no alvorecer.

— Meus pais e os gêmeos estão no salão de reuniões — diz Kola, as palavras sucintas. Ainda sem olhar nos meus olhos. — Dobramos os guardas. Vocês podem ficar aqui.

Folasade assente, e eu a observo por um instante. Passei tempo nesta vila quando estávamos caçando Exu, mas faz muito tempo desde que Folasade esteve ao redor de tantas pessoas, e em forma humana. Aperto a mão dela, abrindo um pequeno sorriso, feliz por ela não ter testemunhado o ataque.

— Acho que você devia descansar. Foi um dia cansativo — digo.

— Estou bem — responde Folasade, mas eu a vejo passar o peso do corpo de um lado para o outro, o rosto franzido.

— Por favor — digo baixinho, sabendo da dor que ela sente. — Você não está acostumada com isso.

Folasade franze a testa para mim, mas então relaxa. Ela sabe que não pode continuar.

— Você pode ficar com o quarto dos gêmeos — diz Kola enquanto conduz Folasade para o pátio.

Volto para Exu, virando minha mão, examinando a corrente dourada e o rubi em meu pulso. Enquanto tamborilo com as unhas na joia, me lembro de como brilhou, da sensação de queimar minha carne. Penso nos oito rostos que vi e luto contra uma onda de náusea.

— Eu te falei do poder dela. — Exu se apoia em um braço, olhando para mim. — Já sentiu?

Seguro a pedra na mão por um instante antes de encarar o orixá.

— Ficou... quente. Pouco antes do ataque dos Tapa. — Não conto sobre as imagens de Oió-Ilê arrasada.

— Está ligada a mim, e, portanto, aos ajogun. — Exu abaixa o braço, voltando a se deitar, e pousa as mãos na barriga, fechando os olhos. — Se a iyalawo estava usando poder dos senhores da guerra, a joia teria sentido.

Espio o rubi mais de perto, mas ele permanece igual, ainda da cor do sangue recém-derramado. Se o que Exu está dizendo é verdade, então isso explica a visão dos ajogun. Os corpos dos malditos permanecem na minha mente, e sinto um desconforto frio serpentear por mim enquanto Kola volta, pegando o final da nossa conversa.

— Houve algum tipo de aviso? — Kola nos observa com cuidado, as mãos em punho. Atrás dele, a lua redonda brilha, amarelo-esbranquiçada. — Você não pensou em nos contar isso antes do ataque dos Tapa?

Por um momento, Exu não fala nem se mexe, e então abre um olho para pegar mais manga. Nos encarando por um instante antes de fechar os olhos, ele diz:

— Não. Isso não é preocupação minha.

Vejo a mudança na expressão de Kola com a resposta do orixá, seu lábio superior franzido e seus punhos se fechando subitamente. Ele avança, derrubando a garrafa de Exu. O ar se enche com o cheiro doce e leitoso do vinho de palma.

— Kola, pare... — peço baixinho.

Ele me dá um olhar de reprovação, e tento não me encolher. E então me dá as costas, indo em direção à porta bem quando as nuvens escondem a lua, nos mergulhando na escuridão. Quando a luz se liberta, só consigo ver as costas marcadas de Kola enquanto ele desaparece pelas portas do complexo.

Exu mastiga a manga, o rosto inclinado para a lua.

— Você não vai atrás dele, peixinha? — pergunta ele, sem sequer abrir os olhos.

CAPÍTULO 15

Dou as costas para Exu e passo correndo pelas portas, abrindo-as para a noite escura e para o caminho rajado de luar. Os cantos do complexo estão mergulhados nas sombras, e as tochas se apagam em uma brisa repentina.

— Kola! — chamo quando o vejo nos degraus. Ele para e eu me movo rapidamente, apesar da dor crescente nas solas dos meus pés. A pedra está fria sob eles quando paro um degrau acima de Kola, nossos olhares no mesmo nível. — Espere — peço.

Kola me encara, os ombros tensos de raiva.

— É assim que vai ser agora? Você falando em nome de Exu? — pergunta ele, a voz baixa e grave.

— Você sabe que isso é injusto. O que você faria no meu lugar? Não acha que eu odeio ter que lidar com alguém que machucou as pessoas que eu amo? — Paro para respirar, ficando irritada. — Não tive escolha. Não se eu for pensar nos outros, pensar em algo além de mim.

— E quanto a mim, Simi? — Kola se aproxima, a testa franzida. — Quando você tomou suas decisões, sem sequer falar comigo, pensou em mim?

Fecho as mãos em punho.

— Pensei em você, e pensei em mais que você!

— E isso funcionou muito bem, não foi? — Agora Kola está me encarando.

Me encolho, perdendo o ar enquanto dou um passo para trás, as lágrimas ardendo nos meus olhos.

— Não se tratava só de você — digo, tentando manter meu tom firme. — E você sabe disso.

— Eu sei que precisava de você — diz Kola baixinho, e sua resposta me destrói ainda mais, me fazendo sentir uma vontade enorme de querê-lo, de amá-lo, que está sempre aqui esperando. Reconheço a forma da dor dele porque é igual à minha.

— Tudo o que eu estava tentando fazer, tudo o que *estou* tentando fazer, é manter todos em segurança. — Penso em Issa e sua morte sem sentido. Penso na escolha que fiz e tudo o que aguentei. E agora os ajogun e o poder deles podem criar mais morte e destruição. Tudo isso desaba sobre mim, uma onda desanimadora e uma mágoa inescapável. — E parece que nem isso consigo fazer — sussurro.

Eu só tentei ajudá-los, salvá-los. Mas tudo parece piorar as coisas ainda mais. E agora até Kola acha que sou tola. O soluço vem de bem fundo de mim e não consigo mais segurar. Pressiono minhas palmas contra o rosto, tentando cobrir as lágrimas que caem quentes nas minhas bochechas.

A parte mais escura da noite cai sobre nós enquanto Kola me abraça, a pele quente contra a minha. Sinto meu corpo tremer, mas não me afasto. Não posso.

— Simi, eu… me desculpa. — Eu o sinto suspirar contra meu cabelo, descendo as mãos para a minha coluna. — Sei que você fez o seu melhor. Sei disso.

Balanço a cabeça contra o peito dele, limpando as lágrimas que serpenteiam entre meus dedos. Inspiro fundo, tentando me acalmar, e ele ainda me abraça.

Kola me abraça com mais força, e eu o abraço de volta, sentindo o relevo de suas cicatrizes entre minhas palmas.

— Eu só... senti saudades de você.

Não digo nada por um instante. Mas então as palavras estão aqui, escapando antes que eu tenha a chance de interrompê-las.

— Pensei em você. Todos os dias. — Ainda não consigo olhar para ele. Temo que se olhar, algo mais vai acontecer. Algo que vai me destruir.

— Podíamos ter tentado encontrar um jeito. Juntos. — Ouso olhar rapidamente para Kola enquanto ele fala. Os olhos dele estão semicerrados, as sombras da noite cobrindo seu rosto.

— Você sabe que o que Exu te contou no palácio dele é verdade. — Minha voz falha. — Não agir de acordo com o que penso é parte do que sou. De quem sou. Jamais podemos ficar juntos. Não da maneira adequada. — Olho para as linhas da minha palma, as trilhas marrom-claras dividindo minha carne. Presságios de vida, saúde... amor.

Kola suspira e passa a mão no rosto.

— Eu sei. — Mas a voz dele soa baixa e derrotada.

Ficamos juntos na escuridão, sem nada a dizer enquanto a verdade cai sobre nós. Em algumas horas, o sol dará início a um novo dia, e eu partirei com Folasade. Mas pelo menos tenho isso por enquanto, penso. Kola perto de mim.

Me movo, me aproximando mais. A respiração súbita dele me faz hesitar, mas a dor de querê-lo se espalha, subindo até meu coração, forçando as batidas a acelerarem, a retumbarem nos meus ouvidos enquanto viro meu rosto para ver o brilho em seus olhos castanhos. Meu olhar é atraído à pintinha acima de suas sobrancelhas, e então de volta aos seus lábios.

Seria fácil, penso. Encaixar minha boca na dele.

Uma brisa fria corre pelo caminho, passando por minhas pernas, erguendo meus cachos. Kola me encara, os olhos semicerrados, os lábios entreabertos.

— Desculpa — sussurro, as palavras duras enquanto me afasto de seu alcance, de seu toque.

Limpo as lágrimas com as costas da mão. Kola engole em seco, entrando nas sombras. Mas vejo a mágoa que causei mais uma vez.

Isso não é justo.

Com ele ou comigo.

Saio cambaleando, desamassando as dobras da minha túnica, e olho para a lua minguante.

— Preciso descansar. Folasade e eu partiremos pela manhã.

Me viro, subindo os degraus, antes que possa fazer qualquer coisa, dizer qualquer coisa. Antes que palavras que não podem ser ditas se libertem e nos separem ainda mais.

CAPÍTULO 16

Acordo com o calor crescente de um novo dia. Folasade está adormecida ao meu lado, um lençol cobrindo seus quadris e as palmas de suas mãos estão unidas. Imagens de túnicas amarelas e pretas, e gritos que perfuram a noite, correm por minha mente.

Me viro de lado, esticando minhas pernas e piscando com a fraca luz que entra no quarto. As paredes ao meu redor são uma confusão de bronze, dourado e amarelo, mostrando imagens de Ogum e Ibeji, tecidas, bordadas e desenhadas. Kehinde e Taiwo preencheram seu espaço com luz e uma reverência que pode ser sentida.

Ao me sentar, penso na canção da alma e nos dois dias que ainda temos, meus nervos à flor da pele.

— Folasade — chamo baixinho, com a mão no ombro dela enquanto a balanço gentilmente.

Ela se espreguiça devagar, e me pergunto se as memórias da vida dela de antes estão retornando, como aconteceu comigo. Folasade põe a mão no cabelo, tocando a pequena coroa de fios crespos.

— Você chegou a sonhar? — pergunto. Espero que, em caso positivo, os sonhos tenham sido de sua família, amigos e seu lar.

— Sonhei — responde ela, mostrando seus dentes perfeitos e um sorriso largo que alcança seus olhos. — Vi minha mãe. E minha irmãzinha. — Ela fala baixinho, muito diferente das palavras severas dela na água, como se a terra tivesse suavizado os traços criados por ser uma Mami Wata. Ela me conta de uma vila nas profundezas da floresta, de casas feitas de árvores e do rio que serpenteia por tudo. Os olhos dela brilham com as lembranças, e sorrio quando ela termina, desejando que tenha mais sonhos assim.

Ouvimos vozes no pátio enquanto seguimos pelo corredor principal, pisando duro enquanto nos ajustamos às pernas cujos ossos estalam devido à falta de uso. Um brilho cor-de-rosa tinge o céu azul-escuro, envolvendo o complexo em um rosa delicado. A luz crescente se espalha na comida e bebida servidas, tigelas e copos de cobre iluminados em um bronze brilhante. Paro na entrada quando vejo Kola, Yinka e Ara reunidos, de cabeça baixa, conversando intensamente.

— Simi! — diz Yinka ao me ver, se pondo de pé e pulando.

— Está acordada.

— Você devia ter me acordado mais cedo — resmungo, mas a abraço mesmo assim. Olho para Kola, que assente para mim, o olhar frio. Inspiro fundo. É assim que deve ser, digo para mim mesma.

— Você precisava descansar — diz Yinka enquanto nos conduz à comida. — Vem, senta aqui. Come alguma coisa.

Ara serve água e coloca tigelas de banana frita e àkàrà diante de nós. Folasade se senta, posicionando as pernas com cuidado, fechando os olhos enquanto morde uma explosão de doçura.

— Onde está Exu? — Olho para o pátio, mas o orixá não está recostado nos cobertores onde pensei que estivesse.

— Bem o levou para o babalaô. Exu disse que o sacerdote pode ajudá-lo a se preparar. — Kola bebe sua água, o prato com comida deixada pela metade. Quando olha para mim, é com um ar de desafio. — Além disso, depois que ele pegou Taiwo e Kehinde, pensamos que seria melhor se meus pais e os outros aldeões não o vissem. Não queremos deixá-lo sozinho em Okô. Bem vai ficar de olho nele.

Penso na forma como Kola quase atacou Exu ontem à noite, e me lembro das ações egoístas do orixá. Quando o trapaceiro pegou os gêmeos, toda a Okô se cobriu em camadas de luto, com o medo de que as crianças já estivessem mortas. Toco o rubi pendurado em meu pulso esquerdo. Melhor evitar que Exu cause discórdia até a cerimônia.

— Coma, Simi — incentiva Folasade. — Vamos precisar. A caminhada não é fácil.

— Ela está certa — diz Kola. Ele me entrega um copo de água, com cuidado para nossos dedos não se tocarem. — Precisamos garantir que estaremos prontos.

Aceito a bebida, mas não bebo.

— Como assim "precisamos"? — Olho para eles, mas apenas Yinka devolve o olhar.

— Vamos com vocês. — Ela estende o braço, pegando a fatia de banana da minha mão e a colocando na boca. — Você não achou que deixaríamos vocês irem sozinhas, né?

— Não — digo alto, apertando o copo com mais força. — Apenas Folasade. Só a gente pode fazer isso. — Coloco o copo no chão e cruzo os braços. — A não ser que, de repente, vocês possam respirar debaixo d'água.

— Falei que ela ia bater o pé. — Yinka arfa e franze a testa. Ela se vira para me encarar. — Para com isso, Simi. Já falei para a matilha ficar aqui, para ajudar com a defesa se for necessário. Você não deve se preocupar só com os Tapa. Os òyìnbó estão se movimentando pelo interior da mata, utilizando os rios para navegar pela floresta e territórios centrais. Não está na hora de discutir isso.

O brilho do nascer do sol acima do telhado do complexo dá ao céu um súbito brilho dourado, e Kola se levanta, ficando de pé contra a luz.

— Não se trata só de você, Simi. — Kola semicerra os olhos para mim, e eu devolvo a encarada. — Tem muita coisa em risco.

Yinka fica entre nós, de mãos erguidas.

— O que Kola está querendo dizer é que você ainda precisa ir até lá e voltar, e isso é o que vamos garantir.

Fico em silêncio por um momento enquanto absorvo as palavras deles e luto para não ir embora.

— Simi… os Tapa — diz Folasade. O medo nas palavras dela afasta parte da minha teimosia.

Não quero que nenhum deles se arrisque por nossa causa, mas sei que estão certos, que podemos ser atacadas, e então onde estaríamos? Assinto rapidamente, ignorando o olhar de Kola e focando em Ara.

— Mas Ara não precisa vir. — Minha amiga fica boquiaberta, surpresa antes que a mágoa apareça. — Sabemos como lutar, e ela, não.

Não digo que ficarei arrasada se qualquer um deles se machucar. Mesmo agora, a presença de Yinka me lembra de que há uma pessoa faltando. Issa. Pensar nos olhos cor de mel do yumbo causa uma ferida mais profunda no meu coração.

— Mas sei como curar — responde Ara, ficando de pé e ajeitando sua túnica. — E conheço Idera. Sei como ela pensa.

— O que mais? — pergunto. — Vai cacarejar como uma galinha quando tivermos fome?

Ara me encara e me lembro de outros momentos em que fui dura com ela. A mesma expressão está estampada em seu rosto agora, os olhos semicerrados e o lábio inferior formando um biquinho.

— Posso garantir que estamos indo na direção certa. Folasade só conhece o abismo do mar. — Ara fica parada na minha frente, o queixo erguido, um brilho teimoso e familiar em seus olhos. — Além disso, sei como manejar certas armas. Não serei totalmente inútil.

Nos encaramos, e eu, por fim, suspiro alto. Conheço Ara o bastante para saber que não devo tentar pará-la quando está decidida. Não tem como convencê-la.

— Está bem. Partiremos o quanto antes.

— Ótimo! — Ara junta as mãos, fazendo uma dancinha de comemoração. Ela para quando me vê franzir a testa, mas ainda sorri para mim.

— Se quisermos chegar a tempo, não podemos ir a pé. Pedirei cavalos ao meu pai. — Kola se volta para Ara e Yinka. — Reúnam o que vão precisar.

Folasade aceita uma pequena espada de Yinka enquanto Ara prepara um saquinho de ervas e comida que pegou da cozinha. Yinka afia seus machados em uma pedra, os dentes brilhando quando sorri para mim.

— O que foi? Ainda gosto de usá-los.

Kola volta com cinco cavalos. O rosto dele está tenso.

— O representante de Oió-Ilê partiu. Okô enviará contingentes para se juntar a eles amanhã.

Ficamos em silêncio enquanto cada um escolhe um cavalo, conduzindo os animais pela via principal na primeira luz do dia. Os portões da frente ainda estão sendo consertados quando passamos por eles. Marteladas e gritos preenchem o ar enquanto trabalhadores se esforçam para tornar a vila tão segura quanto possível. Só consigo pensar na facilidade com a qual os Tapa destruíram os portões. O que conseguirão fazer com mais poder dos ajogun? A necessidade da canção da alma não poderia ser maior.

Galopamos pelos campos, deixando Okô e o desespero que emudeceu a vila para trás. A floresta é uma mistura de tons de verde e de trinados do peito-de-fogo-de-bico-vermelho enquanto passamos por ela, rumo ao caminho onde avistamos os Tapa ontem à noite. Kola e Yinka lideram o grupo, navegando pela floresta de uma forma que só quem a conhece bem pode fazer. Assim que vemos a estrada serpenteando como uma fita marrom entre os troncos do mogno, Kola levanta a mão, parando no lugar.

Através dos arbustos espalhados, vejo um pequeno conjunto de casas, suas madeiras enegrecidas contrastando com a luz amarela do sol.

Ara cruza os braços sobre o peito e se balança na minha frente, movendo os quadris de um lado para o outro exageradamente. Olhando por sobre os ombros, ela semicerra os olhos e sorri, puxando o lábio superior bem alto acima dos dentes, a gengiva rosa e marrom brilhando.

— Quem sou eu?

Ela aproxima o rosto na minha direção e ri, um som de buzina que me lembra dos gansos que voaram acima de nós assim que saímos do décimo sétimo portão. Tomo um gole de nosso odre e tento não rir, mas quando ela balança a cabeça e acaricia o cabelo, cuspo no ar.

— Você não devia zombar de sua ìyá Tope, Ara — digo, mas sinto o sorriso surgindo no meu rosto.

Delicadamente, abro caminho pelos troncos das árvores e folhas caídas, tentando ver as espirais marrons de uma víbora-do-gabão. Nos últimos meses, duas pessoas do nosso complexo vizinho morreram em decorrência de sua picada venenosa, e não quero ser a terceira.

Ara suspira, mas relaxa as mãos.

— Eu sei. Mas é que ela está sempre... aqui. Comendo toda a carne e me pedindo para cozinhar, fazendo uma bagunça e depois dizendo que está cansada demais para fazer qualquer outra coisa que não seja dormir. — Minha melhor amiga se vira para mim, uma ruga entre as sobrancelhas. — Sei que ela está passando por um momento difícil, mas por que dificultar minha vida também?

A ìyá Tope de Ara está ficando com eles depois de discutir com o marido e levou três filhas pequenas consigo. Ara tentou ficar longe de casa o máximo possível, tentando escapar da tarefa interminável de trançar três cabeças bagunçadas e do trabalho necessário para cozinhar e limpar para todos eles.

— Sei que ela está visitando, mas por quanto tempo? — Ara grunhe enquanto me espera.

Mantemos um ritmo constante pela floresta, querendo chegar à parte do rio onde ninguém vai, um dos lugares que nos dará certa privacidade, para nadar e nos deitar na terra aquecida pelo sol. Enquanto Ara fala de como agora tem que compartilhar o colchão com a prima mais nova, paro, sentindo um cheiro de fumaça forte na manhã.

— Ela é pequena, mas mexe os braços e as pernas de uma forma que...

Levo um dedo aos meus lábios enquanto meu coração bate forte contra o peito.

— Shiu.

Ara põe as mãos na cintura.

— Sei que você acha isso tedioso, mas mal consigo dormir...

Avançando, tampo a boca de Ara com a mão e observo o céu. Ao leste, uma pluma grossa de fumaça sobe para encontrar as nuvens. Aponto, e minha amiga arregala os olhos quando vê a espiral cinza-escura. Devagar, ela tira meus dedos de seu rosto, boquiaberta.

Me viro para encarar a floresta na direção da qual a fumaça vem. O sol ainda brilha através das copas das árvores, iluminando a folhagem em tons de verde, mas percebo que não há som. Não há pássaros cantando, não há o grito dos macacos de rosto branco que às vezes espiam lá de cima, seus olhos redondos fixados em nós como se tivéssemos trazido carne-seca. Engulo em seco e dou um passo à frente.

— Simi! — sibila Ara. — Precisamos voltar.

Balanço a cabeça, pensando na pequena vila e naqueles que a chamam de lar.

— Pode haver pessoas precisando de ajuda.

— Pode haver pessoas planejando cortar nossas gargantas — diz Ara, puxando a túnica nervosamente.

— Então vá — digo. — Eu não quero pensar que poderia ter ajudado e não ajudei.

Sigo, avançando pela terra com cuidado, tentando não pisar em folhas ou galhos que possam me denunciar. Olho para trás uma vez e vejo Ara franzindo os lábios antes de me seguir, como sempre faz. Não chegaremos perto demais se houver perigo, penso.

Enquanto abrimos espaço entre as árvores, o cheiro da fumaça fica mais forte e nocivo no ar. Lutando para não tossir, levo a mão ao rosto, protegendo minha boca enquanto chegamos perto da extremidade das árvores. Ansiosa, espio à frente, partes da vila entrando no meu campo de visão.

Vejo as estruturas vazias e enegrecidas das casas primeiro, brasas que brilham vermelhas entre as paredes em ruínas, telhados destruídos e abertos para o céu. Não há nenhuma estrutura de pé, e o fedor de queimado fica mais forte. Mantendo Ara atrás de mim, sigo em frente devagar até ver mais alguma coisa nas ruínas da casa mais próxima. O contorno de um corpo caído no chão, uma trança nas cinzas.

A bile sobe à minha garganta e quase vomito, ondas secas balançando meu corpo. Ara me abraça, ainda olhando para a vila. Quando termino, ela se vira para mim, o rosto sem expressão, um olhar sério.

— Vem. Temos que contar para o seu pai.

Pensar nos Tapa invadindo outra vila me faz tremer de medo e fúria. Estou puxando a adaga do meu cabelo quando Kola pousa a mão no meu braço. Ele balança a cabeça e ergue sua própria arma, a lâmina brilhando.

— Me deixa ver se o caminho está livre primeiro — sussurra ele.

Abro a boca para discutir, mas penso melhor. Não quero alertar alguém que possa estar por perto. Kola desce do cavalo e desembainha a espada em suas costas. Virando-se para nós, ele pressiona um dedo nos lábios. Suor escorre pelas laterais de seu rosto, brilhando no sol que passa pelas esparsas copas das árvores enquanto ele avança entre as árvores, sem emitir nenhum som.

Aperto o cabo da minha adaga com mais força, e Kola volta com uma expressão mais calma. Ele agarra as rédeas de seu cavalo e gesticula para nós.

— Está tudo bem. A vila foi abandonada, eu acho. Talvez um dos assentamentos que se mudou para o interior para escapar dos òyìnbó. Mas se preparem para se esconder se eu disser.

— Precisamos ir para o noroeste — diz Folasade, guardando a pequena espada nas dobras de sua túnica outra vez. Ela se senta desconfortavelmente em cima do cavalo, se encolhendo sempre que o animal se mexe. — Através das planícies que ladeiam os reinos de Nupé e Oió. O abismo segue um pequeno rio que se alarga pouco antes de alcançar o mar.

— Sei de que rota você está falando — diz Yinka, apontando além de Kola. — Passamos por esse caminho enquanto viajávamos de volta a Okô. Simi e eu conduziremos. Folasade pode vir logo atrás, e Kola fica no fim com Ara.

Me mexo sobre o cavalo, tentando ficar confortável, quase escorregando da sela. O animal, uma égua castanha e branca, espera pacientemente enquanto me ajeito. Kola não diz nada, montando seu garanhão preto, que mexe a cabeça com impaciência. Ele se posiciona atrás de Ara e Folasade, conferindo o caminho atrás de nós.

— Venha, Simi. Você é a única com quem não consegui conversar direito ainda. — Yinka incita o cavalo à frente enquanto me mexo ao lado dela.

O caminho é sombreado pelas ráfias que se amontoam de cada lado, uma estreita faixa de terra que a mata sempre tentará reivindicar. Yinka se move graciosamente com seu cavalo, e tento imitar seus movimentos, já sentindo a dor de estar em uma posição com a qual não estou acostumada.

— Então, o que aconteceu? — pergunto. — No vulcão.

— Quando entramos na passagem do vulcão, eu sabia que faria qualquer coisa para manter vocês seguros. — Yinka olha para a frente, seu perfil anguloso, o queixo erguido como sempre. Sua cabeça raspada e lisa só se soma à sua beleza. — Segurei Aissa. O resto da matilha conseguiu passar por mim, mas chegaram tarde demais. Assim que a rocha foi abaixada, senti alívio porque os bultungin não podiam alcançar vocês.

Lembro do estalar de dentes e do brilho dos olhos quando a rocha gigante caiu de volta no lugar, selando nossa fuga do vulcão.

— Não ficou com medo? — Espero que Yinka resmungue, mas ela não faz isso.

— Uma partezinha de mim, sim. Mas o resto de mim sabia que algo neles parecia... certo.

Suor se acumula na base da minha espinha e eu enxugo o brilho da minha testa com as costas da mão. Mas o calor é bom demais para que eu reclame, e só agora sinto o frio das profundezas realmente deixar meus ossos.

— Você era da família e sentiu isso. — Minhas palavras saem junto com meu sorriso.

Yinka assente e fala enquanto o sol sobe no céu. Ela fala de explorar as transformações bultungin, de aprender sobre as origens de sua mãe e de como se transformar.

— Como foi? — pergunto, pensando nas escamas que cortam minha pele. — A mudança.

— Ah, doeu! — Yinka ri com facilidade, segurando as rédeas frouxamente. — Mas foi uma dor agridoce. Uma aflição gostosa que parece que, quando começa, não pode terminar.

E eu não ia querer que terminasse. — Ela se volta para mim, os olhos brilhando. — Parece que sou verdadeiramente eu. Por completo.

CAPÍTULO 17

As árvores abrem espaço para uma planície de grama alta que parece interminável, com arbustos grandes quebrando o balanço do verde-amarelado aqui e ali. Pensar na lua cheia de amanhã me faz continuar, mesmo que minhas coxas e costas doam de uma forma que eu não achava que fosse possível. Pelo menos não estamos andando, penso enquanto me viro para verificar Folasade outra vez. Ela se esforça para sorrir para mim, mas vejo a dor em seu rosto.

— Vamos parar para descansar — digo.

Kola observa a grama e assente, desmontando com facilidade. Ele ajuda Folasade, que praticamente cai do cavalo, e a pousa no chão enquanto ela geme, com as mãos nas costas. Eu o vejo olhar para mim e desmonto rapidamente.

— Estou sentindo dores em lugares que nem sabia que tinha músculos! — Ara geme dramaticamente, agarrando as pernas. — Fica mais fácil alguma hora? Parece que todos os meus ossos foram chacoalhados e trocados de lugar.

— Não — responde Yinka enquanto desmonta, parecendo ridiculamente revigorada. — Mas você se acostuma.

— Desculpa — diz Ara, se voltando para o cavalo enquanto o conduz até nós. — Mas seu lombo é ossudo demais. — Ela revira os olhos quando o animal bufa. — Não aja assim. Não sei se minha bunda aguenta mais, sinceramente. Rio enquanto Ara pega a bolsa e tira mais água. Ela oferece a Folasade, que bebe avidamente. Me viro para o horizonte, onde as árvores começam outra vez, ladeando o rio que leva ao abismo. Sinto a correnteza da água, o puxão forte em meu estômago. A vontade está aqui como sempre, semelhante chamando semelhante. Em breve, penso, afastando a necessidade por enquanto.

Estamos nos aproximando do abismo e do Mokele-mbembe. Penso no grande número de vidas que foram tomadas e em seu apetite insaciável. Me pergunto que tipo de canção ele entoa ao matar. Seria algo sombrio e baixo ou triunfante e enjoativamente doce enquanto se regozija na minha morte?

Arrepios percorrem minha pele apesar do calor. Eu a aliso e me lembro do meu encontro com o Ninki Nanka. Embora o monstro do rio tenha pegado Kola em sua boca gigantesca, desejando afogá-lo e devorá-lo, eu o libertei. Posso fazer isso, penso enquanto aceito o mamão seco que Ara me oferece. Mas Folasade conseguirá? A garota está de pé agora, arqueando as costas para alongar os músculos, aceitando a fruta que lhe oferecerem.

— Você vai ficar bem? — pergunto.

Folasade assente, mastigando delicadamente e fazendo uma careta enquanto observa a terra ao nosso redor.

— Sim. Mas vai ser um alívio voltar para a água.

Passamos pela parte mais quente do dia, e conforme o afluente se aproxima, eu o sinto com mais força. Minha pele estala com desejo, as escamas cutucando por baixo.

— Por quanto tempo seguiremos o rio até chegarmos no abismo? — pergunto a Folasade, desacelerando meu cavalo para que trote ao lado do dela.

Ela limpa o suor do pescoço e sopra o ar no próprio corpo em uma tentativa de se refrescar.

— Não muito tempo, uma hora, acho. O que vai demorar mais é procurar pelo Mokele-mbembe.

— Mas será profundo. — Estremeço ao pensar na frieza escura do abismo. — Disso sabemos.

— É verdade. Embora eu tenha ouvido histórias de avistamentos nos bancos quando a criatura pegava animais ou pessoas da parte rasa da água.

— Veremos — murmuro.

Quando chegamos à faixa de água marrom, me surpreendo por sua agitação, certamente causada por chuva recente.

— Vê a dobra? — Folasade faz um gesto para alguns arbustos ao longe. — O abismo fica logo depois.

Desmonto do cavalo e espero que Folasade faça o mesmo. Kola, Yinka e Ara começam a desmontar também, mas eu os interrompo.

— Nadaremos daqui. — Vejo Folasade sentir alívio com as minhas palavras. — Vocês podem pegar os cavalos e nos encontrar lá.

Kola desmonta e me segue, seus olhos castanhos mais claros no sol da tarde, brilhando com irritação e algo mais que me faz desviar o olhar.

— Por quê? Concordamos que levaríamos vocês ao abismo.

— E vão levar. Estaremos na água e vocês na terra. — Faço um gesto para Folasade, que se desviou para a margem, os pés afundando na terra preta e úmida. — Ela nunca esteve nessa forma por tanto tempo. Ela precisa disso. — Suspiro e o encaro. Kola não falou comigo por todo o caminho, e agora questiona minha decisão. — Eu preciso disso.

Kola tensiona a boca em uma linha fina enquanto entrego as rédeas para ele, mas ele então assente. E dá um passo na minha direção e se inclina, os lábios tocando minha orelha, os dedos nas minhas costas. Prendo a respiração, e meu coração dispara com o calor da pele dele. Ainda me lembro da forma como ele pressionou a alface nas solas doloridas dos meus pés na ilha de Exu. A gentileza do toque dele ao segurar meus pés.

— Toma cuidado. Por favor.

Estremeço com as palavras dele.

— Você nos trouxe aqui com segurança, e agora não há muito que possa fazer além de esperar por nós. — Tento falar com leveza, a preocupação dele me amolecendo. — Procuraremos o Mokele-mbembe e encontraremos vocês nos bancos do abismo. — Com a canção da alma, espero. Forço um sorriso. — Vai. Te vejo lá.

Atrás de nós, Ara observa. Eu a chamo e a abraço rapidamente antes de me afastar e fazer o mesmo com Yinka. Meu coração fica apertado, mas mantenho a voz tranquila.

— Cuide delas.

Yinka ergue o queixo para mim, me encarando do topo de seu cavalo.

— Vejo vocês em breve.

— Sim — digo. Me viro para Folasade enquanto ela entra no rio.

A água a recebe, engolindo sua pele e metade de sua humanidade em um gole marrom. A túnica dela se transforma em escamas, cobrindo seu peito em tons de roxo e lilás.

Folasade sorri, alegre, fechando os olhos por um momento antes de mergulhar.

Observo os outros enquanto galopam para longe, Yinka e Kola levando nossos cavalos. Não é um adeus, digo a mim mesma enquanto me distancio da margem. Aproveito a sensação das minhas escamas cobrindo o marrom de minha pele. Não relaxo. Mergulho, abrindo uma fresta para entrar no rio.

Minhas pernas se fundem, escamas de um brilho dourado e rosado, intenso mesmo na escuridão. Fecho os olhos ao sentir o alívio da água e então os abro de novo, vendo um vislumbre de roxo quando Folasade avança à minha frente, sorrindo no rio.

— Melhor? — pergunto, mergulhando na direção dela, minha cauda formando um arco dourado atrás de mim.

— Muito melhor. — Folasade sorri. — Sei que você gosta de ficar na forma humana, mas eu jamais desistiria disso.

— E suas memórias? Não gostou de tê-las de volta?

— Sim. Mas, como te falei, aquela parte de mim é passado agora. Fiz meu juramento a Iemanjá e é isso o que importa. — Folasade gira na água, as escamas cintilando. — Isso aqui é o que sou.

Tão certa. Tão devota, penso, com a costumeira pitada de culpa em meus sentimentos.

— Por aqui. — Folasade faz um gesto na direção do fluxo do afluente, seus cachos curtos ainda mais escuros.

O rio avança em correntezas frias, nos puxando enquanto nadamos nelas, onde a água fica mais clara. Logo conseguimos ver as pedras marrons e cinza que salpicam o leito e os peixes-tigres-africanos dançando abaixo de nós.

— Ara falou do Mokele-mbembe no nosso caminho até aqui. Dizem que se parece com o hipopótamo, mas tem o pescoço mais longo e a cabeça é menor — diz Folasade enquanto nada ao redor de uma pequena serpente de rio, o corpo cor de esmeralda vívido contrastando com a lama. — Costuma...

As palavras seguintes são engolidas por um súbito trovão na água. A batida aumenta, as ondas criando um pulso de som que reverbera ao nosso redor. Paramos, abraçando o leito, antes de mergulhar, buscando profundidade e segurança. Com nossas barrigas deslizando em pedrinhas e rochas abaixo, tento entender o que está acontecendo. O barulho aumenta e ganha ritmo, criando um padrão que fala comigo. Com cuidado, subo, observando os círculos e ondulações na superfície. Sinto o ritmo nos meus ossos enquanto observo as margens do rio em silêncio. Há várias túnicas secando na terra e o brilho de armas ao lado delas, mas é quando direciono meu olhar de volta ao afluente que os vejo logo além da curva.

As mulheres estão na parte rasa, as costas curvadas contra o balanço da água, uma espuma branca surgindo ao redor delas enquanto dão passos fortes. Dois pequenos barcos estão amarrados ao lado delas, seus cascos na sombra da árvore. Elas mergulham as mãos em concha no rio com força, produzindo padrões de som que se misturam. A mais alta das mulheres, de ombros largos e cabelo curto, se move na frente do grupo. Ela ergue os dedos e a voz, riachos de água brilhando em sua pele marrom, antes de bater as duas mãos no rio.

— Eu a chamo neste novo dia — canta ela, estendendo a palma e a batendo na água —, quando agradecemos a Olodumarê pelo ar que respiramos. Permita que transformemos nossa alegra em esperteza e força enquanto começamos a caçada do dia.

Ela dá um soco para baixo, o pulso atingindo o rio em uma pancada que as outras mulheres imitam, suas vozes poderosas se juntando a dela. Juntas, elas batem na água, produzindo ritmos que combinam com o bater dos pés e intercalam com a canção.

— Sintam sua coragem crescer, irmãs, enquanto reunimos nossa energia para pegar o que precisamos da terra e da água. Nos mantenham em segurança da criatura que ataca em ódio, suas presas e corpo tão grandes quanto o espaço que ocupa. Nos mantenham seguras da Alma da Profundeza.

As palavras dela parecem me puxar para a frente, e eu olho para Folasade, que assente. Estamos no lugar certo se elas estiverem falando do Mokele-mbembe.

As mulheres batem na água de novo, arcos de gotículas claras se espalhando no ar e empapando suas túnicas. Braços poderosos alternam golpes com punhos abertos e fechados, criando um fluxo e cadência que têm ao mesmo tempo beleza e força. Dedos frios se enrolam no meu braço enquanto Folasade balança a cabeça, sorrindo e observando as mulheres que batem na água.

O pulso chega a um crescendo, enquanto o rio, submisso, espumoso, é atingido pelo toque delas. E então, em uníssono, elas param, erguendo os olhos para o sol, a água descendo por seus rostos sorridentes, o peito subindo e descendo.

— Venham, mostrem sua coragem e habilidade na caçada — finaliza a líder enquanto avança para o raso, indo na direção do leito. As outras mulheres a seguem e mergulham outra vez, Folasade ao meu lado.

A batida feita por elas desaparece, e penso na criatura sobre a qual cantaram, lembrando do Ninki Nanka e suas mandíbulas enormes.

— Como o Mokele-mbembe mata?

— Ara contou que as histórias dos pescadores e aldeões variam, mas pelo que entendeu, a mordida dele solta um tipo de veneno, como uma cobra. — Folasade franze a testa, a preocupação causando rugas ao redor de sua boca. — Uma mordida é o suficiente para atordoar e matar.

O rio se alarga e eu não digo nada, a corrente girando e virando ao mesmo tempo em que o leito marrom e cor de creme cheio de pedrinhas desce em uma onda preta. Meu estômago revira e Folasade agarra minha mão, e juntas encaramos o abismo abaixo de nós. Uma onda de água gelada corre ao nosso redor enquanto pairamos sobre o abismo.

— É tão escuro — murmura Folasade. — Se não o virmos, como vamos dar ordem e matá-lo?

— Vamos ver — digo, mas até eu estou incerta, as profundezas escuras abaixo de nós liberando um medo que serpenteia por minhas veias.

Olhando para cima, dando mais uma olhada no céu azul e nas copas distantes das árvores de ráfia, vejo pequenas figuras em cavalos que galopam nos leitos do abismo. Um dos cavaleiros desce do cavalo e abre caminho por meio dos arbustos cravejados de grandes flores roxas e cor de rosa. Kola. A altura e os ombros o denunciam. Ele ergue a mão para proteger os olhos enquanto seu olhar percorre a superfície. Eu o encaro por alguns segundos, o desejo se contorcendo em mim, antes de me virar e mergulhar na água.

O frio me lembra do Reino de Olocum enquanto nado para longe da luz do dia. Killifish nadam ao redor, suas costas neon como pequenos faróis brilhantes na escuridão, mas até eles ficam para trás quando mergulhamos mais fundo nas camadas claras de água. Puxo a adaga dourada do meu cabelo e nossa visibilidade desaparece por completo, e desejo ter a pedra do sol.

Folasade é um vago contorno ao meu lado enquanto nadamos para a parte mais profunda do abismo. Suspensas na água glacial, esperamos para ver se o Mokele-mbembe vai aparecer, nossos olhos semicerrados, o sangue martelando em nossos ouvidos. Depois de um tempo, nado ainda mais para baixo, esperando provocar a criatura, girando em círculos e arcos na água, batendo minha cauda. A criatura não pode vir até nós se não souber onde estamos.

— Se pudermos atraí-lo para fora, conseguiremos vê-lo e o mataremos. — Meu plano não é o mais complexo, mas é o melhor em que consigo pensar.

Folasade assente, mas só consigo distinguir o movimento de sua cabeça. Estendo a mão para apertar o ombro dela bem quando a escuridão ao nosso redor muda. Paralisadas, nossas caudas e mãos nos mantêm no lugar enquanto olhamos para baixo. Exatamente quando penso que foi minha imaginação, há outro movimento, e a água se movimenta de novo enquanto a escuridão se divide.

Vários disparos escuros vêm em nossa direção e nos esquivamos, nadando de lado. Puxo Folasade para cima, esperando atrair a criatura para mais perto da luz, enquanto a água nos balança antes de se acalmar.

— Não está nos seguindo. — Franzo a testa na escuridão.

— Ara disse que ele ataca barcos, derrubando-os. Às vezes nem os devora. — Folasade olha para mim com medo. — Os corpos flutuam para a superfície.

— Então é territorial. — Olho para a água escura, meu coração disparado. — Fique aqui, mas esteja pronta para atacar.

Folasade pega sua arma, a lâmina fina parecendo frágil até para mim, e paira nas margens da água clara. Me viro, mergulhando, minha adaga dourada à frente, seu brilho diminuindo conforme avanço. Quando o breu me envolve, paro, estremecendo.

Venha. Forço meus pensamentos para a água, direcionando minhas palavras para onde acho que o Mokele-mbembe pode estar. Esperando conseguir controlar a enorme criatura, ou pelo menos, atraí-la para fora de seu esconderijo.

Sombras alongadas ondulam abaixo de mim, mas a criatura não aparece. Com o frio serpenteando em meus ossos e o incômodo alojado no meu peito, nado mais fundo. *Venha.* Observo o entorno e enfim vejo. O brilho dourado de grandes olhos que queimam vermelhos no centro. Como se estivesse se libertando da escuridão tangível, o Mokele-mbembe sai do breu e começa a subir. Subindo, com o coração acelerado, dou uma olhada para garantir que Folasade está pronta.

Abaixo de mim, a gigantesca criatura aparece enquanto seu longo pescoço vem em minha direção, o corpo logo atrás. Com seu olhar vermelho e dourado fixado em mim, o Mokele-mbembe abre a mandíbula e ruge, revelando enormes dentes finos como agulhas e dois caninos longos. Penso no veneno que liberam e estremeço, disparando em direção a Folasade.

A sensação do Mokele-mbembe vindo em nossa direção passa por mim, uma consciência que se espalha em pânico. Não me viro para ver a criatura vindo na minha direção, mas a sinto no movimento das águas. Os olhos de Folasade estão arregalados, as mãos tremendo enquanto me chama, os dedos tortos em um gesto afobado.

— Sai da frente! — grita ela, e mergulho para a direita por instinto quando a cauda musculosa parte a água, logo acima da minha cabeça.

Agora que o Mokele-mbembe não está mais escondido na escuridão, vejo que sua pele é cinza como carvão e seu pescoço é quase duas vezes mais longo que seu torso. Ele move o grande corpo devagar, e preciso me lembrar de quão perigoso é, e de todas as pessoas que Exu disse que ele matou.

Fique parado, projeto o pensamento. Espero que seja tão simples quanto dar a ordem de que se permita ser morto. O Mokele-mbembe hesita na água, mas vira à esquerda, perseguindo Folasade. Tubarões e outras criaturas menores quase ouvem, mas me lembro de como foi difícil a luta contra o Ninki Nanka. Talvez seja igual com o Mokele-mbembe. Engulo em seco e aperto a adaga com mais força.

Enquanto a criatura se afasta na água atrás de Folasade, me aproximo pela lateral, fora de sua linha de visão. Se eu conseguir agarrar seu pescoço, poderei alcançar seu olho e esfaqueá-lo até o cérebro. Com o meu toque, o Mokele-mbembe tenta se afastar, mas eu o seguro pelas protuberâncias de suas costas, subindo, evitando seus dentes por pouco. Ele balança a cabeça e eu giro na água, mas ainda me seguro com força, me aproximando de seus olhos.

Estamos num vórtex de bolhas quando ergo minha adaga para atacar, me segurando com apenas uma das mãos. O Mokele-mbembe se abaixa, me fazendo soltar seu pescoço bem quando ataco seu olho direito. Erro, vacilando na água, o pânico se espalhando em mim enquanto a criatura abaixa a cabeça, nadando, vindo na minha direção.

Pare.

Mas o Mokele-mbembe me ignora, e o medo corre pelas minhas veias, fazendo as batidas do meu coração falharem. Não tento controlar a criatura de novo. Em vez disso, mergulho, planejando desviar e depois nadar para cima, mas o monstro é mais rápido, seu peso ajudando-o a afundar mais rápido. Ele dispara, o pescoço atingindo a profundeza atrás de mim.

Dentes brilham na luz baixa enquanto o Mokele-mbembe abre sua mandíbula, tentando me abocanhar. Ataco com minha adaga, mas sei que ela não pode parar o ataque, não desta vez. Se eu for pega, perfurada por seus dentes venenosos, terei falhado. E então muitos sofrerão. Me forço a não me acovardar, empunhando minha adaga enquanto o Mokele--mbembe se aproxima, rangendo suas presas.

E então a escuridão pulsa e um vislumbre dourado, mais brilhante que os olhos do Mokele-mbembe, cintila no breu. Uma corrente, com elos grossos inquebráveis, envolve o pescoço da criatura, puxando-a para trás, forçando seus dentes a se fecharem a apenas um palmo do meu rosto. Olho para cima, para a escuridão, enquanto meu coração dispara e minhas mãos tremem.

Espirais e escamas brilhantes e olhos preto-prateados gradualmente entram em foco quando Olocum puxa a corrente que o prende com mais força, prendendo o Mokele--mbembe.

CAPÍTULO 18

Grossos aros dourados brilham na água enquanto Olocum enrola a corrente em seus antebraços, segurando o Mokele-mbembe com força. Continuo a afundar na escuridão gelada, encarando em choque a forma gigantesca do orixá. O que ele está fazendo aqui? Vai usar suas correntes em mim também? Rapidamente, Folasade cruza a água, tirando a adaga das minhas mãos. Ela alcança a criatura atordoada e corta a pele áspera de sua garganta. Sangue serpenteia na água, tentáculos cor de vinho que se desenrolam nas profundezas.

O Mokele-mbembe abre a boca, sangue fluindo de sua mandíbula, olhos dourados e vermelhos revirando no crepúsculo das águas. Tropeçando à frente, olho da criatura para Olocum e depois para Folasade, confusa enquanto ela liberta minha lâmina com uma bolha de sangue. Olocum afrouxa suas correntes e o Mokele-mbembe começa a cantar, uma canção que ecoa pela água.

Não há palavras, mas tons e texturas de perda, fúria e poder, girando juntas e espiralando em algo que puxa minha alma. A tristeza me invade, o som do Mokele-mbembe cutucando minha culpa e fazendo com que ela cresça. Um tipo de luto que fala de vidas reivindicadas e capturadas. Flutuo na água, observando o sangue da criatura se esvair e sua mandíbula se abrir ainda mais. A canção do Mokele--mbembe flui em faixas melancólicas que se misturam com seus batimentos fracos, saindo do corpo que governou estas águas estranhas por tantos anos.

E então eu os vejo. Os fragmentos dourados da alma da criatura deixando seu peito amplo e se misturando com a essência vermelha de sua boca, a canção da morte que não pode deixar de ser cantada. Juntos, tremeluzem na água, se entrelaçando entre a ressonância pulsante e criando um turbilhão de alma e som. Meu coração parece que vai se partir com o fim da criatura, emoções que eu sei que são controladas pela canção da alma, girando com o que resta daqueles que a criatura matou. Choro, minhas lágrimas se misturando com sangue, água e a harmonia de perda e morte. Flutuo, apoiando as mãos na pele fria do meu peito como se para aninhar meu coração acelerado. Olocum agarra suas correntes, mas nem ele consegue parar de olhar para o Mokele-mbembe.

Folasade, porém, consegue parar. Com as mãos cobrindo os ouvidos, o dourado de minha adaga brilhando entre os cachos curtos, ela mergulha em direção à fera moribunda, com a testa franzida de determinação e propósito, os lábios se movendo em uma oração que se mistura com a canção da alma. Ao se aproximar da criatura, ela aumenta o tom de voz, gritando as palavras, suas orações cortando a melodia final emitida pelo Mokele-mbembe.

— Mo gbà yín! Eu te recebo... Mo gbà yín! — Folasade repete isso várias vezes até que a essência dourada e vermelha brilhe, vibrando e se conectando com a canção e indo em direção à safira pendurada no pescoço dela.

Enquanto o corpo do Mokele-mbembe começa a afundar na densa escuridão de onde veio, encaro a joia no colar de Folasade. Ela brilha, com um tom vermelho que faz a pedra ficar quase roxa. Olho para Olocum com desconforto enquanto ele tira as correntes do pescoço do Mokele-mbembe, observando-o afundar. A capa preta de pérolas o camufla, apenas o cintilar de sua longa cauda aparecendo na água.

— Simidele. — Ele se vira para mim, os aros dourados brilhando, os braços estendidos.

Sinto pânico quando Olocum nada na minha direção. Folasade segura sua safira, olhando para nós dois, estendendo a adaga.

— Não se aproxime — aviso, tentando evitar que minha voz trema. Apesar da ajuda dele, me lembro da fúria em seu rosto quando deixamos seu reino com Exu.

O orixá não escuta, franzindo a testa, as mãos estendidas para mim.

— Simidele, venha aqui.

Balanço a cabeça, nadando para longe dele, tentando me aproximar de Folasade. Ele estende a mão, agarrando meu braço. Com um puxão forte, me traz para perto de si e eu grito na água. Ele agarra meus pulsos com facilidade, me virando para olhá-lo.

— Se está aqui para me levar de volta para a Terra dos Mortos, está perdendo seu tempo — sibilo, franzindo os lábios. — Você mentiu pra mim!

— Preste atenção no que digo — diz Olocum. Uma careta está estampada em seu rosto, e ele tenta suavizá-la. — Sei o que fiz de errado, e não devia ter usado Exu daquela forma. É por isso que estou aqui agora. Para consertar tudo.

— Talvez eu acreditasse em você se não estivesse me segurando assim.

— Há outras coisas a temer além de mim. — O tom de Olocum está mais baixo agora, mas a urgência me faz hesitar enquanto ele ainda aperta meus pulsos. O orixá olha para a superfície e nós seguimos seu olhar. Um barco passa lá em cima. Olocum se volta para mim, o olhar indo de um lado para o outro. — Estou tentando te ajudar, assim como você me ajudou nesses últimos meses.

Penso nos mortos que enterramos juntos e hesito. Apesar de Olocum estar perto de mim, meu coração não está mais acelerado. Ele ajudou a capturar o Mokele-mbembe, e isso me acalma.

— Você está ajudando Exu, mas precisa tomar cuidado. — Olocum olha para Folasade, que o observa cautelosamente.

Há um estrondo vindo de cima, e a superfície é atravessada por um corpo veloz. Observamos enquanto ele desce entre as camadas de água. Vejo a pele marrom-escura de seus membros longos, mas não muito mais que isso. Com braçadas poderosos, quem quer que seja se move em nossa direção.

— Eu sabia que você procuraria a canção da alma, então vim te alertar. Os ajogun jamais podem ser totalmente controlados por um mortal, mas há um mortal que deseja fazer isso.

— Idera, a chefe iyalawo dos Tapa. Ela está usando o poder deles para libertá-los. É por isso que tínhamos que pegar a canção da alma antes dela.

— Isso mesmo, mas outro navio Nupé afundou. Dei fôlego a um dos homens para fazer perguntas. Ele disse que a iyalawo estava perto de libertar os ajogun, mas que…

— Eu disse que *nós sabemos*. — Minha paciência está acabando, e penso na forma como ele atacou Iemanjá e as outras Mami Wata. Tento me libertar de seu aperto firme, mas ele faz mais força com os dedos, esmagando os ossinhos do meu pulso. — Me solta agora.

— Chega! — rosna Olocum, agarrando meu outro braço, me puxando para si. — Pare com isso e me ouça. Eu... — Mas o orixá não tem a chance de terminar. Suas palavras são cortadas quando a corrente ao redor de sua cintura se retesa. Ele olha para baixo, a boca aberta de choque, e então se vira para a escuridão atrás de si. Espio além de seu corpo massivo, mas não vejo o que o pegou.

— O que é isso? — pergunta o orixá logo antes de ser puxado para trás, aros dourados brilhando intensamente na profundeza escura enquanto ele desaparece em uma nuvem de bolhas.

— Vamos, Simidele! — Folasade me puxa, me arrastando consigo enquanto nada febrilmente na direção do pequeno barco ainda acima de nós.

Atravessamos a água do abismo em um jorro de fôlego e energia. Sei que Olocum não pode subir tão alto, mas isso não me impede de observar a água abaixo de nós, esperando ver as mechas de seus cabelos enquanto ele nos segue.

— O que foi aquilo? — pergunta Folasade, me entregando minha adaga. — Quem pegou Olocum?

Abro a boca para responder, mas uma sombra está subindo, provocando uma onda na água. Engolindo em seco, assinto para Folasade, que se prepara, segurando minha adaga no ar, o sol brilhando na ponta serrilhada.

A superfície se rompe, cachos pretos aparecendo, seguido por um rosto que eu reconheceria em qualquer lugar. Kola abre os olhos, cílios escuros e molhados enquanto ele balança a cabeça, gotículas brilhando no ar. Ele se aproxima da lateral do barco, os membros encharcados e brilhando. Ele cai nos fundos do barco, fecha os olhos e perde a consciência, o peito subindo e descendo com cada respiração difícil. *Como ele nadou e chegou naquela profundidade?* Arregalo os olhos. Folasade olha para mim e então para Kola.

— Precisamos levá-lo para a costa — diz ela, agarrando a lateral do barco e empurrando.

Eu a sigo, as perguntas girando na minha mente, algumas tão sombrias quanto o abismo abaixo de nós.

* * *

O sol mancha o céu com o laranja queimado e rastros de vermelho quando enfim conseguimos levar Kola para a costa. Ele permanece inconsciente enquanto Yinka e Ara me atualizam sobre o que aconteceu. Não paro de olhá-lo, grata por ele ainda estar respirando, mas tentando entender o que ele estava fazendo no abismo.

— Estávamos esperando vocês aparecerem na superfície, mas Kola estava inquieto. Foi como se ele pressentisse o problema. Ele disse que vocês estavam demorando demais, que algo devia ter dado errado. — Yinka está sentada, quieta, a cabeça de Kola em seu colo, enquanto Ara tira ervas da mochila, misturando-as com água para que ele beba. Ele está fraco, mas desperto, os olhos fixos em mim. — E então ele pegou um barco de pescador e insistiu em ir atrás de vocês.

Penso no Mokele-mbembe e suas mandíbulas venenosas.

— Por que você tentaria fazer isso?

Kola tenta se levantar, mas Yinka força a cabeça dele para baixo, uma expressão de preocupação e insatisfação no rosto dela.

— Mas como você mergulhou tão fundo no rio? — Olho para ele, a expressão tão retorcida de dúvidas quanto a minha. — Como você teve força para puxar Olocum para trás?

— Não sei! — responde Kola, se sentando. Ele afasta as mãos de Yinka quando ela tenta fazê-lo se deitar de novo. — Eu só sabia que precisava afastar ele de você. — Kola me encara, o olhar sério. — Eu não ia deixar ele te pegar de novo.

— Ele estava tentando me dizer algo. Ajudar… — Aquelas palavras soaram tolas até mesmo para mim, mas mesmo assim não consigo deixar de imaginar o que ele ia dizer. — E você… você podia ter se afogado! — Olho feio para Kola, querendo bater na lateral da cabeça dele. — Isso é exatamente o que eu sabia que ia acontecer… o motivo de eu querer ir sozinha.

Ara alisa meu ombro, me acalmando um pouco antes de pegar o copo de madeira que está ao seu lado.

— Aqui — diz ela para Kola. — Pare de falar e beba isso. Você precisa recuperar sua força.

— O que é isso? — Ele se afasta. — Não sou criança.

Ara revira os olhos e segura o copo na boca dele.

— Então por que está agindo como se fosse? Sério, tenho que apertar seu nariz e enfiar na sua garganta? — Ela se afasta e o encara. — Porque se precisar, eu vou.

— Oqueéifo? — murmura Kola, mantendo a boca fechada.

— Só um pouco de chá de rooibos para te dar energia. — Um vislumbre de irritação passa pelo rosto de Ara. — Você quer voltar para Okô, não quer? Daqui a pouco vai escurecer. Quer que desperdicemos tempo esperando você recuperar sua força para continuar?

Kola hesita por apenas mais um momento, e, quando Ara leva o copo aos lábios dele de novo, ele abre a boca e engole a bebida de ervas em um só gole. Eu o observo, o movimento de sua garganta, seus ombros e peito largos. Ele mudou desde a ilha de Exu, mas não devia conseguir nadar naquela profundidade, não devia ter a força para puxar Olocum para trás daquela forma.

— Como você conseguiu fugir de Olocum?

Kola dá de ombros, mas vejo a confusão nos ângulos de sua expressão, nas suas sobrancelhas erguidas.

— Eu só... nadei. O mais rápido que pude.

— Só isso? — Imagino o tamanho do orixá e sua cauda.

— Só isso. Olocum não conseguiu me seguir quando cheguei a certa altura. — Kola se levanta e alonga os ombros. Olha para o céu. — Temos que ir embora. Quero que voltemos para Okô antes que escureça completamente.

Ele está evitando o assunto, e meu desconforto permanece. Nada disso faz sentido. Ergo a sobrancelha, mas ele me ignora, se virando em direção aos cavalos.

Yinka se espreguiça, seus movimentos ágeis e fluidos.

— Vocês conseguiram a canção da alma?

— Por um triz. — Aponto para a safira de Folasade, que pulsa em um tom escuro de lilás. — Olocum segurou o Mokele-mbembe para que a gente a pegasse.

— Porque ele queria você — diz Kola, sério.

— Ele confirmou que a iyalawo está tentando libertar os ajogun. — Franzo a testa, pensando no restante das palavras do orixá, interrompidas quando ele foi arrastado para longe. Sinto uma pontada de preocupação, mas a ignoro. — Olocum disse que questionou um dos homens Tapa.

— Mas ele disse que Idera estava planejando libertar os ajogun? — Ara me encara, pousando a mão na minha de modo reconfortante quando assinto. — Não se preocupe com Olocum. Temos a canção da alma agora. — Ela se põe de pé, me ajudando a fazer o mesmo. — Vamos, não queremos desperdiçar mais tempo. E quanto antes voltarmos para Okô, mais cedo minha bunda vai poder descansar. Sei que o caminho de volta vai ser doloroso.

Montamos em nossos cavalos e desta vez Yinka conduz com Kola. Eu os observo conversar, vendo a garota gesticular, e sei que ela está perguntando a ele sobre o que aconteceu no abismo.

— Simi? — A voz de Ara é baixinha, e quando me viro, o sol brilha ao redor dela, iluminando a curva de suas tranças.

— Você e Kola…

Me viro rapidamente, balançando a cabeça, sentindo um nó no estômago.

— Não está rolando nada.

— Acho que está. — A afirmação dela é ousada. — Ele me disse que vocês não podem ficar juntos.

Não digo nada, tentando me mover junto ao cavalo para não machucar minha coluna.

— E se eu te dissesse que vocês podem? — As palavras de Ara ainda são baixas, mas agora me viro de uma vez para ela. Ara sorri para mim, porém a tristeza nubla sua expressão. — E se eu dissesse que há uma forma de você se tornar humana de novo?

— Eu não acreditaria em você. — Engulo em seco, meu coração descompassado. Não quero nem pensar no que ela está dizendo. — Não tem como. E quero que ele seja feliz. Que esteja com alguém com quem realmente possa ficar. —

Além disso, desde que nos vimos de novo, Kola não parece querer olhar para mim, muito menos ficar comigo.

— Mas e se vocês realmente pudessem ficar juntos?

A planície de grama se estica ao nosso redor, ficando amarelada na última luz do dia. Além do chão inclinado vejo o começo da floresta que nos levará para Okô. Claro que fico curiosa com a pergunta de Ara, mas tento acabar com qualquer esperança que ainda tenho. Não quero continuar a desejar o que não posso ter.

— Então eu diria que você sabe muito mais que Iemanjá.

— Olha, Simi. Idera me ensinou sobre ervas e cura, mas também sobre outras... coisas. Sei que ela planeja libertar os ajogun, que precisa da canção da alma, e também sei dos outros poderes que ela tem. — Prendo a respiração, já entendendo o que ela está prestes a dizer. — E se você ordenasse que os ajogun a tornassem humana de novo?

— O quê? — Olho para ela outra vez enquanto Ara se mexe na sela.

— Se você levar a canção da alma e oferecê-la para os ajogun, então poderia controlá-los e pedir tudo o que quiser. Isso inclui ser humana outra vez. — Ela sorri agora, os olhos brilhando. — Você poderia ficar com Kola.

Fico boquiaberta, e então balanço a cabeça porque a sugestão dela é ridícula.

— Como falei, não é possível.

— Mas se você os ordenar, pode mandá-los de volta para atrás do véu. Bani-los e colher a recompensa de estar com Kola. Por que confiar em Exu quando você pode prendê-los?

— Não vou me arriscar com os ajogun. Na verdade, não acredito que você está sugerindo isso.

— É só porque vejo sua dor — diz Ara, séria. — Assim, você pode ter o que quiser.

O rubi pendurado no meu pulso fica pesado, arranhando a lateral da minha palma, me lembrando das habilidades do trapaceiro.

— Ara, você deve saber o que alguns desses poderes custarão a uma pessoa. Eles não são diretos, até eu sei disso de Iemanjá e Exu. — Balanço a cabeça em desaprovação, sentindo a familiar decepção passando por mim. — Deve ser Exu. É a única forma. A forma certa. Não podemos arriscar que algo dê errado, e eu não arriscaria tanto só por algo que quero.

Não de novo, penso. Já interferi demais.

Ara fica em silêncio por um momento, mas então se vira para mim e assente.

— Você está certa. Eu só estava pensando em você, mas é perigoso demais. Idera nem sempre está certa. Não podemos arriscar que dê errado.

Concordo, mas as palavras dela se enraizaram em mim. Esse é o problema de querer algo que não podemos ter. A ideia começa a crescer.

Passamos pelas planícies enquanto a luz mancha o céu, e afasto os pensamentos de ser algo diferente do que sou, do que estou destinada a ser. Me agarro a isso e tento me consolar.

Incentivo meu cavalo a ir um pouco mais rápido, alcançando Folasade. A safira está pendurada pouco abaixo da base da garganta dela, um pequeno brilho vermelho entre o tom agora roxo da pedra.

— Você está bem? — Ela não falou muito desde o abismo, mas então penso no peso do que ela carrega. — Obrigada. Você fez o que eu não consegui fazer.

Folasade assente e sorri, mas seus ombros estão tensos, e sua expressão, preocupada.

— Fiz o que precisava fazer. Vi os efeitos que a canção da alma estavam provocando em você.

— Mesmo assim, é um peso. E eu não queria que você carregasse isso.

— Escolhi ir com você. — Folasade ergue as sobrancelhas. Ela inspira fundo, relaxa os ombros e solta o ar. — Não tive dúvidas. Assim como você, estou preparada para fazer o necessário. Não é só você que se importa com o que acontece.

— Eu sei — digo.

— Muito bem, então. Não aja assim, Simi.

—Assim como?

— Como se a responsabilidade fosse toda sua.

As palavras de Folasade são bem-intencionadas, mas doem mesmo assim, e me forço a assentir.

— Temos que voltar para Okô pouco antes de escurecer — murmuro, me virando.

Quando nos aproximamos das primeiras árvores, Kola e Yinka estão ali nos esperando. O sol já desapareceu no horizonte, e olho com desconforto para a densa folhagem à nossa frente.

— Nessa parte final, quero que sejamos rápidos — diz Kola, tenso. — Fica mais fácil ver algo se aproximando das planícies, mas a floresta pode esconder muito mais.

Nós nos reunimos, os cavalos inquietos, Folasade no meio, o roxo da joia brilhando. A pressão das árvores de mogno absorve mais a luz enquanto Kola abre caminho pelos espaços intermediários. Nós seguimos, armas em punho, enquanto a lua troca de lugar com o sol. Ainda há luz, mas seu rápido desaparecimento fez Kola acelerar, nossos cavalos começando a suar por galopar rapidamente.

Quando entramos no caminho que atravessa a floresta, penso outra vez na forma como Kola puxou Olocum para longe de mim e me inquieto. Ele pode ter decidido não pensar muito nisso, mas está óbvio que algo mudou. Penso na maneira como ele lutou contra os soldados Tapa. O borrão de seu corpo enquanto ele se contorcia e girava, cortando os inimigos com golpes fáceis, prevendo o que eles fariam a seguir. E agora isso. Mergulhando fundo e tendo forças para puxar Olocum de volta por suas próprias correntes. Embora Kola sempre tenha sido forte, nunca houve indícios dessa… força. Desse poder.

Mas esses pensamentos são para mais tarde. Eu os afasto, focando nas sombras e nas árvores que nos envolvem.

Não estamos longe de Okô quando Kola para seu cavalo. Me aproximando de Folasade, paraliso quando ele faz sinal para que fiquemos onde estamos. Algo na postura dele me deixa nervosa, e pego a adaga de meu cabelo enquanto Yinka desembainha seus machados silenciosamente, o corpo brilhando enquanto ela luta para manter sua forma humana.

Examinamos os espaços entre as árvores, os cavalos ainda no frio crescente da noite. Quando estou prestes a pedir a Kola que continue, vejo o bronze.

— Viu aquilo? — arfo.

— É Idera? — sussurra Ara, estremecendo. Seus olhos estão arregalados de terror, e ela aperta as rédeas de couro de seu cavalo.

Levando meus dedos aos lábios, espio a floresta. O suor desce por minhas omoplatas, pegajoso no frio da minha pele. Sibilo, me encolhendo quando um calor súbito no meu pulso atrai meu olhar para o rubi de Exu. A joia cintila na pouca luz, com um brilho vermelho intenso. Esfrego a pele queimada enquanto a floresta ao meu redor desaparece.

Estou parada na escuridão, mas a escuridão está repleta de estrelas brilhantes. O céu se desdobra ao meu redor enquanto agarro meu peito, a safira do meu colar está mais cintilante do que jamais vi, o rubi ainda queimando. Está congelando, e estremeço quando a lua se liberta das nuvens e ilumina uma forma rígida em uma clareira. Égba, o senhor da guerra e da paralisia, está de pé, envolto em uma névoa que cobre seus membros magros. Sua cabeça é maior que o corpo, inclinada para baixo como se fosse pesada demais para ser sustentada. Seguindo seu olhar, sufoco um grito. Corpos estão espalhados pelo chão da floresta, braços e pernas retorcidos em formas não naturais. Cercados como estão por fardos de pano e comida, é claro que estavam fugindo de alguma coisa. Observo o brilho de suas almas, mas quando olho mais de perto, levo a mão à boca. Eles não estão mortos. Em vez disso, seus olhos brilham na escuridão, as pupilas arregaladas. Um som agudo começa, acompanhado por outros enquanto as pessoas tentam pedir ajuda.

Égba ergue a cabeça, usando a mão para segurá-la no lugar quando ela tomba um pouco. Os dedos dele são tão longos quanto meu braço. O senhor da guerra aponta para as pessoas presas em seus próprios corpos ao redor dele e então vejo outra figura deslizando pela névoa. Oran, o guerreiro que representa perigo inescapável. Ele se aproxima do irmão, a boca escancarada, saliva e sangue pingando de sua mandíbula.

Estendo a mão para a pessoa mais próxima, um homem que ainda segura uma faca, os nós dos dedos congelados ao redor do cabo de marfim. Não há nada que ele possa fazer, e ele arregala os olhos enquanto uma lágrima desce por sua bochecha.

— *Não! — grito, cambaleando à frente. Mas a névoa gira, as estrelas ficando mais brilhantes até que tudo o que eu possa ver seja um prata-dourado, tão intenso que toma conta de minha mente.*

O desespero me domina enquanto o rubi queima um fogo vermelho, me trazendo de volta. Gemo, agarrando a pele e os ossos do meu pulso, piscando quando a floresta entra em foco. Kola se aproxima com o cavalo, movendo galhos e folhas com a espada. Não há movimento das árvores densas, até que vejo uma perfuração serpenteante vermelha passando na copa de uma árvore a distância.

— O que foi? — sussurra Folasade enquanto esfrego a pele dolorida do meu pulso, segurando um soluço.

Antes que eu possa tentar responder, um pequeno brilho escarlate mergulha entre os galhos, seguido por outro, e depois outro, até que o céu fica marcado com pontos vermelhos de luzes. *Lá vai uma história. História é...* Prendo a respiração quando me lembro de uma das histórias de minha mãe. Uma abundância de monstros e advertências que me aterrorizavam toda vez que ela as contava.

Adzes.

Criaturas que se transformam de vaga-lumes, usando sua forma de inseto para entrar nas casas, sobrevivem de sangue e morte, sugando a vida daqueles que atacam. As pessoas costumam deixar oferendas de leite de coco e vinho de palma para apaziguar um adze solitário, mas as criaturas geralmente não ficam saciadas sem sentir o gosto de sangue.

— Temos que ir — digo, o medo pesado tomando conta de mim. Olho ao redor para os outros e então hesito.

Um brilho de bronze pisca entre os troncos das árvores. Meu coração pulsa na garganta quando vejo as rajadas de cobre. Idera emerge da escuridão, seus olhos leitosos brilhando. Ela sorri, um arranjo torto de lábios finos e dentes pequenos, e ergue as mãos. Não consigo ouvir o que ela está murmurando, mas meus olhos são atraídos pelas linhas de suas palmas abertas. Enquanto sua boca continua a se mexer, os contornos de suas mãos escurecem, tornando-se um vermelho que começa a brilhar e pulsar. A brisa fica pesada com um crepitar que lembra o início de uma tempestade. Idera ergue as palmas, olhando para cada mão inundada com luz carmesim enquanto os adzes avançam em sua direção.

Meu cavalo bufa nervosamente, inquieto enquanto a iyalawo ri, um miasma vívido girando acima dela.

— Vamos! — grito. — Temos que ir *agora*.

Kola se vira para mim, a parte branca de seus olhos brilhando. Ele não faz perguntas, agindo instantaneamente diante do meu medo.

— Não estamos longe de Okô. Me sigam. Rápido.

O som do zumbido preenche a noite enquanto cravamos nossos calcanhares descalços nas laterais dos cavalos, incitando-os a galopar. Tento ficar perto de Folasade, mantendo sua túnica roxa no meu campo de visão, mesmo quando meu cavalo pula sobre as raízes das árvores. Atrás de nós, a nuvem de insetos vermelhos cresce, formando um enxame. Não é essa forma que me assusta, mas, sim, o que eles se tornarão.

CAPÍTULO 19

— **Rápido! — grito para Folasade.** Ela se agacha à frente, os olhos arregalados de pânico, a safira brilhando em seu peito.

Folasade assente, se segurando às rédeas do cavalo, mas, enquanto lança um olhar para trás, não vê o galho à sua frente. Cheio de espinhos, ele a atinge no peito e no rosto, derrubando-a do cavalo. Minha égua pula sobre a garota, por pouco errando seu corpo caído. Puxo as rédeas e desço das costas suaves do meu cavalo, minha respiração fraca enquanto corro para Folasade. Ela se vira, gemendo, uma trilha de sangue em sua bochecha onde o galho a atingiu.

— Venha — chamo, estendendo a mão, o brilho da safira lançando uma luz lilás no rosto dela. Ao nosso redor, uma dúzia de luzes vermelhas como o sangue descem ao chão da floresta. Elas pulsam, tremeluzindo com vislumbres de pequenos insetos dentro. Vaga-lumes. Mas não são os insetos com os quais estamos acostumados, e enquanto observamos, os membros deles começam a crescer, pernas pálidas e braços se alongando. Tropeço para trás enquanto os adzes se transformam rapidamente, assomando-se acima de nós em sua forma final.

Membros e garras brancos e dentes finos como agulhas em bocarras abertas.

O maior pousa no caminho diante de nós. Com o rosto inexpressivo, dois buracos no lugar do nariz e uma caveira que forma um ponto arredondado nas costas, ele me encara com olhos carmesim e abre a boca para guinchar, um fedor fétido de morte em seu hálito.

Abaixo de mim, Folasade choraminga, os olhos fixos nos adzes atrás de nós enquanto eles inclinam seus rostos sem expressão para o ar, farejando. Nossos cavalos se inquietam, cascos batendo no chão da floresta, os olhos revirando loucamente antes que saiam galopando. Mais comandos de Idera e os adzes se aproximam, um sorriso perverso no rosto dela.

Não desvio o olhar das criaturas conforme se aproximam de nós, os olhos flamejando na escuridão recente enquanto as nuvens escondem a lua. Puxando Folasade para trás de mim, seguro a adaga à minha frente, tentando ignorar seu tamanho pequeno diante das garras dos adzes. Enquanto os monstros se aproximam, sei que nossa única chance é correr. Mas não somos rápidas o bastante, e se corrermos juntas, eles definitivamente vão nos alcançar.

— Vai! — sibilo para Folasade. Atrás dela, Ara se aproxima, encarando os adzes com medo. — Leve ela!

Folasade balança a cabeça para mim, mas aponto para a safira brilhando em seu pescoço.

— Você precisa fazer isso.

Ela toca o colar e assente, lágrimas descendo por suas bochechas.

— Está tudo bem — digo baixinho. — Mas vai. Agora!

Dou um empurrãozinho nela, que escorrega antes de se endireitar e correr na direção do cavalo de Ara. Kola e Yinka voltam pelas árvores, encolhidos, os olhos arregalados. Folasade corre, respirando alto até alcançar Ara. Depois de subir no cavalo, ela olha para mim, se encolhendo quando o primeiro adze ataca com seu braço longo, garras rasgando o ar quando tropeço para trás. E então Ara está estalando as rédeas, virando o cavalo, e elas partem, galopando pelos espaços escuros entre as árvores.

Kola segura sua espada e Yinka desce do cavalo, rosnando para o adze que se aproxima, o corpo tremendo, sua túnica de pelo crescendo para substituir cada centímetro da pele. Ela uiva no ar noturno enquanto sua mandíbula estala, os dentes afiados, sua respiração formando névoa. Ela bate no chão suas grandes patas, que substituem suas mãos e pés, alongando o pescoço. E então galopa na direção do adze que me atacou, mordendo os longos membros brancos da criatura.

— Você se machucou? — pergunta Kola, descendo do cavalo e conferindo se estou bem. Ele segura meu rosto com suas mãos cálidas, e eu nego com a cabeça.

— Pegue meu cavalo e alcance Ara — diz ele.

Mas não há chance de fugir; não que eu fosse fazer isso. Não vou deixar nenhum dos dois. Os outros adzes abrem caminho pelas árvores, todos emitindo os mesmos gritos altos, e eu inspiro fundo, respirando o ar noturno. Não perderei mais ninguém.

Yinka ataca, mordendo o ombro de uma das criaturas, e Kola pula à frente. Seguindo-o, eu ataco um dos adzes que se aproxima de nós, e me encolho quando seu sangue preto respinga nos arbustos. O grito da criatura perfura meu crânio, mas não paro, atacando outra vez e enfiando minha lâmina em seu peito. O adze arregala os olhos, que ficam parecendo poços cinzentos em seu rosto pálido.

Yinka morde com força e vira a cabeça, quebrando o pescoço da criatura com quem luta, e Kola usa a espada para traçar um arco prateado, cortando a cabeça de outra. Um adze se aproxima por trás dele, a boca escancarada, os dentes brilhantes e afiados. Meu coração bate tão forte que parece estar rachando minhas costelas enquanto corro, então ergo minha adaga e a enfio em sua barriga. A criatura cai no chão. Fico perto da coisa morta, meu peito subindo e descendo, esperando que se levante de novo. Quando não acontece, limpo minha boca e Kola se vira para mim.

— Idera está controlando eles — consigo dizer, tentando recuperar o fôlego. — Precisamos detê-la.

Encaramos a floresta, cheia dos adzes inquietos e seus olhares penetrantes. A iyalawo está entre eles, com as palmas ainda abertas e viradas para as nuvens escuras no céu.

Kola olha para mim, tocando meu braço, e então ele se vira, correndo entre os adzes, um borrão de membros e espada. Yinka ergue seu focinho, os olhos brilhando à luz da lua enquanto solta um uivo que espirala no céu. Juntos, eles atacam e despedaçam cada adze, se aproximando da iyalawo.

Por um instante, só consigo encarar a graça e o poder de Kola e Yinka enquanto eles cortam um caminho através das criaturas que gritam. Yinka avança, caninos expostos, empurrando os adzes enquanto Kola se aproxima de Idera. Quando a iyalawo vê o avanço dele, arregala os olhos um pouco antes de semicerrá-los, se virando para mim e murmurando furiosamente. Quase como um só, os adzes se voltam e avançam na minha direção.

Dou um passo para trás, um pânico visceral correndo em minhas veias. Me preparo, bloqueando o ataque poderoso do primeiro adze. A criatura se aproxima, suas garras brilhan-

A ALMA DO OCEANO **203**

do à luz da lua. Quando me aproximo o suficiente para inspirar uma lufada de podridão fétida, o adze avança na minha direção. Girando no último instante, corro para a esquerda, usando minha adaga para atingir a lateral do corpo da criatura. O adze grita e, antes que possa se virar, enfio a lâmina em suas costas, torcendo a adaga enquanto ela corta ossos e músculos. Quando a arranco, sou derrubada, e o corte no meu braço me faz sibilar.

Minha cabeça bate contra o chão e um som alto reverbera nos meus ouvidos enquanto encaro o céu escuro. Ouço mais gorjeios quando os adzes se reúnem ao meu redor. Dentes e olhos vermelhos tomam conta da minha visão, e abro a boca para gritar, buscando a adaga que caiu. Mas meus dedos encontram apenas a terra úmida e os galhos partidos. Mais dois adzes bloqueiam o céu e, juntos, se inclinam para mim, as presas úmidas brilhando. Olho para a direita, minha mão ainda tateando, até tocar o dourado de minha lâmina. Lançando-a em um arco rápido, não vejo onde ela cai, desesperada para tirar os adzes de cima de mim. Um gritinho me informa de que acertei algo, mas sei que há mais. Ergo minha lâmina, o sangue preto pingando da ponta, entrando nas dobras da minha túnica.

Olhando para cima com desespero, ranjo os dentes, e o ar parece apenas um borrão de céu noturno, floresta e olhos vermelhos enquanto tento reunir energia para me levantar. Depois de me apoiar em um cotovelo, tombo de novo quando outro adze cai em cima de mim, suas garras arranhando a pele da lateral do meu corpo. A criatura pressiona meu peito, a pele áspera e suada, fazendo meu estômago revirar. Arfo, tentando respirar direito, meu coração batendo forte enquanto espero o toque afiado de seus dentes. Um grito cresce nos meus lábios até que percebo que o adze não está se mexendo.

Empurrando seu corpo pesado, com meus dedos dançando em seu sangue, eu me liberto e me sento.

Kola está acima de mim, a boca contraída em uma linha sombria, o peito salpicado de entranhas pretas. Ele estende a mão, e o deixo me arrastar até que eu fique de pé bem quando Yinka pula para o nosso lado, o pelo recuando, se enrolando ao redor do próprio corpo enquanto ela se transforma em humana. Além dela, vemos os corpos destroçados de outros adzes. Me pergunto como eles conseguiram matar tantos, e então percebo que iyalawo sumiu.

— Onde está Idera?

— Foi embora — responde Kola, passando a mão no rosto.

Ela sabia que eles iam tentar me proteger. Olho para baixo, a vergonha me invadindo por tê-los atrapalhado.

— Devemos ir atrás dela? — Yinka alonga o pescoço, os ossos estalando delicadamente. Ela está totalmente transformada agora, mas seus dentes ainda estão um pouco afiados, longos demais para um humano.

— Precisamos encontrar Folasade e Ara — digo, preocupação e medo se misturando enquanto me viro na direção de Okô.

— A iyalawo usou os adzes como distração — afirma Kola enquanto avançamos pelas árvores, respirando com dificuldade. Os cavalos partiram faz tempo.

— Ela quer a canção da alma — diz Yinka, pulando uma árvore caída, sem perder o ritmo.

Corremos pela floresta enquanto o brilho da lua aumenta, jogando uma luz pálida sobre nós. Me sinto fraca, com medo e exausta, mas me esforço para observar o chão da floresta, buscando sinais de que Folasade e Ara passaram por aqui.

— Okô fica à frente — diz Kola, e olho adiante para o fim da floresta, o caminho para a vila visível.

Não é longe, elas poderiam ter conseguido, penso, me permitindo um pouco de alívio. E então olho para a direita. Delicadamente dobrada, os dedos soltos. A mão está com a palma para cima, ladeada pelo sangue que se acumula em seu centro.

Paro. Meu peito aperta, e sigo a linha do pulso até o cotovelo, parando para ver o resto escondido atrás de uma árvore cheia de peras selvagens.

O ar da noite parece mais frio agora, a terra sob meus pés dura por conta das pedras e das raízes das árvores. Dou um passo trêmulo em direção à mão, sem conseguir respirar.

— Simi! — A voz de Kola estilhaça o silêncio, mas não me viro.

Sinto o luto crescendo em mim antes mesmo de saber para quem estou olhando. Arfando, me aproximo, dando a volta na árvore, as solas dos meus pés queimando por ter corrido e as batidas do meu coração reverberando na minha garganta.

Folasade está caída de barriga para cima, a cabeça virada na minha direção. Seus olhos estão abertos, mas não focam em nada além de sua jornada para Olodumarê. O sangue se espalha embaixo dela, formando uma auréola escura embaixo de seus cachos curtos.

Soluço, caindo de joelhos. Engatinho à frente e pego a mão dela, pressionando meus dedos onde a pulsação dela deveria estar. A pele dela ainda está quente, mas é só isso. Levo a mão dela ao meu rosto, fechando os olhos enquanto as lágrimas descem.

Como Folasade pode estar morta?

Um grito escapa de dentro do meu ser. Eu não devia ter dito a ela para correr. Ela teria ficado mais segura conosco. Só pensei em proteger a canção da alma na safira dela. Abro meus olhos de uma vez e me sento. A mão de Folasade ainda está na minha, e me forço a olhar para o seu corpo destroçado. Engulo a bile, e outro soluço ecoa no ar. Imagens do movimento delicado da cauda dela invadem minha mente. O tempo que ela sempre teve para mim quando fui recriada por Iemanjá, quando eu não queria aceitar que não era mais humana. O desprezo dela, mas também sua compreensão enquanto implorava que eu aceitasse quem eu era. O toque gentil quando afastou meu cabelo do rosto nas profundezas para poder olhar para os meus olhos, para me mostrar o quanto se importava, mesmo que às vezes suas palavras fossem duras.

Folasade.

Sempre querendo agradar a Iemanjá.

Fazer seu dever.

E veja ela agora. Seu corpo esfriando na terra de uma floresta longe de seu lar e do mar. Cercada de sangue e luar, e as estrelas que testemunharam seu assassinato.

— Simidele. — Yinka se ajoelha ao meu lado. Ela segura meu queixo, me forçando a olhá-la. — Daremos a ela o enterro que merece, seja lá o que você quiser. Mas, agora, precisamos da canção da alma.

O olhar de Yinka se prende ao meu e vejo dor e choque em seus olhos.

A canção da alma. Assinto e fungo, limpando meu rosto com mãos trêmulas. A morte de Folasade não pode ser em vão. Sei disso. Depois de gentilmente colocar a mão dela no chão, passo meus dedos frios pela pele ainda morna de seu pescoço. Respirando fundo, tateio sua clavícula, tentando sentir a corrente dourada que combina com a minha. Ignorando a poça de sangue reunida nos sulcos marrons, busco a safira que emite um brilho roxo com a canção da alma do Mokele-mbembe. Quando não encontro as correntes nem as facetas da joia, me forço a olhar mais de perto, segurando um soluço enquanto inclino a cabeça dela gentilmente para o lado, mas onde a joia devia estar pendurada como uma brilhante e estranha fruta, há apenas o sangue de Folasade.

* * *

Ouvimos um som vindo de cima, e eu me encolho quando Yinka ergue seus machados. Mas é apenas uma coruja, seus penetrantes olhos verdes brilhando em um rosto branco, bico pontiagudo sobre as penas pretas e cinza do peito. O pássaro pousa em um galho alto, olhando para nós.

— O colar sumiu — digo, encarando Folasade com meus olhos marejados.

— Foi Idera. Ela deve ter pegado — sibila Kola. — Cadê Ara? — Ele olha ao redor, Yinka imitando seus movimentos.

Ara.

Eu me levanto, virando a cabeça descontroladamente e vasculhando os arredores em busca de minha amiga mais antiga, movendo meus lábios em oração por sua segurança e sua vida. Por favor, não deixe que ela se perca também, penso enquanto tropeço ao redor da árvore que paira sobre o corpo de Folasade. A oração reverbera em minha mente enquanto procuro no chão e nas folhas, mas é só quando vejo uma marca vermelha de mão no tronco de uma árvore que meu estômago se revira e eu paro. Um rastro de sangue nas folhas caídas dá uma volta antes de desaparecer.

— Ela foi levada. — Junto com a canção da alma. Penso em Ara escapando do Reino de Nupé e da dificuldade que enfrentou lá. E eu não consegui protegê-la. De novo. Kola se vira e corre na direção de Okô.

— Venham! — grita ele por sobre o ombro. — Precisamos de guardas. Podemos procurar.

— E Folasade? — pergunto, minha voz falhando.

— Voltaremos para buscá-la — diz Yinka, me puxando. — Prometo.

Ela me puxa de novo e eu os sigo enquanto eles correm pelas árvores, encontrando o caminho que leva para a vila de Kola. Eles estavam tão perto, penso enquanto corremos pelo final da floresta, nossos pés martelando a estrada de terra. Uma pontada de dor atravessa minhas solas, mas sigo em frente, usando-a para sentir algo diferente do entorpecimento que está começando a se espalhar. Folasade está morta, e tanto Ara quanto a canção da alma foram levadas. Um soluço cresce em meu peito, mas a queimação da corrida o mantém preso.

Deixo Yinka me arrastar pela entrada oculta antes de desmoronar na terra, minhas mãos cobrindo meus lábios enquanto um grito escapa. Yinka fala com os guardas recém-estacionados no portão, gritando ordens.

— Simi. — Kola se agacha ao meu lado, a voz suave enquanto me abraça. — Simi. Me escute. Vou chamar o guarda. Nós vamos procurar Ara e traremos o corpo de Folasade de volta.

Não respondo. Não consigo. Mas assinto, e Kola se afasta, substituído pela mão que Yinka estende na minha direção.

Fungo, respirando fundo antes de permitir que ela me puxe para ficar de pé.

Chegamos ao complexo de Kola e a uma saleta ao lado da cozinha, onde Yinka me deita em um colchão de tecido azul e roxo. Não consigo conter as lágrimas enquanto ela acaricia meu cabelo, sua outra mão em meu braço.

— O que vamos fazer agora? — Minhas palavras saem baixinhas, a tristeza as encolhendo.

— Você descansa. Vou procurar Ara com os outros. — Olho para Yinka, para o brilho corajoso em seus olhos, sua própria dor em forma de raiva. — Kola enviou um mensageiro para buscar Bem e Exu do babalaô.

Me sento, as palavras dela queimando como fogo. Talvez ele possa ajudar de alguma forma.

— Vou com você. — Meu luto não ajudará em nada. Eu devia estar lá fora, procurando também.

Yinka balança a cabeça, me fazendo deitar de novo.

— Você precisa descansar. Um guarda vai trazer Folasade aqui e juntas nós daremos a ela o respeito que merece.

— E se você não encontrar Ara? E se Idera de alguma forma conseguir usar a safira de Folasade? — A ideia da iyalawo libertando os ajogun com a canção da alma me faz perder o fôlego.

— Se não encontrarmos? — responde Yinka, se levantando, a mandíbula cerrada enquanto suas mãos instintivamente buscam os machados. — Então iremos ao Reino de Nupé para recuperá-las.

CAPÍTULO 20

Não quero dormir, mas sinto minha mente desligando e logo entro em sonhos fragmentados cheios de sangue e morte. Desperto em um pulo e vejo Yinka ao meu lado, os olhos brilhando na escuridão. Ela tenta sorrir, mas seus lábios só fazem uma careta que me deixa nervosa. Yinka se vira para acender um lampião, seus braços e costas brilhando de suor na luz tremeluzente. Abro a boca para perguntar se encontraram Ara, mas as palavras ficam presas quando Kola passa pela entrada. Ele carrega nos braços uma túnica branca que envolve membros negros. Kola olha para mim e para na soleira. Uma lágrima desce pela bochecha dele enquanto me levanto, com as pernas trêmulas, meu coração batendo tão forte que ouço cada batida. Engulo em seco quando ele dá outro passo, olhando ao redor.

Me obrigo a me mexer, permitindo que Kola deite Folasade no colchão. Um dedão do pé aparece no canto da túnica e engulo um soluço, apertando os dedos enquanto ele a deita. Gentilmente, ele prende o tecido branco ao redor dela, colocando a garota diante de mim.

A ALMA DO OCEANO **211**

— O que... — Mas ele não termina a frase, a boca franzida de luto enquanto se endireita.

Yinka pega minha mão enquanto olhamos para o corpo de minha amiga. Penso em Folasade revirando os olhos para mim na água, irritada quando eu costumava mudar para a forma humana sem necessidade.

Ela não precisava ir comigo. Eu devia ter dito a ela para ficar com as outras Mami Wata.

— Obrigada — digo. — Por trazê-la.

Kola assente.

— Os guardas não conseguiram encontrar Ara, mas encontraram rastros e... sinais de luta.

— Idera está com ela, então — diz Yinka, franzido os lábios. — E com a canção da alma também.

— É o que parece. — Kola aperta a nuca.

Eu sabia, mas a confirmação acaba com a esperança que nutri tolamente. Folasade está morta e Ara foi capturada. E eu não pude fazer nada para evitar. O desespero toma conta de mim enquanto estendo a mão para o tecido marfim da túnica enrolada em Folasade. Sinto a maciez do algodão quando o esfrego entre meu dedão e o indicador.

Kola franze a testa, suas mãos vazias fechadas em punho, e olha para minha.

— Quer ajudar com os ritos funerais? Podemos enterrá-la em Okô.

— Não, mas obrigada. — Me ajoelho ao lado de Folasade, mãos trêmulas que pairam sobre o tecido branco que cobre o rosto dela. — Vou levá-la de volta ao mar. Onde é o lugar dela.

— Posso ficar e te ajudar a prepará-la — diz Yinka. — Vou pegar água fresca e óleos.

Kola murmura algo sobre ir encontrar seu pai, suas palavras passando por mim enquanto ele parte. Encaro o corpo de Folasade quando Yinka o segue para fora. Em seguida, encaro, sem foco, o altar que está contra a parede. Sobre ele há dois cocos, penas de galinha e milho. Oferendas para Oko, orixá das colheitas. Pisco devagar enquanto a sala vai se apagando.

O altar toma conta de todo o canto, da mesma altura que eu. Me sento o mais perto que posso sem derrubar tudo o que contém, hipnotizada pelo arco-íris de luz que dispara pelo colar de cristal no centro. Inclino a cabeça, observando enquanto as cores se projetam nas pétalas brancas de flores ao lado, dando a elas tons vibrantes de manga e melancia recém-cortadas e de grama molhada de chuva. Quando ìyá conta histórias de Iemanjá, ela o usa aninhado às dobras de sua túnica, mas quando seus contos centram nos orixás, o colar fica no altar.

— Bom dia, pequenina. — Sinto o toque gentil no meu ombro e o cheiro de manteiga de karité me envolve.

— Bom dia, ìyá.

Ela me entrega flores brancas e azuis frescas, os sete braceletes de prata que usa em homenagem a Iemanjá tilintando em seu pulso.

— Quer me ajudar?

Assinto, olhando para os lírios e a bandejinha de àkàrà que minha mãe segura. Ela me dá os botões frescos e tomo cuidado para não esmagar as pétalas enquanto as coloco no pote cor de terracota estampado com as ondas do mar. Se eu olhar bem de pertinho, distinguirei o respiradouro de uma baleia que sai da água. Faço com calma, organizando as flores para que estejam na mesma distância uma da outra, conferindo se há água suficiente no pote. Ìyá coloca os bolinhos de feijão ao lado do chocalho de cabaça, que é amarrado com fios de contas azuis, e nos afastamos.

— Iemanjá ficará satisfeita — diz minha mãe, me puxando para seu lado, sua mão cálida em meus ombros. — Quer começar a oração hoje?

Olho para cima, nervosa.

— Mas nunca fiz isso. — E se eu gaguejar ou esquecer uma palavra importante e Iemanjá se ofender?

— Você sabe como é, Simidele. Te vejo repetindo as palavras toda vez que eu as digo. — Ìyá se agacha ao meu lado e sorri, as covinhas fundas em suas bochechas marrons reluzentes. — Além disso, está tudo bem se errar algo. Erros são importantes. Aprendemos com eles.

Inspiro fundo, olhando para o altar, pensando na água fresca do rio. Ìyá pega minha mão e a aperta.

— *Iemanjá, mo bu ọlá fún ọ pẹlú àwọn òdòdó wọnyí...*

Iemanjá. A primeira orixá para quem me lembro de orar, a deidade ancestral de minha mãe e, portanto, minha. Devo tanto a ela, mais do que minha adoração anterior pode explicar.

Abro os olhos, vendo Folasade outra vez. Todo esse tempo, e estou de volta onde comecei, tentando consertar o que fiz de errado. É hora de voltar ao motivo por trás de minha criação, por trás da criação de todas as Mami Wata. Quando eu tiver ajudado Exu, voltarei para Iemanjá. Reunirei as almas e as abençoarei ao serem libertas. Farei tudo que Folasade tinha orgulho de fazer. Tudo que ela fez com fervor e compaixão.

Yinka volta com uma grande tigela de cobre e panos de musselina. Ela se senta ao meu lado em silêncio enquanto contemplamos o corpo sem vida diante de nós.

Irmã, amiga, Mami Wata.

Me inclino sobre ela e prendo a respiração ao puxar o pano para revelar seu rosto. Seus lábios estão entreabertos, um tom de marrom e rosa que me lembra dos meus. Cílios caem delicadamente nas bochechas cheias dela. Me inclino, segurando o rosto dela em minhas mãos.

Uma forma de sobreviver.

Uma forma de servir.

Uma forma de salvar.

Mas ela não pôde sobreviver ao ataque de Idera, e eu não a salvei.

— Você não merecia isso — sussurro enquanto minhas lágrimas silenciosas descem pelo tecido branco, escurecendo-o. — Serei melhor. Farei o que você não pode.

Yinka e eu lavamos o corpo de Folasade. Eu a imagino dormindo, sem querer pensar no fato de que ela nunca mais vai sorrir ou implicar comigo de novo. Enquanto limpo a pele do pescoço dela, penso na ausência de sua safira. Recebemos nossas joias quando Iemanjá nos recriou de acordo com sua imagem, e jamais as tiramos. E agora a de Folasade foi roubada junto de sua vida. Afasto a raiva, desejando que esses últimos momentos sejam de paz e respeito.

Passamos óleo em seu corpo em silêncio e eu cruzo os braços dela sobre o peito. Folasade cumpriu seus deveres com piedade, me mostrando o caminho quando fui recriada. Sei que ela ia querer estar no mar, sem passar um momento a mais que necessário na terra. Mami Wata em vida e morte.

— Quando você quer levá-la? — A voz de Yinka sai baixinho na sala escura.

— Agora. — Quanto antes melhor, penso.

Yinka pousa a mão em meu braço, me apertando com seus dedos mornos.

— Os anciões e oficiais estarão ocupados discutindo o Reino de Nupé por grande parte da noite. Se sairmos agora, teremos privacidade.

Juntas, embrulhamos o corpo de Folasade com um pano branco e limpo. Yinka se oferece para carregá-la, e eu concordo, sabendo que não tenho a força dela. Não na terra, pelo menos.

— Iremos com você. — Kola aparece na soleira da porta.

— Contei a bàbá tudo o que pude. Além disso, não é seguro você ir sozinha.

A iyalawo já tem o que quer, penso amargamente, mas concordo assim mesmo. Quando saímos, vejo Bem esperando por Exu, uma expressão solene no rosto.

— Simi, sinto muito — diz Bem, se aproximando e me abraçando. Eu o deixo me apertar uma vez antes de me afastar.

O orixá não se mexe.

— Foi uma perda. Uma que será sentida por você e Iemanjá. — Parte do rosto de Exu ainda está coberto pela escuridão, mas ele abaixa a cabeça uma vez e pousa a mão direita no peito. — Os ajogun serão presos.

Percebo que ele não expressa nenhuma tristeza pela morte de Folasade, mas assinto mesmo assim.

— Contei ao conselho o que aconteceu — diz Kola. — Nos juntaremos ao contingente de guerreiros que serão enviados de Okô para lutar contra os Tapa em Rabah. E então encontraremos Idera e recuperaremos a canção da alma.

— Você faz parecer fácil — digo, tentando não parecer grosseira.

— Não será. Sabemos disso. — Kola se aproxima de mim, estendendo a mão na direção do meu braço. — Mas qual é a alternativa? Desistir?

Talvez, penso, mas não digo em voz alta. Me afasto e olho para o corpo de Folasade nos braços fortes de Yinka.

— Perdemos tanto. — Minha voz é um sussurro.

— É por isso que não temos escolha.

Ele tem razão. As palavras de Kola provocam algo em mim, uma chama contra a onda de luto. Inspiro fundo.

— Me deixe devolver Folasade ao mar, e então faremos o que for preciso.

Os caminhos de Okô estão cheios de sombras contra a luz intensa do luar. Seguimos em silêncio pela rua principal e através de portões mantidos abertos pelos guardas de Kola, até chegarmos aos campos que levam ao mar. Sinto a água antes de ouvi-la, sinto o puxão dentro de mim. Os sons do mar logo nos cercam quando nos aproximamos da praia. Yinka para na última parte gramada antes de me entregar Folasade.

Nuvens passam pelo céu escuro e fico na margem do mar, segurando Folasade com força. Como humana, eu tive medo do mar aberto da primeira vez que o vi, de quão infinito parecia. Agora, sinto o puxão do meu lar quando olho para sua superfície em movimento.

Lar, o lugar de Folasade.

Lágrimas descem pelas minhas bochechas enquanto me aproximo de onde as ondas quebram na terra, seu súbito frio contra minha pele em transformação. As escamas surgem enquanto eu afundo no raso. Vou mais fundo até começar a nadar com Folasade contra mim, minha cauda nos impulsionando mais longe no mar.

Ela não se transforma, não é possível na morte. Mas enquanto equilibro o corpo de Folasade, começo a soltá-la, deixando-a flutuar à minha frente. Se ao menos o mar juntasse as pernas dela, as escamas aparecendo sob sua pele, revivendo o que a terra não pôde... Mas ela não se transforma, e eu deixo minha tristeza livre, chorando nas ondas até saber que preciso deixá-la ir. Para honrá-la adequadamente. Segurando minha safira, ergo meus olhos para a lua que banha as gentis ondas noturnas com seu brilho frio. — *Oludamarê ń pè, pèlú àdúrà yìí, á se ìrìn-àjò rẹ padà sí ilé ní ìrọrùn, adẹdàá rẹ, ìbẹrẹ àti òpin ìn rẹ.* — Minha oração é levada pela brisa enquanto fecho os olhos e a sussurro de novo. — Oludamarê chama, e, com esta oração, suavizamos sua jornada de volta para casa, para seu criador, seu começo e fim. — Repito mais cinco vezes, sete no total, minha voz falhando apenas na última.

O corpo de Folasade, com seus membros brilhando na luz esbranquiçada da lua, começa a reluzir mais forte. Minha cauda balança na água e vejo o brilho consumi-la, presa em uma luz tão forte que sou forçada a semicerrar meus olhos. A súbita explosão na distância acende o mar com uma chama de marfim prateado. O corpo de Folasade cintila, aos poucos mudando sua suavidade clara e brilhante. Agradeço enquanto a garota se funde ao brilho no mar, minhas lágrimas caindo na água.

— Sinto muito. *Àláfíà ni tìrẹ báàyí* — sussurro enquanto Folasade se torna outra camada de espuma no mar, sua delicadeza entrelaçando as ondas em belas filigranas. — A paz é sua agora.

* * *

Luto contra a vontade de deixar as correntes me levarem de volta para as profundezas, onde posso ninar minha tristeza na escuridão gelada. Deixo os azuis do mar me lavarem, e o peso é um bálsamo vagaroso. Por fim, nado de volta à costa. Os outros me observam sair da água. Piso na terra enquanto minhas escamas se transformam em pele macia, os ossos se reorganizando para que eu possa andar. Minha túnica brilha dourada na luz baixa. Kola se aproxima de mim, mas não deixo que chegue perto o suficiente para me tocar, indo na direção de Okô. Não me refugiarei em alguém que terei que deixar. Não de novo.

— Simi, podemos usar a distração da batalha para entrar na capital e então no templo — diz Yinka, caminhando ao meu lado. — Não acabou.

— Ara falou da organização da cidade — adiciona Kola. — Vamos conseguir.

Não digo nada. O luto tem uma crueza irregular que consome tudo. Suspiro, sentindo meus ombros caírem, as lágrimas fazendo meus olhos arderem de novo.

— Ótimo. Então conseguirei descansar algumas horas — diz Exu. — Já que fui rudemente acordado mais cedo. Estou muito incomodado com a falta de sono.

Yinka se irrita, lembrando-o da perda da canção da alma, ficando ainda mais irritada quando o orixá boceja e a ignora com um movimento de mão.

— Tá, tá. Sei de tudo isso. É só um pequeno atraso.

— Gosto da sua confiança — diz Kola, curto e grosso. — Mas a guerra com os Tapa é o que estamos tentando evitar.

— Ah, tá! É só uma batalha. — Exu se vira em direção aos portões de Okô. — O resto se resolverá quando os ajogun forem presos.

— Mas e antes? — Kola caminha ao lado dele. — Que outras criaturas Idera pode chamar para lutar por eles?

— Veremos — diz o orixá, as palavras tomadas por outro bocejo. — No entanto, a maioria provavelmente não será páreo para mim.

— E quanto aos homens e mulheres de Oió? — pergunto quando todos se viram para mim. — Eles serão páreo? Estamos lutando pelas vidas deles.

— Você está certa. Mas para fazer isso, precisamos da canção da alma que você perdeu. E então, para consegui-la de volta, haverá perdas. — Exu sorri, dentes largos e grandes na escuridão. — Infelizmente.

Sei que o trapaceiro está falando a verdade, mas enquanto passo meus dedos no cabo da minha adaga em meu cabelo, prometo fazer tudo certo.

Chegamos em Okô no meio da noite. A escuridão suave envolve a vila de uma forma que sugere paz, em vez de tensões escondidas. Yinka e Bem levam Exu ao complexo para descansar e eu escapo, voltando para a sala onde lavei o corpo de Folasade. Restam poucas horas até o nascer do sol, e sei que eu devia descansar, mas não consigo relaxar. Em vez disso, me sento no canto, encarando o colchão onde o corpo dela estava.

Depois de um tempo, Kola chega, mas não fala nada, apenas se senta ao meu lado. Fico em silêncio por alguns minutos, mesmo quando ele se aproxima.

— Não é culpa sua — diz ele. — Você sabe disso, não sabe?

— Decepcionei tanta gente… — Com as mãos na boca, aperto minha mandíbula. — Eu devia ter feito… *mais*.

— Simi — murmura Kola, se agachando ao meu lado. Me sinto como se fosse estilhaçar, como se minha caixa torácica fosse rachar. — Não existe "você" em nada disso. Existe apenas nós. Todos nós. E faremos isso juntos, carregaremos o peso juntos.

Assinto, mas as palavras dele não param a minha dor. Kola me olha e me puxa contra si, me abraçando com cuidado.

— Nós os honraremos — diz ele, a voz firme na escuridão. — Aqueles que perdemos. E lutaremos por todos eles.

Inspiro, trêmula, me permitindo o conforto do cheiro dele e o calor de nossas peles juntas. Penso em Folasade caída na floresta, seus olhos cegos voltados para as estrelas. Penso em Ara, aterrorizada por voltar a Rabah. E penso em Issa, na forma como o yumbo foi agarrado pelo sasabonsam no palácio de Exu.

— Fizemos uma vigília por Issa — diz Kola baixinho, como se lesse minha mente. — Enviei notícias aos yumboes, mas o mensageiro não conseguiu encontrá-los. Falhei com o avô dele. — Inclino meu rosto para o dele, vendo a culpa em sua expressão. — Prometi a Salif que garantiria que Issa estivesse seguro.

— Você não podia controlar o que aconteceu. — Sei que minhas palavras não amenizarão a culpa dele, assim como as dele não amenizaram a minha, mas digo mesmo assim.

O silêncio nos envolve, nossos pensamentos altos no calor da sala. Há um leve cheiro de óleo de coco e especiarias vindo da cozinha. Os cheiros comuns me provocam, um lembrete de que, para os outros, é apenas mais um dia.

— Talvez. Pensei nisso várias vezes. — Kola fecha os olhos, apoiando a cabeça na parede. — Mas então falei com o babalaô e ele me disse que devemos nos concentrar no que é certo, no que está em nossos corações. Só podemos dar o nosso melhor.

— E se… — digo devagar. — E se o nosso melhor não for bom o bastante?

— Então faremos mesmo assim, Simi. — Kola suspira e se vira para mim. — É a única opção.

Inspiro fundo, a tristeza aumentando. Kola se levanta de repente, ajeitando a túnica.

— Posso te mostrar uma coisa?

— O quê? — pergunto, deixando que ele me puxe para ficar de pé.

— Você vai ver. — Kola abre um sorriso hesitante, e há uma luz em seu olhar que suaviza a dor em meu peito. — Por aqui.

Deixamos o complexo em direção à estrada do fundo até um portão alto. Depois que Kola o destranca, ele me deixa passar antes de me seguir. Juntos, entramos em um grande espaço aberto. Palmeiras fazem sombra na área apesar do luar intenso, e o cheiro de bananas muito maduras é forte.

Kola assovia baixo. Um pequeno grupo de árvores no canto balança, e eu dou um passo nervoso para trás.

— Está tudo bem — murmura ele. — Eu só queria garantir que o ataque não o assustou.

Fico perto de Kola enquanto ele entra mais no espaço aberto, bem quando uma grande parte da escuridão se solta e corre na nossa direção. Puxo a adaga do meu cabelo, mas sinto a mão de Kola em meu braço e abaixo a arma.

— Espere.

Minhas palavras são cortadas quando a tromba cinza se curva em nossa direção, grandes orelhas batendo uma única vez no frescor da noite.

— Tunde — sussurra Kola, e o elefante usa a tromba para sentir as dobras da túnica dele. — Aqui. — Ele estende uma banana. Tunde pega a fruta com vontade antes de enfiá--la na boca.

A criatura se assoma acima de nós, mastigando alto. Kola se vira para mim, sorrindo.

— Ele não é adulto ainda.

— Sério? — pergunto. Só vi um elefante uma vez, em Oió-Ilê, no desfile de aniversário do Alafim. Olho para o brilho das presas de Tunde nervosamente enquanto Kola faz carinho atrás das orelhas grandes como leques do elefante.

— Ele é enorme!

— Eu o encontrei caído em um trecho de mangue. Ele estava padecendo pela falta de água e comida. Fiquei surpreso por ainda estar vivo. A mãe dele estava morta, toda flechada, e suas presas tinham sido serradas. — Kola encara as nuvens, os lábios curvados para baixo, mas Tunde aperta seu ombro com a tromba e o faz sorrir de leve. — Bàbá disse que eu podia ficar com ele desde que o treinasse, e ele tem estado muito bem. Ele é muito leal. Até pisoteou um dos òyìnbó que encontramos mês passado.

— Seu pai... Eu devia ter perguntado antes. Como ele está?

— Ele está me ensinado sobre governar a vila. — Kola dá tapinhas na lateral de Tunde. — Fiz mudanças na guarda Okô, em nossas patrulhas e defesas. Ele ouviu.

— Ele sabe que você seguirá os passos dele. Me lembro da forma como ele te olhou quando você voltou a Okô. — Sorrio.

— Como se tivesse visto um fantasma! — Ri Kola, mas é um tanto forçado.

— Não. Como se tivesse acabado de encontrar a coisa mais preciosa que já perdeu.

Tunde acaricia Kola de novo, quase o derrubando. Rimos quando o elefante enrola a tromba na cintura do rapaz, puxando-o para cima. Kola finge estar ferido, mas Tunde o empurra suavemente de novo até que ele pegue um pouco de casca de árvore e grama.

— Aqui, esfomeado.

Enquanto o elefante come, nos sentamos juntos no banco esculpido no escuro, contentes. Estremeço com a noite fria, e Kola corre para pegar um cobertor.

— Obrigada — murmuro enquanto ele passa o tecido suave ao redor dos meus ombros. Fico satisfeita quando ele se senta ao meu lado de novo.

Olho para a estrela mais brilhante do céu, me lembrando de quando descansamos sob ela enquanto Kola se recuperava do ataque do Ninki Nanka. A estrela da corte. Se fôssemos apenas... nós, apenas Adekola e Simidele, talvez ele se voltasse para mim agora. Se não houvesse mais nada, nem Mami Wata, nem os Tapa ou os ajogun, talvez ele colocasse a mão no meu queixo e levasse meus lábios até os dele. Ou talvez não. Ele mal falou comigo desde que cheguei. Roubando um olhar, desejo saber o que ele está pensando. O cobertor escorrega com meu movimento e eu me viro, tentando pegá-lo.

— O que você vai fazer depois? — Kola pega o cobertor, os dedos roçando meu braço. Respiro fundo com o toque dele.

— O que quero dizer é, já pensou sobre voltar a Oió-Ilê?

A distração é bem-vinda. Penso na pergunta por um momento, me lembrando de meus pais.

— Você sabe que, como Mami Wata, desistimos de nossas vidas humanas, assim como de nossas memórias — explico, medindo minha resposta com cuidado. — Sempre tive vislumbres de memórias quando tomei essa forma. É por isso que me transformei mesmo sem precisar. Esses pedaços de minha vida voltavam para mim. Mas toda vez que voltava para a água, eles só... se dissolviam.

— O que mudou?

— Acho que foi lembrar o que aconteceu comigo. Como e por que Iemanjá me salvou. — Penso no mar bravio e no terror que senti ao pular do navio òyìnbó e engulo em seco. — Mantive cada parte de mim, e de minha vida, desde então. Mesmo na Terra dos Mortos.

Kola me olha com atenção.

— E agora que você se lembra totalmente de si... vai voltar para casa?

— Quero ir até lá e vê-los. — Penso no sorriso largo de minha mãe e na risada de meu pai. — Mas não sou mais a mesma. Não sou a filha que eles perderam. Odeio pensar neles sofrendo por mim, mas eles não teriam que sofrer tudo de novo se eu contasse o que sou? Que não sou humana e que não posso ficar com eles? — Seguro o cobertor ao meu redor com mais força, como se ele pudesse espantar minha tristeza da mesma forma que espanta o frio da noite. — Acho que seria pior.

— Você sempre será a filha deles, Simi. — A voz de Kola é baixinha, e me vejo à beira das lágrimas. — Você não devia se preocupar com isso, nunca.

Aperto meus dedos e penso no meu lar — a curva vermelha das paredes, o cachimbo de leopardo de meu pai e as muitas túnicas que minha mãe tem, uma especial para cada história que conta.

— Vou pensar no assunto — sussurro.

— E depois? Você acha que vai voltar? — Kola pigarreia e olha para os pés. — Para o mar, quero dizer.

— É o meu lugar. — Forço uma risada áspera. — Para onde mais eu iria?

Kola hesita antes de se virar para mim.

— Você poderia ficar aqui, sabe? Quero dizer, depois que ajudarmos Exu.

— Em Okô?

Ele assente, me olhando. Me viro para Tunde para ter mais tempo antes de responder. Kola quer que eu fique. O pensamento se espalha enquanto dou um passo em direção ao elefante. Tunde para quando me aproximo, dobras de pele cinza quase metálicas ao luar, olhinhos pretos me observando. O elefante estende a tromba timidamente e deixo que cheire minha mão, dando um pulo quando ele bufa um pouco. Tunde balança de um lado para o outro, a boca aberta. Mantenho minha palma estendida e o toco, me divertindo nessa simples felicidade.

— Vou trazer o café da manhã quando o sol nascer — murmura Kola para Tunde, se aproximando e pressionando a testa na lateral do animal.

O elefante deixa que o acariciemos mais uma vez antes de voltar para as árvores, desaparecendo nas sombras. Kola me encara, o luar refletido em seu olhar. Percebo que fui boba em me perguntar o que ele sentia por mim. Está na forma como ele me olha agora, no nervosismo em me pedir para ficar. Não quero magoá-lo novamente, mas sei que vou machucá-lo com a única resposta que posso dar a ele.

— Não posso ficar aqui. Com você.

Com as minhas palavras, o rosto de Kola fica cuidadosamente inexpressivo enquanto ele dá um passo para longe, aumentando a distância e as sombras entre nós. As mãos dele pairam na brisa noturna antes que ele fale, a voz baixinha na escuridão.

— Eu entendo.

— Entende mesmo? — pergunto, frustrada por ele se fechar. — Seu lugar é aqui. Um dia, você governará Okô. Eu sou do mar. E agora Iemanjá perdeu Folasade. — Minha voz falha e eu paro.

— Não foi culpa sua.

— Eu sei. Mas me mostrou onde é o meu lugar. Quero ver ìyá e bàbá, mas Iemanjá precisa de mim. Eu devo a ela. Mais que minha vida agora. — Penso na perda de Folasade e nas almas que ela pode ter reunido. Largo o cobertor, indo na direção do portão. — Depois que ajudarmos Exu a prender os ajogun, voltarei ao mar. Preciso voltar. É o meu lugar.

Me afasto de Kola e da lua que o mergulha em luz prateada, sabendo que estou tomando a decisão certa. Não há outro jeito.

CAPÍTULO 21

A batida fraca de tambores me desperta. Por um momento, observo a luz do sol que entra pela janela do quarto dos gêmeos, onde me instalei depois de deixar Kola, colocando meus pés na fonte de calor amarelada.

E então me lembro do que aconteceu noite passada e o luto me atinge. Folasade morta, seu corpo devolvido ao mar. Ara e a canção da alma levadas pela iyalawo dos Tapa. Fecho os olhos de novo, querendo voltar ao sono onde nada disso é real.

— Ela acordou? — Ouço um sussurro ao meu lado.

— Acho que não.

Abro os olhos e vejo dois pares de olhos castanhos, um sorrisão enorme e um sorriso sem os dentes da frente.

— Você acordou! — Os gêmeos se inclinam e sou envolvida por cachos com cheiro de coco e o aroma doce de banana frita. Eles estendem uma tigela para mim enquanto me sento e esfrego os olhos. Taiwo e Kehinde passam os braços por meu pescoço, apertando antes de soltar. Sorrio com o rosto enfiado nos cabelos deles, me sentindo abençoada e reconfortada pela presença dos dois.

— Agora acordei — digo, sentindo um sorriso em meu rosto. — Por que vocês não estão com seus pais?

— Taiwo queria seu arco e flecha — diz Kehinde, apontando para o irmão, que agarra uma arma em miniatura feita de madeira. — E então ègbón okùnrin nos trouxe. Ele disse que podíamos ver você.

Me recosto no ninho de cobertores enquanto os gêmeos se sentam ao meu redor, as mãos agarradas nas minhas.

— Sentimos saudades — diz Taiwo, e o cecear causado pela falta de dentes me faz dar um abracinho nele.

— Senti saudades de vocês também.

— Trouxemos comida. — Kehinde aproxima a tigela de mim, mas não quero soltá-los.

— Já vou comer — digo, observando os dois. — Me contem como estão e as novidades.

Os gêmeos começam a falar juntos e então param, se encarando. Eu rio, e eles param de franzir a testa, alternando a vez para me contar as coisas importantes para eles. Histórias sobre mergulhos no mar, de curar um filhote de macaco-prego-de-cara-branca que encontraram, um passeio no lombo de Tunde. Kehinde fala de como eles estão ajudando a manter o pai confortável depois de uma doença recente, e eu os abraço.

Quando os gêmeos partem para encontrar flechas, como as fatias de banana frita.

As crianças voltam bem quando termino.

— Podemos comer agora? — Taiwo põe as mãos na barriga e olha para minha tigela vazia. — Essa fome está me matando.

Rio da expressão séria dele.

— Vocês não comeram?

— Bem, sim. Mas foi o meu primeiro café da manhã. — O menino esfrega a barriga. — Estou pronto para o segundo.

— Eu também — diz Kehinde, pegando minha mão e tentando me puxar para ficar de pé, cambaleando com o esforço. — Taiwo, me ajude.

— Já vou — digo enquanto eles me puxam.

Eles esperam enquanto ajusto minha túnica. Passo a mão pelas tranças no topo da minha cabeça, o volume da adaga me reconfortando enquanto sigo as crianças para fora do quarto. O pátio aberto recebe o novo dia em uma onda de luz. Ainda está relativamente fresco, e passo pelas sombras que desaparecem, seguindo os gêmeos, que vão para o espaço aberto central. Bem e Yinka estão próximos um do outro em tapetes feitos à mão e decorados com padrões de peixe nadando em círculos. Eles adicionam mais feijão cozido aos seus pratos enquanto falam de armas e formações de batalha. Exu está reclinado do outro lado, de olhos fechados, as mãos atrás da cabeça, tigelas vazias ao seu redor. Quando me aproximo, ele ergue o olhar.

— Ah, é você, peixinha — diz o orixá. — Eu queria mais comida. — Ele esfrega a barriga e reclina a cabeça para descansá-la no cobertor dobrado.

Kehinde e Taiwo dão ao trapaceiro um amplo espaço, sentando-se perto de Yinka. Ela os abraça e beija seus cachos. Kola sai da cozinha com sua própria tigela e para ao me ver. Por um momento, acho que ele vai voltar para dentro, mas ele assente para mim antes de se sentar ao lado de Bem.

Aceito um prato de ovos fritos com pimenta e cebola que Yinka me entrega, sentada diante de mim, e tento não pensar como Kola deve estar se sentindo depois da noite passada. Como eu me sinto depois da noite passada.

Comemos rápido, e bem quando tomo coragem de roubar um olhar dele, Kola se levanta, chamando os gêmeos.

— Venham, garotos, vou levar vocês de volta para bàbá e ìyá. — Kola olha para Exu enquanto fala, e fico tensa quando o orixá acena preguiçosamente para as crianças. Para o crédito dos gêmeos, eles não se encolhem. Em vez disso, apenas erguem o nariz e pegam as mãos do irmão enquanto saem do pátio, acenando para mim.

Coloco o prato com os ovos meio comidos, agora frios, no chão. Yinka olha para mim, preocupada, até eu dar de ombros e sorrir. Quero fazer algo para consertar as coisas, não sofrer por algo que jamais foi e jamais poderá ser. Existem coisas maiores que Kola e eu.

— Qual é o plano de Okô? E qual é o nosso? — pergunto, mantendo minha voz firme e forte.

Bem sorri enquanto estende a mão por trás de Yinka e aperta meu ombro.

— Que bom que você perguntou — diz ele, e começa a traçar o que o pai de Kola concordou com os membros do conselho de Oió-Ilê. — Partiremos em algumas horas e nos juntaremos aos regimentos de Oió. Outras vilas estão enviando guerreiros, e nos reuniremos no pedaço de terra antes de Rabah.

— Vamos atacar no crepúsculo — prossegue Yinka. — E esperar termos o elemento-surpresa.

— Por que não partimos agora? — pergunto. Tomo um copo de água, observando Kola voltar para o pátio. Penso em Ara, esperando que ela ainda esteja viva, me perguntando se está ferida. Inspiro fundo e solto o ar. Só quero ir em frente.

— Bàbá organizou uma cerimônia Egúngún. — Kola se aproxima de nós, pegando um copo de água e dando um gole.

Fora dos muros do complexo, há gritos distantes enquanto os batuques aumentam. — Não tem a duração usual do festival, que leva dias, mas um curto para abençoar os que estão partindo para a batalha e aqueles que ficarão para trás.

— Para coragem e força — digo, assentindo, satisfeita por ele ainda estar falando comigo.

— Exatamente — diz Kola, um sorriso fraco empalidecendo seus lábios. Penso na sensação dos braços dele ao meu redor na noite passada. O calor se espalha pelo meu peito quando me levanto com Yinka e Bem. Exu está mais uma vez todo espalhado à luz crescente do sol, roncando.

— E ele? — pergunto, apontando para o orixá.

Kola move a mão no ar, franzindo os lábios.

— Ele pode ficar aqui.

— Vou ficar e vigiá-lo — diz Bem, olhando para Exu.

Assinto para Bem e aperto seu braço em agradecimento antes de seguir Yinka e Kola. Deixamos o complexo e nos juntamos às pessoas indo para a praça do mercado. Barraquinhas cheias de maçãs e cocos estão nas laterais, as pessoas espalhadas pelo espaço no centro. O cheiro de cabra assada e peixe frito se mistura no ar. Diretamente nos fundos, estão sentados os pais de Kola e os anciões do conselho. Os oficiais de Oió-Ilê estão à esquerda deles, e suas familiares túnicas índigo com círculos concêntricos brancos fazem meu estômago revirar quando as reconheço. Penso em meu pai quando ele usou a dele, o brilho de seu sorriso se misturando com meu orgulho.

Espiando mais de perto, hesito quando um dos homens se vira. Quero ver a cicatriz do meu pai saindo de sua testa até o topo de sua bochecha esquerda, onde desaparece em sua barba preta e branca. Mas vejo apenas bochechas redondas e expostas, um punhado de cicatrizes em ambas, e um pouquinho de barba no queixo do homem.

Disfarço a decepção e sigo Kola até onde os gêmeos estão sentados, perto de seus pais e da guarda Okô.

— Você vai ficar bem? Preciso ficar ao lado direito do bàbá.

Faço cócegas nos gêmeos, sorrindo quando eles dão risadinha e se viram para mim.

— Eles vão me fazer companhia — respondo enquanto Taiwo e Kehinde me abraçam com seus bracinhos finos.

— Ègbón obìnrin! — exclama a irmã de Kola, os olhos brilhando. — Vem, senta comigo.

— Não, senta comigo — retruca Taiwo, tentando empurrar Kehinde da frente.

Satisfaço os dois ao colocar um gêmeo de cada lado meu, abraçando-os.

— Vou sentar entre vocês. Assim fica justo.

Os gêmeos se encaram antes de colocar as mãos no colo, o brilho de seus anéis de obsidiana na mão direita me lembrando de que são apenas crianças, mas também algo mais.

Kola cumprimenta o pai ao tocar o chão aos pés dele enquanto o homem apoia a mão no ombro do filho. Está mais magro do que da última vez que o vi, quase engolido pelas dobras azul-real de sua túnica. A mãe de Kola olha orgulhosamente para os dois enquanto seu filho fica entre eles.

— Hoje de manhã nos reunimos para pedir orientações aos ancestrais. Através da cerimônia Egúngún buscaremos a sabedoria daqueles que vieram antes de nós, aceitaremos qualquer bênção com a qual nos honrarem. — O pai de Kola faz uma pausa, ajustando o filà azul em sua cabeça, anéis dourados brilhando na luz do sol. Uma corrente grossa está pendurada em seu pescoço, cheia de gemas polidas brilhando em laranja, vermelho e azul. — Estamos diante de uma ameaça que esteve crescendo por gerações. Eles pegaram pessoas antes, encorajados pela troca com os òyìnbó. Um murmúrio desanimado cresce entre as multidões de Okô. Muitos mais do que soaram desde que Kola assumiu a cerca de um ano. O òyìnbó já influenciou essas terras, mesmo em um curto espaço de tempo.

— Vilas inteiras foram dizimadas, com algumas até saindo da costa, entrando nas matas fechadas do interior, tão longe do òyìnbó e dos reinos em guerra quanto possível. Okô sempre permaneceu firme. Protegemos o que é nosso e quantos outros forem possível. — Os aldeões gritam em aprovação, batendo pés e cajados no chão. — Mas nos últimos tempos, os ataques dos Tapa ficaram mais frequentes, mais… violentos e sombrios. O Alafim decidiu que já chega!

Gritos soam pela praça, mas também vejo o desconforto em muitos rostos. A guerra trará mais perda, mais mortes.

O líder de Okô faz um gesto para os anciões sentados ao redor dele, os rostos enrugados pela idade e pelo peso da dificuldade e de escolhas importantes.

— Aqueles no conselho concordaram em nos dar apoio. Unidos com toda a Oió, não permitiremos que o Reino de Nupé nos ameace mais! — As palavras do pai de Kola provocam rugidos e batidas de pés no chão. Ele assente, olhando para a multidão. — Nos regozijamos na nossa força e buscamos mais. Como vocês sabem, sem música, não há como celebrar. E hoje, celebraremos enquanto honramos os Egúngún e aceitaremos as bênçãos que eles julgarem adequadas conceder.

O povo de Okô mascara qualquer dúvida com uma salva de palmas furiosa. O pai de Kola faz um gesto para o filho, que se levanta, mais alto até que seu pai agora.

— Que Àyàn, o deus da precursão, os proteja! — grita o líder de Okô, virando-se para um semicírculo de homens que ladeiam o espaço vazio, cada um sentado diante de seu tambor bàtá. Ele assente para o grupo. — Àyàn ó gbè ó! O maior músico se inclina sobre o tambor principal e bate no ìyáàlù devagar. A batida se espalha e então é imitada por outros em um ritmo que cativa a multidão. Tambores bàtá são usados apenas em cerimônias especiais, aquelas que exigem o uso de crença e magia. Como um, o povo de Okô escuta com cuidado, dando às batidas o respeito que merecem. Alguns aldeões balançam no ritmo, outros sorriem.

Kola observa os percursionistas, uma determinação poderosa em seu rosto. Vejo que a mãe dele o olha, o sorriso desaparecendo, e sei que ela está olhando com atenção caso seja a última vez que o vê. Reparo que o mesmo acontece ao redor. O povo de Okô é cheio de paixão, mas também sabem o que têm a perder. Eu já sei o que está em risco, mas ver todos assim torna tudo mais real.

Uma exclamação coletiva sobe no calor da manhã enquanto as batidas dos tambores bàtá desaceleram.

O Egúngún aparece do círculo de aldeões, se aproximando do centro. Segmentos de couro e algodão contrastam com painéis de sedas vermelhas, azuis e amarelas, tudo costurado com fio metálico. O tecido desce até o chão, cada seção colorida representando um ancestral diferente. Uma pequena cabeça esculpida, adornada com um cocar chamativo, está no topo da plataforma no ombro, representando os ancestrais e dando à figura uma altura sobrenatural. O Egúngún gira, o tecido espalhado e borrado ao sol, cada virada limpando a área enquanto os aldeões cantam e aplaudem. A figura desliza e pula diante de nós, os movimentos precisos e poderosos. Vislumbro o véu do rosto, cravejado de búzios e, embora represente os ancestrais coletivos de Okô, não posso deixar de me lembrar de Iemanjá e das pérolas que ela usa cobrindo o rosto para disfarçar suas cicatrizes.

Os aldeões ficam distantes, mostrando cuidado ao redor das poderosas forças espirituais que o Egúngún personifica. Chinelos listrados de amarelo e vermelho marcam a terra por baixo da fantasia. Contas coloridas de vidro, costuradas nas extremidades dos painéis, brilham conforme o Egúngún se aproxima. Em cada lado, Kehinde e Taiwo seguram minhas mãos, a animação os fazendo se inclinar à frente, olhos fixos no Egúngún quando para diante de nós. Com uma reverência baixa, ele assente para as crianças, a mão coberta de algodão branco pairando acima das cabeças delas. Orações abafadas soam sob o véu, e então a figura volta para o meio do mercado. Os tambores ganham velocidade, combinando os movimentos dos ancestrais encarnados enquanto o Egúngún rodopia, girando tão rápido que as cores do tecido se tornam um arco-íris borrado. O Egúngún ocupa o centro do espaço aberto, girando devagar até paralisar. Os tambores param, as palmas das mãos sobre as peles esticadas.

Eleva-se uma mão enluvada, o fio dourado e prateado em cada dedo refletindo a luz do sol. E então a figura começa a pular, girando e sacudindo enquanto se aproxima do líder de Okô. O pai de Kola abaixa a cabeça, esperando por sua bênção, mas o Egúngún não para diante dele. Virando a cabeça para longe do líder de Okô, a figura se aproxima de Kola, os tecidos roçando na pele do rapaz enquanto o Egúngún se contorce diante dele.

Kola ergue as sobrancelhas e olha para o pai, que sorri. O Egúngún para, levantando ambas as mãos para deixá-las pairarem uma de cada lado na cabeça do rapaz. Vejo Kola fechar os olhos, angulando o rosto para o céu, e então, no silêncio tecido como uma teia entre os aldeões, o Egúngún fala.

— Orixá? — A palavra ecoa nos ouvidos do povo, o tom do Egúngún poderoso enquanto se ergue no fim do mundo.

Kola olha para baixo, lábios entreabertos, os olhos brilhantes e arregalados. Penso na forma como ele acabou com os adzes, o poder e a velocidade que pareceram sobrenaturais mesmo na hora.

— Sim — diz o Egúngún. — Orixá.

A figura se inclina à frente e sussurra uma oração para Kola, e vejo a expressão dele desmoronar e voltar ao normal, suas feições rearranjadas em uma compreensão que faz a mãe e o pai caírem de joelhos diante dele.

Taiwo e Kehinde se entreolham antes de sorrir e se levantar. Eles passam por Egúngún, que espera, perfeitamente parado, diante de Kola. Ladeando a figura que incorpora os ancestrais deles, os gêmeos seguram as mãos de Kola.

— Bem-vindo, ègbón okùnrin.

A batida dos tambores bàtá recomeça, assim como a canção do povo de Okô. As vozes se erguem em uma harmonia que tece identidade, pertencimento e poder. Penso em como Kola nadou tão profundamente e puxou Olocum para trás por suas grossas correntes douradas. Tudo faz sentido agora, com a confirmação do Egúngún.

Kola é um orixá.

* * *

O giro e a dança do Egúngún dão tempo a Kola e seus pais para se recomporem, as bochechas deles molhadas com lágrimas e seus lábios tomados de sorrisos alegres.

Observo Kola ao lado da família, o rosto calmo. Só eu consigo ver os pequenos detalhes que traem sua calmaria, os músculos em sua mandíbula que tremem e a posição de seus ombros.

Orixá.

O que isso vai significar? Não apenas para Kola e Okô, mas para nós? Se ele não é mais humano, então podemos...? Enterro os pensamentos na mesma hora. Se Kola é um orixá, então Okô e o Reino de Oió ficarão protegidos. Precisam dele. Kola olha para mim e nos encaramos. O puxão que senti no mar e na praia retorna.

Quando o Egúngún dança em direção às extremidades da praça do mercado, os aldeões o seguem, continuando sua canção, levando o percursionista ìyáàlù e seu ritmo forte e pulsante. A procissão aumenta enquanto mais pessoas se juntam a eles, todos esperando serem abençoados pelo Egúngún, mas também saindo da frente em sinal de respeito. Kola e a família são deixados com os guardas a uma distância apropriada de onde estou, sem saber como me aproximar.

— Simi! — Kehinde corre para mim e me puxa em direção aos pais.

Kola está parado enquanto a mãe o abraça, murmurando agradecimentos para Ogum e Olodumarê.

— Somos abençoados. — O líder de Okô está diante do filho, as mãos juntas em oração, os diamantes brilhando. — Três vezes agora.

— Bàbá, não entendo. — Kola me encara com olhos arregalados.

— Sente-se — diz o pai dele, dando batidinhas no banquinho encapado de veludo ao seu lado.

Kola se abaixa enquanto os gêmeos se sentam aos seus pés e a mãe fica atrás dele, as mãos esfregando e apertando seus ombros.

— Você se lembra da história de Xangô? — pergunta ela.

— Sim, ìyá. O quarto Alafim de Oió — lembra-se Kola.

— As histórias dizem que ele cuspia fogo e comandava os relâmpagos das tempestades.

— Isso mesmo. Mas ele era originalmente humano, não orixá. Houve muitos rumores a respeito da morte dele. Alguns dizem que o conselho se rebelou contra ele, outros dizem que ele acabou com a própria vida. — A mãe de Kola se inclina, as palavras fortes e objetivas. — As ações dele como humano foram tão grandes que, quando sua morte mortal aconteceu, ele foi divinizado por aqueles que o reverenciavam.

— E se tornou o deus do fogo, do trovão e do relâmpago. — O pai de Kola lhe dá tapinhas no joelho.

O rapaz abre e fecha a boca, me olhando, impotente. Eu gostaria de poder tranquilizá-lo. Penso na coragem que Kola demonstrou, nos riscos e depois no preço que pagou na ilha de Exu — dando a vida para salvar os gêmeos. Eu abençoei a alma dele, mantive-a lá enquanto os gêmeos usavam seus anéis e sua conexão com a saúde e a vida.

— Nós trouxemos você de volta — diz Kehinde.

— Mas você não era o mesmo — adiciona Taiwo.

Olho para as crianças, que encaram o irmão, e percebo que eles provavelmente já sabiam.

— Por que vocês não me contaram?

— Não tínhamos certeza. — Eles se entreolham. — E não podíamos revelar. Tínhamos que esperar pelos ancestrais.

Kola olha de um gêmeo para o outro, ouvindo com cuidado. Vejo a frustração em suas linhas de expressão.

— Você não é igual aos gêmeos, não é a reencarnação de um orixá — explica a mãe. — Você é novo. O Egúngún falou, e agora é hora de você se acostumar com o seu poder.

— Mas o que é? — O tom de Kola é de pânico, o olhar passando de um membro da família para outro. — Não me sinto diferente.

— Seu poder ainda não foi definido, mas será revelado em breve. — O pai assente para o filho, encorajando-o. — Você é um orixá, e o poder que vem com isso já está sendo construído aos poucos.

Dou um passo à frente, olhando para baixo e tocando o chão em respeito aos pais dele.

— Você pode não ter percebido, mas vi mudanças em você. — Paro diante de Kola e sorrio. — Talvez você não tenha tido muito tempo para pensar nisso. Mas você rastreou e caçou os Tapa de maneiras jamais vistas.

— Porque há mais deles invadindo nossas terras. — Kola ergue as mãos. — Sou o líder da guarda Okô. É o meu dever.

— Você lutou com adzes como se não passassem de insetos.

— Eu…

— E você nadou fundo o bastante e por tempo suficiente para puxar Olocum pelas correntes — termino. — Egúngún está certo. Você é um orixá. Não tem outra explicação.

— E com você, o Reino de Oió ganhará do de Nupé. — O pai dele se levanta, puxando o filho para um abraço. Ele o abraça e então se ajoelha devagar para tocar os pés do rapaz. — Estou honrado.

Kola o encara, o rosto paralisado de choque. E então se ajoelha ao lado do pai, ajudando-o a se erguer enquanto o homem o abraça. A mãe se junta a eles, assim como Kehinde e Taiwo. Observo o amor, a alegria e esperança enquanto eles giram, sentindo conforme repetem orações de gratidão.

A família de Kola o leva de volta para o complexo para reunir suas armas e suprimentos, mas escolho ficar com Yinka, que chegou com o cavalo. Ela me entrega um odre cheio de água antes de se distrair com os bultungin saindo de um complexo aqui perto. Eles se esticam ao sol, seus membros em um tom de castanho-escuro cintilante, os cabelos brilhando com os cachos soltos ou em uma única trança grossa. Aissa bate a poeira de sua túnica curta de pelo antes de ver Yinka. Ela sorri e ergue a mão em cumprimento.

— Não vamos precisar de cavalos — diz Aissa, torcendo o nariz.

Yinka sorri e me entrega as rédeas.

— Nesse caso, viajarei com você e a matilha. — Quando ela alcança a garota, abraça-a com força. Beija as bochechas dela, ignorando o constrangimento de Aissa. — Obrigada de novo por confiar em mim e por ajudar Okô.

— Aonde você vai, todas vamos. — Aissa sorri quando Yinka a solta. — Você sabe disso.

Brinco com as alças de couro do cavalo, sem querer parecer que estou ouvindo a conversa. Ver Yinka com aqueles que a amam me enche de felicidade. Bem vira no corredor do mercado, vendo se a barra está limpa antes de entrar com Exu a reboque.

— O guarda oficial pegará os cavalos — diz ele. Seu rosto está inexpressivo, mas seus ombros gigantes estão tensos. Deslizando uma quarta adaga em um cinturão de couro em sua cintura, ele abre um sorriso sutil para mim. — Eles conseguirão emitir ordens de maneira mais efetiva.

— E o resto de Okô? — pergunto, olhando ao redor dos complexos em espiral.

— O resto dos guardas permanecerão. Aqueles que se voluntariaram virão conosco.

Inspiro fundo, mas Bem se aproxima.

— Não se preocupe, eles estarão protegidos pelos muros e por nossos outros guerreiros.

Assentindo, não consigo deixar de pensar nos adzes e seus corpos vermelhos de vaga-lume. Mas Idera estará concentrada em usar todo o seu poder para libertar os ajogun, e o Obá de Nupé estará concentrado em proteger seu reino.

A melhor forma de garantir a segurança de Okô será deter a iyalawo e prender os ajogun.

Aos poucos, a rua principal da vila começa a encher, ladeada por aqueles que estão prontos para lutar por Oió e aqueles que se despedem deles. Uma mulher se agacha para ficar da altura de sua filha pequena. Vejo a menina pressionar o rosto no peito da mãe. Quando a criança ergue a cabeça, há lágrimas, mas também um olhar feroz de orgulho. Vejo a mulher ajustar sua túnica preta antes de prender uma aljava de couro de cabra cheia de flechas em suas costas. Ela tem a cabeça raspada assim como Yinka, e há manchas brancas espalhadas por sua pele marrom, brilhando com manteiga de karité, aumentando ainda mais sua beleza. Um garoto sai correndo de uma porta ali perto, com um arco maior que ele. Quase tropeça, mas é segurado por seu pai. O homem pega o arco e o entrega para a esposa, seus dedos se tocando. Ele beija a testa dela, os olhos cintilando ao se afastar. A mulher inclina a cabeça antes de pressionar os dedos contra a boca.

E então deixa a família e se junta aos outros guerreiros que esperam na rua.

Bem e os outros oficiais Okô passam pelas pessoas, dizendo palavras de coragem e gratidão. Os rostos do povo de Okô brilham com esperança e coragem enquanto se despedem de seus entes queridos. Paro de tentar contar quantos marcharão conosco e se juntarão ao Reino de Oió no ataque aos Tapa, sabendo que farei o meu melhor para salvar o máximo de pessoas possível.

Embora eu tente parar de pensar na morte, minha mente é tomada de preocupação até que um súbito tremor de terra me interrompe. As pessoas ao meu redor param, as mãos nas armas quando o som de batidas fica mais alto.

A ALMA DO OCEANO **243**

CAPÍTULO 22

Toco a esmeralda da minha adaga com as pontas dos dedos ao mesmo tempo em que observo as folhas das árvores tremerem. Será que Idera enviou algo para nos atacar? Penso, em pânico, em como tantas pessoas podem permanecer em segurança... bem quando vejo Yinka sorrir. De onde está, consegue ver algo que não vejo, e enquanto a terra continua tremendo, ela ri. Aqueles ao redor dela também sorriem, tirando as mãos dos cabos de osso e couro enquanto as batidas ficam mais altas.

Passos, eu penso, bem quando Tunde aparece. As batidas são o som de passos, e o elefante se assoma acima das pessoas espalhadas diante dele. Se ele de fato ainda não for adulto, então consigo imaginar como será gigantesco um dia. Ele para, balançando sua grande cabeça de um lado para o outro, com um cocar dourado com pontas espinhosas acima de suas orelhas. Tunde ergue a cabeça, uma peça de metal brilhante articulada no centro e ondulando ao longo de sua tromba enquanto ele ergue o olhar para o sol. Uma luz dourada desce pelas placas da armadura em seu peito, e enquanto ele bate uma pata no chão, vejo que o metal dá a volta em suas pernas, com pontas saindo de cada faixa larga. Com um trompete alto, ele remexe a terra com as presas com pontas de ouro, e só então vejo a figura em cima de uma sela larga.

Kola desce de seu assento opulento, fazendo aqueles por perto arfarem, pulando no chão e pousando sobre um joelho. Enquanto se levanta, a multidão explode em aplausos e assovios de admiração. Sinto vontade de me juntar ao ver a grossa corrente dourada ao redor de seu pescoço e a braçadeira enfeitada que combina com sua espada, pendurada logo acima de sua nova túnica azul-escura. Sei que ele vê o sorriso em meu rosto enquanto se aproxima de mim.

— Uma entrada e tanto — digo, observando um garotinho oferecer uma banana verde a Tunde. O elefante aceita, com delicadeza, e a criança toca a trompa timidamente antes de se afastar.

— Meu objetivo é agradar. — Kola ajusta o colar.

— Adequado para um orixá — digo, tentando manter meu tom leve.

Kola franze a testa, mas então sorri para o garoto que alimentou Tunde. A criança se abaixa no chão e se afasta para a multidão.

— Não tenho certeza se entendo, mas os ancestrais nunca estão errados.

— Você ainda não se decidiu? Mesmo com a história de Xangô? Você o conheceu. Não é algo a se questionar. — Encaro Kola. — Faz sentido para mim. Eu sabia que você estava diferente quando nos reencontramos. Só pensei que era... — Algo relacionado a como me sinto em relação a você, penso.

A ALMA DO OCEANO **245**

— É verdade. — O babalaô está ao meu lado, segurando um cajado alto de mogno, as palavras firmes, com um estremecer que apenas a idade pode adicionar.

A pele do sacerdote pende de braços magros, os pulsos envolvidos em braceletes de ouro que combinam com a corrente em seu pescoço. Uma esmeralda aparece no alto de sua túnica, da mesma cor daquela na ponta da minha adaga. Me abaixo no chão em cumprimento, com a mão no peito, e Kola faz o mesmo.

— Que bom te ver, filha do mar. — O babalaô toca meu braço, um sorriso fraco em seus lábios. Sinto a calmaria irradiando dele. — Confie na fé que tenho em você. Eu sabia que você se sairia bem. — Ele se vira para Kola. — O que me traz a você, Adekola. Imagino que tenha perguntas.

O babalaô leva Kola para o canto, e enquanto o garoto se inclina para ouvir os sussurros do sacerdote, penso na força que vi. Com seu status de orixá, ele é uma parte importante do ataque, principalmente porque não há tempo de invocar outros orixás e os persuadir a nos ajudar contra o Reino de Nupé. Penso em Oiá e Xangô, desejando a força e o poder deles, mas feliz por eles provavelmente ainda estarem perseguindo e atacando os navios òyìnbó, libertando o máximo de pessoas possível.

— Precisamos partir se quisermos chegar a tempo de encontrar as outras facções de guerreiros Oió! — grita Bem. Ele se aproxima de nós, olhando nervosamente para Tunde.

O elefante sopra o ar no jovem gigante e tenho que conter um sorriso quando Bem se encolhe, pulando um pouquinho. Ele franze os lábios e ergue o punho fechado para a criatura, balançando-o. Tunde dá mais uma fungada nele, mas, desta vez, enrola a tromba nos ombros de Bem com um apertão rápido.

Kola faz uma reverência ao babalaô antes de se aproximar de Bem para falar de suprimentos. O sacerdote me atrai, seu cheiro familiar de folhas amargas preenchendo o ar.

— Você precisará de mais força, Mami Wata. Haverá mais escolhas, as quais você pensou que não precisaria fazer. — O ancião se afasta, mas continua segurando minha mão, apertando-a com seus dedos tortos. — Embora tenha perdido tanto e vá ganhar tão pouco, você sempre faz o que é certo. Tenho fé em você, Simidele. Sei que você sempre faz o seu melhor.

O babalaô aperta minha mão uma única vez e sai mancando na direção do complexo do conselho antes que eu possa dizer alguma coisa. Penso nas palavras dele. Não há de fato uma escolha, penso. Nenhuma além de conseguir a canção da alma para que Exu possa prender os ajogun, e então voltar para servir Iemanjá.

O trapaceiro me observa de cima de um cavalo branco, acima dos outros. Ao redor dele, os guerreiros trocam olhares cautelosos. Bem contou a eles que Exu está lutando ao nosso lado, mas alguns se preocupam que seja um truque, que o orixá esteja do lado dos Tapa. Bem levou um tempo para convencê-los, mas mesmo agora eles se afastam do orixá, murmurando orações e o encarando.

Os oficiais montam em seus cavalos, conduzindo o restante dos homens enquanto os novos portões de Okô são abertos. Os guerreiros, homens e mulheres de todo o tipo, seguem, e apesar de manterem as variadas armas erguidas orgulhosamente, sinto uma pontada de desconforto. Espero que o Reino de Oió tenha outros guerreiros treinados, e que o Alafim não esteja dependendo apenas de fazendeiros e pescadores das vilas ao redor.

— Simi? — Me viro e vejo Kola me olhando, de cima de Tunde. — Vem.

Sinto minha boca se escancarar antes de fechá-la rapidamente.

— Aí em cima?

Tunde me observa do casulo de sua armadura dourada, balançando a tromba suavemente de um lado para o outro.

— A não ser que queira caminhar. — Kola protege os olhos do sol. — Mas vai levar quase um dia inteiro para marchar até Rabah. — Ele aponta para meus pés, sorrindo. — Eu prefiro não ter que parar para procurar alfaces selvagens para aplacar sua dor. Mas você sabe que eu pararia.

O elefante está imóvel, observando.

— Como eu...?

Tunde me responde abaixando a cabeça, oferecendo sua tromba. Dou um passo à frente, hesitante, e olho para Kola. Ele assente, e eu subo na armadura dourada que envolve a longa tromba do animal.

— Opa! — exclamo quando Tunde ergue a tromba, me levantando até eu estar na mesma altura que Kola.

Trêmula, aceito a ajuda do rapaz e escalo a sela de veludo atrás dele. Kola olha por cima do ombro e sorri, mas eu apenas me agarro às borlas que emolduram o assento. Acho que nunca estive em um lugar tão alto assim, e certamente nunca em cima de um animal tão grande.

— Vamos, Tunde. — Ao comando de Kola, o elefante começa a andar, balançando de um lado para o outro, nos fundos da procissão. A armadura dele brilha, as placas douradas se mexendo ao redor de sua couraça cinzenta. Me agarro ao lado do assento, e Kola vê a força que estou fazendo com os dedos.

— É melhor você se segurar em mim e se mover junto com Tunde. É como andar a cavalo, mas um pouco mais devagar.

Hesitando, coloco meus braços ao redor da cintura de Kola, me forçando a relaxar. Minhas mãos tateiam os músculos duros da barriga dele, e eu entrelaço meus dedos. Sinto meu rosto queimar enquanto toco sua pele quente. Dando uma olhadinha em Kola, vejo as bochechas dele cheias enquanto sorri. Não importa, é o necessário, digo a mim mesma.

Seguimos o povo de Okô por horas, serpenteando pela floresta, indo para o nordeste em direção às planícies de grama que ladeiam os reinos de Oió e Nupé. O sol queima nossas peles, mas não paramos, apenas compartilhamos água. O calor faz com que a sela de Tunde fique escorregadia, meu corpo coberto de suor. Estamos alto o suficiente para que eu veja o caminho à frente, e uso a vantagem para procurar qualquer coisa fora do comum. Bem vem até nós com frequência para falar com Kola sobre nosso progresso, o olhar dele na floresta, preocupado, até passarmos por ela. Mesmo assim, ele não se aquieta, e os dois concordam em seguir em frente, planejando descansar apenas quando encontrarmos o principal contingente de Oió nas terras ao redor do rio Ogum.

Dando um gole na água, penso na conversa de Kola com o sacerdote antes de deixarmos Okô.

— O que o babalaô te disse?

Kola olha para a frente, e por um momento acho que ele não me ouviu. Até que a resposta vem:

— Ele disse que Exu vai prender os ajogun.

Toco o rubi, a corrente dourada enrolada várias vezes em meu pulso. Eu me lembro da queimação e dos diferentes senhores da guerra que a joia me mostrou.

A ALMA DO OCEANO **249**

— Ele também previu vidas perdidas.

A batalha à frente apenas dá crédito ao aviso do babalaô.

— O que mais? Ele falou da profecia do Egúngún? Que você é um orixá?

Kola abaixa a cabeça, as rédeas de Tunde ficando frouxas em suas mãos fechadas.

— Sim.

Espero, mas ele não diz mais nada, se mexendo, desconfortável.

— Você não está... preocupado, está?

— É só que, se eu for um...

— Você é.

— *Se* eu for, como vou saber quais são minhas habilidades? — Ele se vira para me encarar, semicerrando os olhos por conta do sol. — Se não sei quais poderes tenho, como vou usá-los?

— Lembra dos adzes? — pergunto. — Você lutou contra eles de uma forma que nunca vi antes. Você estava mais rápido, mais forte. Eu mal conseguia seguir seus movimentos.

— Hum. Não me sinto como um orixá.

Dou uma risadinha.

— E como você deveria se sentir?

— Não sei. — Kola dá de ombros, fazendo um biquinho.

— Você está esperando ter músculos maiores? Conseguir cuspir fogo como Xangô? Cada orixá é diferente, você sabe disso. Se seu poder ainda vai se revelar adequadamente, que seja. Não significa que não esteja aí.

Kola fica em silêncio, apertando a pele quente da nuca.

— E você mesmo disse que conseguiu interromper vários ataques dos Tapa. — Me endireito. — Parece que luta é com certeza um ponto forte. E pode ter mais. Xangô tem muitos.

Kola se recosta, mas seus ombros estão caídos agora.

— Pessoas ainda vão morrer.

— Pode ser — digo, embora as palavras sejam dolorosas. — Mas você pode nos ajudar a entrar em Rabah e a recuperar a canção da alma. Ara também. Então poderemos parar tudo isso.

— Sei que você está tentando me fazer sentir melhor.

Balanço a cabeça, apertando as mãos.

— Não se trata só de você, Kola. Você é um orixá e isso é um dom. É assim que você deve encarar a situação. Pensa só... você pode ajudar todo mundo de tantas maneiras.

O rapaz assente, franzindo os lábios, nervoso.

— O babalaô falou de... outras coisas. — A tensão em sua voz faz algo em meu estômago se revirar, dando um nó.

— O quê?

O silêncio de Kola domina o ar ao nosso redor. Ele pigarreia e desvia o rosto para longe de mim.

— Ele disse que assim que morri e você e os gêmeos me trouxeram de volta, eu estava mudado. — Kola se vira para mim antes de voltar a olhar para a frente. — Isso significa que não sou mais completamente humano. Que não sou mais completamente... eu mesmo.

Penso nas palavras dele, me lembrando de como, quando Iemanjá me refez, sem minhas memórias, me senti não como eu mesma, mas como *outra coisa*.

— Você sempre será você mesmo — digo com cuidado, pensando nas minhas próprias dificuldades e sem querer desmerecer as dele. — Nada pode mudar isso. — Mas mesmo enquanto falo, penso em todas as coisas que fiz enquanto Mami Wata que não teria feito antes. Kola não será mais o mesmo.

Bem se volta para nós, o rosto iluminado de esperança.

— O exército Oió está reunido logo à frente. Vi as cores dos soldados, e muitas outras cidade e aldeões já se juntaram a eles. — A voz dele fica mais alta com a animação no calor da tarde. — Tem mais do que pensamos.

Kola me encara por mais alguns momentos, e então desce de Tunde. Antes que eu possa dizer mais alguma coisa, vejo que o cavalo branco de Exu está abrindo caminho entre os guerreiros. Kola encara o orixá demoradamente, com um olhar sombrio, a boca franzida, antes de entrar na multidão. As pessoas estão reunidas em pequenos grupos, olhando nervosamente para o trapaceiro enquanto pegam suprimentos de suas bolsas. Alguns começam a montar pequenas refeições de carne-seca e milho assim que ele passa, murmurando orações e desviando o olhar.

— Peixinha — cumprimenta Exu. As tranças finas dele balançam e roçam seus ombros enquanto ele desmonta e estende a mão para mim. — Quer ajuda?

Franzo os lábios e passo uma perna por cima do tronco de Tunde, descendo com uma graça que surpreende até a mim. O elefante funga alto e interpreto isso como um parabéns. Endireito a postura e aliso as dobras da minha túnica.

— O plano é atacar Rabah quando todos chegarem. Os Tapa destruíram vilas no Reino de Oió, então o Alafim decidiu revidar com tudo, bem no centro.

Exu ergue as sobrancelhas.

— Que surpresa. É um movimento estratégico.

— E que nos deixará entrar. — Penso em Ara no templo sob o controle de Idera, e meu estômago revira.

Exu assente e olha para o rubi brilhando no meu pulso.

— Fique com ele por enquanto, mas precisarei dele para prender os ajogun por completo. — Ele me observa tocar a gema, a voz ficando rouca. — Espero que ficar com ele tenha aliviado quaisquer sentimentos de desconfiança que você tinha por mim.

— Aliviou — concordo, então penso nas visões que me atormentaram. Sinto que fui enganada. Franzo a testa, deslizando o rubi pelo pulso. — Mas você não explicou o que a joia faria. As coisas que me mostrou...

— Ah — diz Exu. — Os ajogun se revelaram para você.

— Por que você não me contou? — pergunto. — Ou saber o que faria comigo te deu prazer?

O orixá balança a mão no ar.

— Que besteira. Não é um peso fácil de se carregar, mas eu não sabia se te afetaria ou não. — Exu se inclina na minha direção, um aroma de vinho de palma em seu hálito. — A joia te mostrou os senhores da guerra, o que pode acontecer. Você não pode deixar nada, nem o luto, te enfraquecer, peixinha.

Me afasto, odiando o fato de ele estar certo. As visões dos ajogun ainda permanecem na minha mente e penso em tudo o que os mortos me mostraram. Os ajogun devem ser presos. Custe o que custar.

Kola volta com Bem e Yinka, e Aissa logo atrás. Os bultungin se misturam aos guerreiros Okô, compartilhando pedaços de carne-seca e conferindo as armas.

— O líder de Oió diz que esperarão que mais aldeões cheguem e então atacarão no fim do dia — informa Bem. Ele está sério, o rosto tenso enquanto ajusta a pegada em sua arma. — Usaremos o crepúsculo como mais cobertura.

— Os Tapa terão uma surpresa e tanto — adiciona Yinka.

A ALMA DO OCEANO **253**

Aissa dá um sorrisinho para ela, os caninos longos demais na luz. As duas olham para a lua que compartilha o céu com o sol, e então se entreolham, sorrisos tensos em seus rostos.

CAPÍTULO 23

O acampamento Oió está entre as planícies de grama diante de uma colina que a esconde de Rabah, a capital de Nupé. Há um silêncio cheio de expectativa entre os guerreiros que conferem armas e descansam, se preparando. O comandante de Oió, que lidera a cavalaria, tem quatro grupos prontos, um para manter a posição do campo e três para atacar na entrada e nos portões laterais. O portão a leste dá a melhor rota para o templo, e Kola e Bem direcionam os guerreiros Okô até lá.

A luz do dia começa a nos deixar, o céu tomado por tons de coral. Enquanto a noite se aproxima do leste, engolfando as planícies e a floresta atrás de nós em faixas de carvão, Kola aproxima Tunde de Exu e seu cavalo. Bem reuniu os guerreiros Okô em preparação para irem em direção à direita, junto a nós.

Uma brisa fresca sopra do sul, balançando meus cachos. Observo uma garota da minha idade ajustar a pegada na lança com ponta de cobre, as mãos trêmulas. Ela me pega olhando, e eu levo a mão fechada até meu coração enquanto ela abaixa a cabeça, me imitando.

A ALMA DO OCEANO **255**

Juntas, faremos isso dar certo.

Quando as nuvens escuras tomam o céu crepuscular, seguimos em frente, silenciosos no balanço da grama alta. Fico perto de Yinka, o sangue martelando em meus ouvidos enquanto acompanho a marcha galopante dos bultungin. Eles seguem pela grama atrás de Bem, suas túnicas os camuflando na noite que cai. Kola permanece atrás de nós, e o retumbar dos passos de Tunde me dá mais um pouquinho de confiança. Enquanto subimos a encosta, tento manter minha respiração firme. É difícil saber o que nos espera, e a pressão no meu peito se espalha até subirmos a colina, a capital do Reino de Nupé enfim se revelando para nós.

Rabah fica na depressão da terra, com uma floresta esparsa atrás. A cidade é completamente circular, com todos os edifícios de pedra arenosa brilhando no calor da luz. No centro fica o templo, o domo coberto de ouro.

— É lindo — murmura alguém, e eu concordo. Mas quanto mais encaro os tetos e passagens uniformes, mais vejo uma perfeição sobrenatural. Forçada.

Olho para a garota de mãos trêmulas, deslumbramento puro estampado em seu rosto. O teto dourado do templo brilha com o primeiro luar. Majestoso, o edifício é mais alto que os demais. Apesar de sua linda fachada, penso nos ajogun e no poder de Idera.

— Lembrem-se — sibilo o mais alto que ouso. — Esse é o reino que nos ataca. Que carrega pessoas para usar como querem em suas cidades. Que negociam nosso povo com os òyìnbó. — A garota endireita a postura, franzindo os lábios. Ao redor dela, os guerreiros fazem o mesmo. — Eles escolheram violência em vez de paz, todas as vezes. Eles massacraram vilas inteiras no Reino de Oió. — Tiro a adaga do meu cabelo e a ergo, pensando no corpo de Folasade. Em Ara, arrastada de volta ao templo do qual escapou. — É hora de acabarmos com isso. De mostrar aos Tapa que não temos medo. De mostrar aos Tapa que não toleraremos isso. Não mais!

O povo de Okô se reúne ao meu redor, os rostos contorcidos de fúria e determinação. Com arcos, espadas e lanças erguidas, eles sibilam e xingam. O olhar de Kola reluz quando ele se junta a nós, assentindo para mim em aprovação.

Enquanto tomamos posição, uma trombeta soa. O silêncio cai e todos os rostos se viram para a cidade abaixo de nós. O chamado longo e baixo emana de Rabah, ficando mais alto enquanto ecoa ao redor do rio.

— Preparem-se! — grita o comandante de Oió, descendo a colina. — Parece que eles sabem que estamos a caminho!

Ele segue por metade do trajeto com sua cavalaria, o resto de nós seguindo, antes que os portões principais de Rabah se abram, deixando os Tapa saírem. Eles saem da cidade em bandos, a primeira onda a cavalo. A cavalaria Oió dispara para encontrá-los enquanto os arqueiros ficam para trás, os arcos prontos com as flechas, as pontas de metal brilhando com os últimos raios de sol. Eles miram para cima e soltam, lançando flechas no ar. Algumas acertam, derrubando os Tapa dos cavalos ou batendo nos flancos brilhantes das montarias. No entanto, mais soldados saem da entrada principal, aumentando as fileiras.

Os dois portões exteriores são abertos de uma só vez, libertando uma onda de guerreiros a pé, usando túnicas amarelas e pretas. Eles avançam em direção ao inimigo, me fazendo pensar em um enxame de abelhas, suas lâminas perigosas.

— Por aqui! — grita Bem enquanto vira à direita no massacre, indo em direção aos guerreiros Tapa no portão leste.

A ALMA DO OCEANO **257**

Kola dá o comando, e os arqueiros atrás de nós disparam na fileira de guerreiros, e pelo menos uma dezena caí, as flechas atingindo membros, ombros e peitos. O resto pula os feridos e corre na nossa direção, os rostos contorcidos.

— Cobertura! — grita Yinka enquanto uma fileira de arqueiros Tapa no portão disparam mais flechas.

Escudos de madeira são erguidos e flechas salpicam o ar. Yinka me puxa para o lado bem quando uma passa zunindo ao lado da minha orelha.

Aperto com mais força, girando para cortar a lateral de uma mulher Tapa que nos ataca. Mas é um golpe fraco, e o sangue que derramo não consegue pará-la enquanto ela rosna, expondo os dentes. Yinka fica diante dela e ergue os machados, usando os dois juntos e um único golpe. A mulher cai, a cabeça perfeitamente separada do corpo.

Exu salta de seu cavalo à minha esquerda, enfiando a longa espada no peito de um homem Tapa. Ele ergue o guerreiro empalado, girando o corpo e pressionando a lâmina em outro corpo. O orixá observa enquanto o sangue deles se misturam e suas almas sobem no ar. Ele pisa no homem que está por cima, liberando a lâmina, os olhos brilhando. Quatro homens Tapa correm por trás dele e Exu se vira, o corpo mudando, a túnica se transformando de vermelho e preto para vermelho e amarelo. Ele ergue as mãos, a boca caída.

— Não, irmãos, eu não! — Até as palavras dele mudaram de cadência e tom, a voz mais alta e carregada de medo.

Os homens hesitam, segurando seus machados e espadas afiados com força. Exu se vira para eles, estendendo as mãos em súplica, brincando com a dúvida deles.

— Quem é você? — pergunta um dos Tapa, estendendo a mão para Exu. O orixá finge que vai pegar a mão dele, mas então ergue a espada e o atinge em um borrão prateado, cortando fora o braço do homem.

O trapaceiro ri alto e volta à sua altura costumeira, as tranças tocando seu rosto enquanto ele abaixa a cabeça e segue na direção deles. Os três Tapa não duram mais que cinco segundos quando Exu ataca, cortando-os, ainda sorrindo e de pé no sangue deles.

Berros roucos e gemidos de pessoas morrendo se misturam aos gritos da batalha, e embora cada morte nos aproxime do nossos objetivo, meu coração dói a cada alma que vejo libertada. Me impressiona como todas essas mortes são sem sentido, e um desespero pungente toma conta de mim. Pelas pessoas que seguem seus líderes e os ajogun, manipuladas para massacrar e matar. Por um momento, fico parada, o som das lâminas colidindo e dos mortos ecoando ao meu redor. Para onde quer que eu olhe, almas brilhantes de ouro e prata sobem e giram no ar. Tantas perdas. Penso nas minhas visões dos ajogun e estremeço, minha pele fica suada. Só existe uma forma de acabar com isso para que o céu não fique cheio de almas ceifadas pelos oito senhores da guerra.

— Peixinha! Precisamos ir — grita Exu. Ele olha para a lua cheia ficando cada vez mais alta no céu. — O ritual só pode ser feito quando a lua estiver no ponto mais alto.

O orixá sai girando, se transformando outra vez. Ele espera até estar infiltrado em uma formação dos Tapa antes de voltar à forma de sempre, usando seu tamanho e força para massacrar o pequeno contingente em menos de dois minutos.

Fico atrás de Yinka enquanto os bultungin e os guerreiros Oió avançam em direção ao portão leste. Tunde brame atrás de nós, e quando me viro, vejo-o chutar os Tapa que tentaram atacá-lo, as pontas de sua armadura de ouro entrando na carne deles, arrancando sangue e gritos. O elefante agarra um homem que tenta ferir seu flanco, pegando-o com sua tromba encouraçada e jogando-o contra uma árvore ali perto. Há um estalo alto quando a espinha do homem se parte, e seu corpo caí em uma pilha amassada na grama. Os arqueiros Tapa miram em Tunde, mas suas flechas quicam na armadura e Kola desvia de cada uma delas. Ele incentiva o elefante a seguir em frente, sem se abalar quando a criatura pisoteia dois homens quando corre em direção ao portão leste.

Seguimos Tunde enquanto ele joga os Tapa para todas as direções, mas paramos quando ele para. Ele se ergue nas patas traseiras e brame alto. O branco de seus olhos brilha de medo ao olhar ao redor.

— Tunde! Está tudo bem — diz Kola, se agarrando nele com força. — Está tudo bem.

Mas o elefante balança a cabeça de um lado para o outro, suas presas de ponta dourada brilhando. Quando não consegue acalmá-lo, Kola desce e esfrega os flancos do animal. Vejo um homem Tapa correndo a toda velocidade na direção do rapaz e abro a boca para gritar, mas Kola o golpeia com a espada atrás de si, alcançando seu algoz sem sequer olhar. Sinto alívio enquanto ele continua a tentar acalmar Tunde, que bate as patas nervosamente, balançando para a frente e para trás.

Avanço em direção ao elefante e Kola, mas antes que possa alcançá-los, o rubi no meu pulso fica quente outra vez, queimando minha pele e brilhando como uma estrela vermelha. Arfo quando o campo de batalha ao meu redor desaparece.

Gritos enchem a escuridão até que a lua, quase cheia, ilumina o suficiente para que eu veja as gaiolas que se estendem ao longe. Uma floresta de mãos passam entre as barras de madeira, gemidos preenchendo a noite. Ewon, o senhor da guerra e do encarceramento, está diante dos prisioneiros, de costas para mim. Ele arranca um homem da cela mais próxima, e o prisioneiro cai aos pés dele, suas súplicas confusas sendo ignoradas. Esè entra no meu campo de visão, os ombros volumosos com músculos e sombras. Ele carrega uma espada que pinga sangue enquanto ele se aproxima do homem. Esè se assoma acima dele antes de atingi-lo com a lâmina diversas vezes, até que os outros prisioneiros fiquem em silêncio. Conforme o sangue serpenteia na terra, o ajogun do padecimento ergue sua espada e aponta para os outros presos.

A escuridão se dissipa, me deixando encarando o chão, arfando enquanto tento não cair. Não deixarei isso acontecer, penso, com minha mão trêmula, a adaga oscilando diante de mim. E então vejo Kola. Ele se aproxima, atacando qualquer Tapa no caminho.

— Estou bem — digo, sentindo a segurança da presença dele. E então a terra treme abaixo de nós.

Cambaleamos, assim como todos ao nosso redor, exceto uma pessoa.

Idera.

Ela está diante do portão leste, seus dreadlocks envoltos em cobre dançando na brisa noturna. De olhos fechados, ela franze os lábios, e um tremor começa sob nossos pés, nos fazendo paralisar, de armas em punho. E então o chão se parte e os Tapa se afastam, sorrindo.

A grama treme abaixo de nós, o solo se partindo em buracos. Tropeçando, olhamos para baixo e vemos pedras saindo das fendas abertas, e alguns Tapa começam a rir. Os guerreiros Okô olham para a terra com cautela, e ouvimos gritos quando a mão de alguém se ergue da terra diante de nós, seguida por um braço amarrado com fios de músculos e pele podre. Mãos se apoiam em cada lado do buraco crescente, puxando para fora um corpo feito de grama, carne apodrecida e raízes de plantas. Há um peito de escuridão e raízes verdes grossas. Os olhos são como poços de obsidiana. Os bultungin recuam, suas espadas curvas abaixadas, boquiabertos.

Obambo.

Fantasmas.

Os esquecidos.

Dizem terem sido criados a partir dos que foram massacrados, seus corpos abandonados depois da morte. As criaturas se erguem da terra, suas mandíbulas envoltas em sombras se abrindo para emitir chiados e guinchos que gelam minha alma. Dedos pretos tão longos quanto meu braço agarram o ar, terminando em unhas afiadas como adagas.

Idera ergue o olhar, me encarando antes de se virar e voltar pelo portão leste. Outros obambo saem da terra, de costas curvadas, buracos fundos e sem olhos em seus rostos angulosos. Eles se contorcem e se desdobram, uma massa de carne preta e espinhas dentadas.

— Cortem as cabeças deles. — Aissa está diante de nós, de cabeça erguida, sem rastro de medo. — Ou arranquem os corações do peito. É a única forma de deter os obambo.

Os guerreiros Okô hesitam, incrédulos, os rostos tomados de terror enquanto observam as criaturas saídas de pesadelos e histórias. Eles se viram para olhar para Bem.

— Vocês a ouviram! — grita ele. — Arranquem a cabeça ou o coração deles.

O mais próximo estende a mão, golpeando o garoto gigante. Bem se esquiva antes de balançar sua espada em um ataque apressado enquanto a criatura se junta a outros obambo. Dedos longos e corpos retorcidos se erguem ao nosso redor, revelando evidências das muitas vidas que os Tapa tiraram, seus corpos enterrados sob seu território. Esquecidos até agora.

Exu corre, passando por eles em um giro certeiro, as tranças voando enquanto atinge cada obambo. Mas para todos que atinge, outro se ergue. O fedor de podridão e sangue se agarra ao fundo de nossas gargantas, dando gosto ao nosso terror. Bem chama o resto dos guerreiros Okô e eles se juntam, as espadas brilhando à luz da lua.

Um obambo sai correndo, agarrando Bem com força pelo pescoço com seus dedos em decomposição enquanto um homem Tapa se aproxima, a espada erguida na altura do quadril.

— Não! — Yinka corre na direção do homem e o corta com o machado, abrindo um talho fundo na lateral do corpo dele e o fazendo cair de joelhos.

O obambo aperta com mais força e Bem tenta abrir seus dedos apodrecidos. As garras do monstro perfuram a carne dele, tirando sangue que escorre por seu peito largo. E então Yinka salta no ar, a pele brilhando ao se transformar em pelo, ossos estalando ruidosamente enquanto seus membros crescem, unhas se transformando em garras. Ela rosna ao agarrar o obambo, rasgando seu braço e fazendo-o soltar Bem. Ele gira, enfiando a espada no peito da criatura. Com um empurrão, Bem rasga a caixa torácica do fantasma. Vermes se contorcem para fora da cavidade, e ele tampa a boca e o nariz quando o fedor de carne morta nos atinge.

A bile sobe à minha garganta quando vejo Bem chutar o obambo e bloquear o ataque de um Tapa, o retinir de sua espada soando alto na escuridão. O pânico me invade enquanto observo a área, meu peito subindo e descendo quando vejo quantos Tapa estão aqui, quantos obambo ainda estão surgindo. Observo a arqueira de mais cedo preparar uma flecha, mas, antes que possa dispará-la, mãos saem da terra, agarrando as pernas dela. Ela grita quando cai e eu corro em sua direção, mas sinto braços segurarem meu tronco.

— Precisamos continuar em frente enquanto os portões estão abertos. — A voz de Exu é sedosa, e me contorço para escapar. — Você não chegará nela a tempo.

— Você vai ver — resmungo enquanto corro em direção à arqueira.

O obambo a puxou para mais perto, ainda meio enterrado no chão, e agora abre a boca e grita. Corro mais rápido, ignorando a queimação na sola dos meus pés, minha adaga preparada. A arqueira usa sua flecha para atingir o obambo bem onde os olhos deveriam estar, mas a criatura a agarra com força, puxando-a para mais perto de sua bocarra preta. Chego a tempo de ver as pontas cor de carvão de seus dentes, pequenos espinhos afiados que delineiam sua boca enquanto grita outra vez, dessa vez com uma zombaria baixa. Atacando a cabeça por trás, uso minha adaga para atravessar a pele podre da garganta da criatura. A cabeça cai no chão.

A arqueira cambaleia para trás, se soltando dos dedos frouxos da criatura. Ela assente em agradecimento, e então fica de pé rapidamente, pega seu arco e mira no homem Tapa cuja lâmina está contra a de um guerreiro Okô.

Ouvimos mais uivos enquanto os bultungin também se transformam, a pele se tornando pelo, membros macios enquanto eles saltam sobre os Tapa e os obambo.

— Simi! — Kola está abrindo caminho entre os guerreiros na entrada leste, com Exu ao seu lado. Os homens tentam fechar os altos painéis de madeira, mas Exu se coloca entre eles. Abrindo-os, Kola se junta a ele, e juntos os dois giram e empurram, os músculos brilhando, matando todos em seu caminho. — Vem!

Corro em direção a eles enquanto livram o portão dos últimos Tapa que o guardam, mas sou puxada para trás pelo cabelo. Suor e podridão me fazem ter ânsia de vômito quando vejo a carne escurecida ao redor do meu peito, me arrancando o ar. Me mexendo intensamente, tento me libertar, mas sequer consigo erguer minha adaga, quanto menos escapar. Grito de frustração quando algo nos atinge e eu sou atirada no chão, a pressão indo embora.

Me apoio nas mãos e nos pés, tentando não vomitar, quando ouço os rosnados atrás de mim. Me afastando, luto para ficar de pé e vejo Bem e Yinka atacando o obambo. Eles trabalham juntos, e enquanto a hiena morde o braço do monstro, o garoto gigante desfere um golpe em arco com sua espada, separando a cabeça do obambo do pescoço.

— Vai, Simi! — grita Bem, limpando a testa. Há sangue seco espalhado em seu peito, mas exceto pelos arranhões de mais cedo, ele parece bem. — Antes que mais venham.

Yinka para ao lado dele, seu pelo lustroso e olhos brilhando à luz da lua.

— Podemos contê-los. Olha. Olha só o que o Reino de Oió, unificado, pode fazer! — Atrás de Bem, observo a arqueira ficar de joelhos, deixando uma flecha voar rápida pelo ar. Quando ela estende a mão para pegar outra, um Tapa dispara na direção dela, a lâmina reluzindo. Um bultungin o atinge de lado, jogando-o no chão antes de fechar a mandíbula ao redor do pescoço do guerreiro. Mais além, o povo de Oió luta contra os guerreiros de Nupé.

A ALMA DO OCEANO **265**

Yinka dispara à frente, a respiração condensando na noite fria. Ela abaixa a cabeça e me empurra para mais perto do portão. Sorrio, minha visão turva com lágrimas. Não quero deixá-los. Não dessa maneira.

Yinka me empurra outra vez e dou mais uma olhada para trás. Bem corre para se juntar ao contingente de Oió, chamando os guerreiros Okô. É impossível saber quem tem a vantagem, mas sei que só uma coisa fará tudo isso acabar. Corro em direção a Kola e Exu, em direção ao templo onde Idera planeja libertar os ajogun.

CAPÍTULO 24

Gritos rasgam o ar noturno quando alcançamos os muros de Rabah. Estes são altos, com finas coberturas de palha para evitar serem derrubados pelas chuvas. De um vermelho apagado e suavizadas em ondas horizontais, as grossas paredes foram um eficaz mecanismo de defesa. Até agora.

Os painéis esculpidos do portão leste representam leões e javalis selvagens, em fuga, mas carregando flechas. Altas figuras se assomam sobre eles, cobertas com as peles de suas caças, as longas lâminas erguidas. Exu enfia os dedos na fresta entre os portões fechados e puxa. Kola se junta a ele, e, juntos, lutam contra a abertura cada vez maior. Aos poucos, o portão se abre, nos dando espaço suficiente para entrar. Kola e Exu fecham os painéis atrás de nós, batendo os ombros contra a madeira esculpida. Corro e puxo a barra pesada para baixo, trancando o portão.

Ouvimos um grunhido e um grito atrás de nós, e quando me viro, vejo Kola tampando a boca de um guarda, a espada funda na barriga do homem. Outros quatro homens sangram na terra, os olhos sem vida, já sem alma.

A ALMA DO OCEANO **267**

— Precisamos ir. Agora. — Kola solta o corpo enquanto a essência do homem rodopia no céu noturno. — Outros estão vindo.

Mergulhamos nas sombras que ladeiam o complexo, e não quero perguntar como ele sabe que outros estão vindo, nem como ele conseguiu matar tantos homens em segundos. Em vez disso, pressiono minhas costas contra os sulcos no muro, e quando a mão de Kola roça no meu pulso, os dedos dele apertam os meus com força.

— Fique por perto — murmura ele.

O luar ilumina os ângulos de suas maçãs do rosto. Mais uma vez, me vejo memorizando o formato da boca dele, o castanho de seus olhos. Por precaução.

As ruas de Rabah são amplas, com lampiões de óleo de palma que lançam poças de luz aqui e ali. Continuamos na escuridão, o domo dourado do templo pouco visível acima dos telhados do complexo. Guerreiros andam em bandos pelas ruas, indo em direção ao portão do qual saímos, os rostos tensos de raiva e determinação. Kola e Exu poderiam ter acabado com todos eles, mas a lua ainda está subindo no céu e o tempo está acabando.

Os sons da batalha além dos muros da cidade são trazidos pela brisa, cada grito produzindo uma cicatriz no meu coração. Seja forte, penso enquanto corremos pelos caminhos com cuidado, ou outros irão morrer. As ruas ficam mais vazias conforme nos aproximamos do templo, e sinto um nó no estômago. Sem dúvidas muitos guerreiros ficaram para proteger o Obá e o conselho de Nupé. E então vejo os guardas que flanqueiam a entrada do templo, e fico desanimada enquanto nos pressionamos contra a parede adjacente.

Lampiões gigantes queimam ao longo da faixada do templo, lançando arcos de luz que afastam as sombras. Os homens que protegem a entrada estão um ao lado do outro, enrolados em túnicas e couro e cobre. Eles têm lanças com o dobro de suas alturas, e espadas estão presas em suas cinturas. Exu olha rápido para Kola, fazendo um gesto para a esquerda.

— Comece aqui e eu ficarei com o outro lado.

Vê-los trabalhando juntos é estranho, e enquanto os dois orixás se afastam da escuridão, de armas abaixadas enquanto correm em direção aos guardas do templo, sei que os Tapa não terão chance. Kola corta a garganta do primeiro que alcança, atacando o seguinte e tirando a espada de suas entranhas. Exu corta a garganta de dois guardas em um movimento mortal antes de encarar os outros.

Avanço no breu, com a adaga em punho. Com os guardas respondendo ao ataque, vejo a entrada do templo. Esculpidas nas portas duplas há oito marcas com círculos concêntricos no topo. O mesmo emblema que vi no mar, nas armaduras dos mortos.

O templo de Idera. Um local de adoração aos antideuses que ela planeja libertar.

Conforme me aproximo, Exu decapita mais dois guardas de uma vez com um longo golpe de sua espada. Os outros homens estão em formação defensiva, mas os dois orixás são um vulto de lâminas e mortes. As almas cinzentas daqueles prometidos aos ajogun se dissipam rapidamente, e, por fim, Kola e Exu param juntos nos degraus do palácio, arfando, os corpos manchados de sangue.

Abrindo caminho entre os corpos, estendo a mão para as maçanetas de cobre das portas. Antes que eu toque o metal da

A ALMA DO OCEANO **269**

maçaneta com meus dedos trêmulos, hesito. Penso no poder da iyalawo, nas mandíbulas dos adzes, nas garras dos obambó.

— Vamos, Simi! — incentiva Kola, se aproximando de mim, Exu ao seu lado.

Abro as portas com as mãos, meus batimentos martelando em meus ouvidos. Fico tensa, esperando mais guardas ou algo com dentes e garras pular sobre nós, mas a entrada se transforma em uma passagem iluminada com luz dourada que vem de arandelas espalhadas pelas paredes. Oito máscaras gigantes estão penduradas de cada lado.

Arún é retratado diante de Ofó, doença e perda se opondo. Seus rostos esculpidos são seguidos por Égba, Oran, Epê, Ewon e Esè. Estremeço diante dos sulcos feitos com cuidado em seus olhos semicerrados. Os narizes são pontudos, posicionados acima das bocas que variam de rosnados a rugidos, dentes afiados. Mas só paro quando fico diante da última máscara, meus braços se arrepiando.

Icu.

Morte.

Conhecido como o coletor da última dívida, aquela que não pode deixar de ser paga, uma dívida dos ajogun que todos teremos que enfrentar cedo ou tarde, sacrificando-se ou não. Ele é o único senhor da guerra em liberdade, indo e vindo conforme necessário, mas que não tem permissão para ser completamente livre. No entanto, há momentos em que corre descontroladamente, e esses são os momentos da história de grande fomes e guerras que devastaram países inteiros. A máscara de Icu é maior que a dos outros, pendurada sobre outras gigantescas portas duplas, que brilham em cobre e bronze, seda vermelha enrolada nas maçanetas.

Estremecendo, dou as costas aos ajogun.

— Temos que procurar por Ara — digo. Penso como deve ser difícil para ela estar no lugar criado para adorar os guerreiros da morte e da dor.

— Não, não temos tempo para isso. — Exu afasta as tranças do rosto, os olhos arregalados. — Faremos o que viemos fazer.

— Ele tem razão — diz Kola, evitando o olhar surpreso que lhe dou. — Podemos encontrá-la depois.

Respiro fundo e assinto, sabendo que o que eles dizem faz sentido. Exu dá um passo à frente, com as mãos nas maçanetas enroladas em seda. Quando o orixá abre as portas, uma onda de podridão nos faz ter ânsia de vômito. O cheiro de carne em decomposição e cinzas invade o ar enquanto lutamos para respirar. Com a mão cobrindo meu nariz e a minha boca, olho ao redor, contendo uma onda de náusea. Mais pensamentos sobre os obambo invadem minha mente quando agarro minha adaga, tentando controlar o pânico.

A câmara é um círculo amplo, tampado por um domo brilhante que chega a uma altura inimaginável. Mas não é o teto que chama minha atenção. Exatamente no centro do espaço há uma árvore que se estende para o dourado do teto, longos galhos grossos com folhas iguais que parecem leques. O vasto tronco prende as maiores raízes da árvore sob o chão de mármore. As luzes serpenteiam entre a vegetação, dourando os troncos e deixando os galhos em um tom de marrom e mel.

— O que é isso? — sussurro. A vitalidade da árvore preenche o espaço, e o vívido verde-limão de suas folhas brilhando é uma demonstração de vida perturbadora. O rubi em meu pulso queima outra vez, quente o bastante para me fazer encolher. Seguro um grito, mas olho ao redor quando minha

A ALMA DO OCEANO **271**

hesitação cresce. A luz ofuscante e o queimar da gema só podem significar o poder dos ajogun.

Exu avança pela sala, seus ombros largos tomados de tensão.

— Onde está a iyalawo? Essa é a pergunta que devíamos estar nos fazendo.

Os galhos baixos das árvores balançam, e vislumbro um ponto de bronze a uma certa distância.

— Não precisa perguntar. — A voz de Idera é um rosnado baixo, e ela emerge detrás do tronco. Ela carrega sua espada fina ao lado do corpo e, atrás dela, de cabeça baixa, está Ara. — Estou aqui.

— Ara? — pergunto, dando um passo na sua direção, vendo se está ferida. — Você está bem?

— Ara está aqui para me servir. Esse é o lugar dela. — Um sorrisinho separa os lábios da iyalawo enquanto ela junta as mãos na frente do corpo.

A garota assente sem erguer a cabeça. Eu aperto a adaga com mais força, porém a mão de Kola no meu braço me interrompe.

— E onde está a safira de Folasade? — pergunta ele, olhando ao redor.

Idera sorri para mim ainda mais, a boca cheia de dentes pequeninos.

— A safira que contém a canção da alma? — Ela ergue seus pesados dreadlocks, jogando-os por cima de um ombro para que vejamos a joia azul, o pontinho de vermelho no centro, pendurada logo abaixo de sua clavícula.

— Obrigada por recolhê-la, Simidele. Sem você, nada disso seria possível.

Folasade. Penso na bravura dela, na forma como matou o Mokele-mbembe e coletou a canção da alma. Fecho as mãos em punho, os ossos e a pele retesados enquanto a fúria toma conta de mim.

— Você a matou.

— Não, não matei. A morte dela foi um erro. Minhas ordens eram para trazer a Mami Wata e o colar dela. Eu precisava que ela libertasse a canção da alma. Por muito tempo, aguentei orações e rituais para dar ao Obá o que ele deseja. Mas e eu? E o que eu preciso? O poder que eu poderia ter tido. — Idera para apenas por um instante, as narinas inflando. — Sem dever a ninguém, o Reino de Nupé se expandiu sob minha liderança. O Oba é um fraco! — sibila ela. — Ele aceita os guerreiros e os poderes que eu lhes concedo sem sequer perguntar o que é necessário para produzi-los. Os sacrifícios que tenho que fazer, o tempo, as cerimônias que preciso preparar e participar. E tudo para que aquele tolo se exiba. — Idera fica diante da árvore, acariciando a safira em seu pescoço. — Esse não é o poder verdadeiro. É apenas uma fração do que poderia ser. Mesmo agora, o mundo está mudando e eu não serei deixada para trás. — A iyalawo balança a cabeça, os fios de cobre brilhando em seus dreadlocks. — Não com o problema que os òyìnbó trazem.

— Libertá-los não dará a você o que quer — digo, mas até eu ouço o desespero em minhas palavras. — Você não pode controlar os ajogun. Eles só têm um propósito: arruinar o mundo.

— Eles me ouvirão se eu estiver no controle. — Há uma crença desvairada na voz de Idera. — A energia deles pode ser coletada. Olhe o que consegui criar, comandar... os adzes, os obambo! Depois que eu invocar os ajogun, terei poder que nem os orixás conseguem imaginar! — Idera me encara, o branco de seu olho ferido brilhando. — Só preciso

A ALMA DO OCEANO **273**

da canção da alma para libertar os ajogun. E então terão que me obedecer.

— Não — diz Kola. Ele e Exu se aproximam da iyalawo. Idera ergue o rosto para o domo dourado acima dela. Ela ri, cheia de maldade.

— Quero ver você me impedir. — Ela abaixa a cabeça e observa o garoto friamente. — Ou acha que o filho do líder de uma vila pode fazer o que quiser?

— Não se trata de fazer o que quero, mas o que é certo, o que deve ser feito.

— Vamos acabar com isso — diz Exu, calmo, quase doce, enquanto se aproxima da iyalawo. — As palavras dela são tediosas, e ela não sabe do que está falando.

Kola acompanha Exu e os dois se aproximam de Idera, as espadas erguidas. Olho ao redor, conferindo se há guardas escondidos, imaginando quantos passos eu teria que dar para resgatar Ara. A garota dá um passo para trás, arregalando os olhos em um pânico crescente enquanto a iyalawo observa os orixás, o mesmo sorriso sombrio ainda em seu rosto. Ela começa a murmurar e olha para a árvore.

— Esperem! — consigo dizer. Mas os orixás avançam para a iyalawo, as espadas em um borrão enquanto atacam.

A sacerdotisa ergue as mãos e continua a entoar o cântico. Há um súbito farfalhar e vislumbres de verde e marrom, e os ataques de Exu e Kola são interrompidos, braços paralisados. Idera gargalha quando os orixás olham para baixo, a confusão formando rugas no rosto deles enquanto tentam mexer as mãos. Mais tentáculos disparam da árvore, se juntando aos outros e se enrolando nas cinturas dos orixás. Observo Kola chutar outra vinha, mas ela se enrola em seu tornozelo, paralisando seu pé. Exu se debate ao lado dele, a espada caindo no chão enquanto um grosso tentáculo segura seus ombros.

Corro, atacando uma das vinhas, no entanto mais três deslizam para fora do tronco da árvore e eu dou um passo para trás, fazendo-a errar por um triz. Sem perder um instante, elas apertam Kola com mais força. Mais tentáculos se desenrolam da árvore, se enrolando nos orixás até eles serem erguidos do chão, pés descalços balançando, os corpos envolvidos com força pelas vinhas.

— Simi... — As palavras de Kola são interrompidas quando uma videira desliza sobre seu rosto, se enrolando ao redor de sua boca e queixo.

Idera observa os dois orixás pendurados acima dela. Ela se aproxima da árvore, acariciando o tronco e se abaixando. Enquanto corre as mãos pelos espaços e buracos na base, vejo o que está aninhado na curva das sombras.

Caveiras.

Apoiadas na base da árvore e meio enterradas nas raízes expostas. Idera estende as mãos, passando os dedos sobre mais crânios na escuridão. Ela se vira com um sorriso perverso.

— Ya-Te-Veo. "Eu te vejo." O povo de Mkodo ofereceu sacrifícios ao Ya-Te-Veo por mil anos — diz a iyalawo. Ela se levanta, jogando os dreadlocks por cima de um ombro. — Mas nenhum foi desperdiçado. Crescendo na parte profunda na floresta da grande ilha na qual nasci, o Ya-Te-Veo sempre foi reverenciado por aqueles que veem seu poder, seu potencial. Sementes desta árvore se espalharam pela terra de uma forma ou de outra. Mas sabe essa aqui? Foi semeada quando eu ainda estava aprendendo os caminhos de Ifá, bem quando estava me dando conta de que havia mais poder do que me contaram.

Dando um passo à frente, deixo minha adaga preparada, mas os galhos me atingem, me forçando para trás. Pisco para espantar as lágrimas de frustração enquanto olho para Kola e Exu, pendurados acima de mim, lutando contra as vinhas. Não quero nada mais que cortar os lábios de Idera para que ela não possa mais falar.

— Olha. — Ela faz um gesto para o tronco, e vejo o ondular da casca. — Viu? É o portal perfeito para os ajogun.

Dou um passo à frente e arfo, cobrindo a boca com a mão quando vejo do que a iyalawo está falando. As laterais da casca são como a pele esticada da barriga de uma grávida. Uma súbita mão molda a forma do tronco saliente, e então um rosto, de boca aberta, os lábios formando o que seria um rosnado. Minha visão embaralha, meu estômago revirando.

— Os ajogun se alimentaram das conquistas do Reino de Nupé, e logo eles serão libertos e eu terei o poder de que preciso. O poder que mereço. — Idera observa a árvore com expectativa, o olho bom brilhando em reverência e emoção. — Não se preocupe, essas mortes valerão a pena.

Olho para os crânios na base da árvore, minha garganta embargada de nojo. Não consigo me mexer, o terror paralisa meus membros.

— A vida que tomamos me ajudaram a ganhar o poder dos ajogun. O sacrifício foi necessário, e o sacrifício será o destino desses dois orixás. A não ser que... — Ela deixa as palavras morrerem e se aproxima de mim. — A não ser que você liberte a canção da alma da safira. Se fizer isso, pouparei o rapaz.

A joia brilha na base da garganta dela. Kola tenta se contorcer, mas até esse pequeno movimento é restrito. A iyalawo sorri, os lábios se abrindo devagar e mostrando os dentes, vitoriosa.

Atrás dela, Ara olha para mim. A expressão dela está mais nítida agora, e ela dá um passinho em direção a Idera, a mão trêmula enquanto a estende para a espada da iyalawo.

— Farei o que você quer, mas você precisa libertar Exu também. Ele é o mensageiro de Olodumarê.

— Ele não tem importância depois disso — retruca Idera. — E não será mais necessário para equilibrar os ajogun e os orixás...

A frase fica sem final quando Ara agarra a lâmina de Idera. A iyalawo se vira e Ara puxa a espada dela, atingindo a mão da mulher e pegando a arma. Idera ruge de fúria, e Ara ergue a espada em um arco rápido, enfiando-a nas costas da sacerdotisa.

O sangue enche a boca de Idera enquanto ela olha para a lâmina saindo de seu peito. Ara grita e puxa a espada, um som de raiva e medo misturados. A iyalawo cambaleia. Seus lábios se mexem quando ela tenta falar, mas saem apenas bolhas vermelhas de entre seus dentes brancos. Idera desliza até o chão, caindo de qualquer jeito. Uma alma enegrecida escapa de seu peito, com tons de prata no meio, desaparecendo ao subir no ar.

CAPÍTULO 25

A iyalawo está caída em uma poça de sangue cada vez maior. Olho do corpo para minha amiga de infância, que estremece, os braços cheios de gotículas vermelhas. Ara observa o corpo, os nós dos dedos esbranquiçados enquanto ela aperta o cabo da espada. O sangue pinga da lâmina, caindo sem parar no chão duro. Aos poucos, ela se inclina para puxar a corrente do pescoço da iyalawo, apertando a safira em seu punho fechado.

— Graças a Olodumarê! — digo, correndo para abraçar Ara. Quando ela não se mexe, me afasto, conferindo o corpo dela. — O que foi? Você está bem? Idera te machucou? — Minhas perguntas soam desesperadas, e me esforço para respirar e tentar me acalmar.

— Não. — Ara nega com a cabeça, os olhos ficando mais focados. Ela sorri para mim, mas o canto de sua boca está torto, e pressiono a mão em sua bochecha.

— Vem. Preciso libertar Kola e Exu. — Puxo a garota, mas ela permanece onde está, ainda agarrando a espada. — Você se saiu muito bem. Deixa que eu cuido dessa parte.

Toco os ombros dela gentilmente e tento afastá-la da Ya-
-Te-Vejo, mas Ara não se mexe e se livra do meu toque.

— Vem — repito. — Quanto antes os libertarmos, mais rápido Exu poderá prender os ajogun e colocaremos um ponto final nessa guerra. — Dou um passo para o lado e olho para a Ya-Te-Veo. Kola e Exu estão inconscientes, o aperto das videiras ao redor deles ainda forte. A ideia de estarem mortos me atormenta.

Então o rubi queima intensamente outra vez, e agora o sinto rompendo a pele da minha carne. Grito, cobrindo a gema com a mão. A dor começa a passar, mas a pedra permanece em um tom furioso de vermelho. O suor desce da minha testa enquanto espero a névoa de uma nova visão. Será que os ajogun...

Meus pensamentos são interrompidos quando uma lâmina toca minha garganta.

— Pare. — Ara está no meu caminho, segurando a espada contra minha pele. Seus olhos estão brilhantes e sérios agora, de um castanho febril na luz tremeluzente das arandelas na parede. — Fique onde está.

— Ara, o que... — Sou forçada a ficar em silêncio enquanto ela pressiona a lâmina com mais força na minha pele, e engulo em seco ao sentir o sangue pingar. Ara agarra minha adaga, jogando-a para longe.

A mão da garota não treme, e sinto a lâmina entrar mais fundo na minha pele. Com uma das mãos, ela toca o colar de Folasade, enrolando-o ao redor do pescoço antes de conseguir prendê-lo. A safira fica pendurada, a corrente pingando sangue, uma mancha escura na joia combinando com o brilho dourado no centro. — Eu queria ter te contado antes, quando nos vimos pela primeira vez. Mas, conforme o tempo passava, sua posição ficou evidente.

Não digo nada, pensando no momento em que vi Ara de novo. A covinha que eu sabia que estaria lá quando ela sorrisse, as memórias de nós duas deitadas juntas ao sol, nos escondendo no arco do décimo sétimo portão para evitar nossas tarefas. Eu sabia que as coisas não eram mais as mesmas, mas ignorei por conta de tudo o que passamos, e por nosso tempo separadas.

Penso no assassinato do Mokele-mbembe e Olocum. Compreendo agora. Ele sabia que algo estava agindo em nome de Idera. Ele estava tentando me alertar.

— Ara, não...

— Não sou assim? — Ela ri, séria. — Devo te contar o que sou? Levada pelo Reino de Nupé. Usada pela iyalawo.

— Ara aproxima o rosto do meu, os dentes expostos. — Enquanto você nadava no mar reclamando de sua falta de humanidade... — Ela deixa as palavras morrerem, gaguejando com a raiva que percorre seu corpo. — Me permita explicar, *você* não poderia compreender nem um terço de como foi para mim.

Ara para e se endireita, mas ainda mantém a lâmina firme contra meu pescoço. Não me mexo, pensando apenas no que ela disse. E no fato de que a culpa é minha. São erros que não consigo parar de cometer. Frustração e mágoa tomam conta de mim.

— O tempo que passei aqui me mostrou o que deveríamos ter tido em Oió-Ilê — continua Ara. — O tipo de poder que teria nos mantido seguras. — Ela estremece e a espada balança por um momento antes que a pressione com mais força contra mim. — Estaríamos protegidas se o Alafim e os babalaôs tivessem ousado tentar possuir a energia dos ajogun. — Mas eles não tentaram! E por um bom motivo. — Não tento disfarçar meu tom de súplica. — Não vou fingir que entendo como tem sido para você. Mas essa não é a resposta. Os antideuses não podem ser de fato contidos. Você sabe disso.

— Não vamos falar disso. —Ara rosna e pressiona mais a lâmina, sem se encolher quando grito de dor. — Você sempre quer ser a pessoa que salva a todos, a que faz a coisa certa, mas só causa mais problemas. Não teríamos sido levadas se não fosse por...

Mim, penso. *Não teríamos sido levadas se não fosse por mim*. A culpa cresce, tão rançosa quanto o ar na câmara do templo. Ara me encara, o olhar cheio de ódio. O sentimento está por cima da dor que vejo ali, da fúria que a conduz.

— Olhe para Exu. Prendê-lo significou que ele não podia mediar as questões dos ajogun, e então Idera conseguiu invocá-los, absorver o poder deles. É tudo culpa sua. Você ajudou isso a acontecer. Agora, liberte a canção da alma, Simi, ou os dois morrerão.

As palavras dela são simples, mas tão penetrantes que as sinto profundamente em meu coração. Ara ergue a safira ensanguentada para mim, as sobrancelhas franzidas. Meus dedos tremem quando alcanço a joia. Se eu fizer isso, causarei a ruína do mundo, mas se não fizer isso, Kola e Exu morrerão. Eu morrerei.

Pense, digo a mim mesma furiosamente.

— Como? — digo. — Como você sabia de tudo isso?

— Idera acabou me mostrando como as coisas poderiam ser diferentes, que nosso caminho de redenção e proteção era com os ajogun. E comecei a acreditar. — Ara sorri, mas não reconheço a maldade em seus lábios. — Ficamos sabendo de você e de sua raça, das habilidades das safiras. Por isso que fui a Okô. Idera queria que eu descobrisse mais, e, se os rumores fossem verdadeiros, era a forma perfeita de chegar ao Mokele-mbembe. Quando Kola me contou sobre você, eu sabia que era a melhor forma, senão única, de conseguir a canção da alma. Você poderia colhê-la e sua safira a conteria.

Ela nos usou.

Inspiro fundo, dando uma olhada em Kola e Exu. O estremecer de um dedo e um tornozelo rodando me dizem que estão vivos. Tento ver se estão conscientes, forçando o pânico para fora de meu peito. Quanto tempo eles têm antes que a Ya-Te-Veo os mate?

— Todos tivemos que fazer coisas que não queríamos fazer. — Ara dá uma olhada rápida no colar que segura. — Mas é necessário. É impossível evitar certas ações.

A safira brilha em um lilás suave nas mãos dela, e penso na auréola preta do cabelo de Folasade, na pura coragem e fé dela.

— O que aconteceu com Folasade? — Minha voz sai baixa. — Foi você?

Ara para de sorrir, mas seu olhar permanece sério.

— Primeiro, pensei que poderia te persuadir a vir comigo. Para que pudéssemos usar o poder juntas, principalmente se eu te dissesse que era uma forma de você poder ficar com Kola. Mas você jamais usaria a canção da alma para alcançar os próprios desejos. E então Idera ficou impaciente e mandou os adzes para atacar. — Ara dá de ombros, mas vejo um pequeno estremecer em seu pulso, sua boca voltada para baixo. — Foi a oportunidade perfeita para pegar a canção da alma, mas Folasade lutou contra mim. Foi necessário. Penso em quando nadei com o corpo de Folasade. A devolução dela ao mar e o brilho da espuma que a levou de volta a Olodumarê. Me endireitando, tento ignorar a lâmina na minha garganta, o luto dando forma à minha coragem.

— Eu sabia que você viria atrás da canção da alma. Que você pensaria que eu tinha sido levada de novo e tentaria me salvar.

E ela está certa, eu sempre tentaria.

— Porque você é minha família — digo baixinho. Mantenho meu olhar nela, tentando decidir se posso empurrar a espada e pegar minha adaga. — Sempre foi. Sempre será. Eu jamais te deixaria nesse lugar. Você sabe disso também.

Ara me encara e penso ver uma hesitação em seu olhar, mas então ela empurra a lâmina, inclinando-a horizontalmente no meu pescoço. Um movimento e mais sangue será derramado.

— Não há outra saída, Simi. Liberte a canção da alma agora.

Sei pela posição dos ombros dela, pela mão na espada, que não posso continuar a distraí-la. Se eu não fizer o que ela quer, Ara cortará minha garganta, e a Ya-Te-Veo consumirá Kola e Exu. Sem Exu, os ajogun não serão presos, e Ara pode encontrar outra forma de libertar a canção da alma. Toco as facetas da safira gentilmente, pensando na essência presa lá dentro.

Se eu fizer isso agora, talvez ainda haja esperança de recuperar o controle.

Ara pressiona a lâmina um pouco mais, e o sangue quente e molhado desce pelo meu peito.

— Libertarei — sussurro, estremecendo quando pego a safira de Folasade na mão.

Um puxão de medo e repugnância corre pelo meu corpo, e me inclino à frente. Sinto o terror e a morte que libertar os ajogun pode trazer, e ranjo os dentes diante dessa dor. O mundo pode não ser mais o mesmo, e posso sentir o horror que espera bem fundo em mim.

— Simi... — A adaga perfura a pele da minha garganta, mais fundo agora.

De olhos fechados, solto o ar, usando a dor para voltar a me concentrar.

— Com essa oração, facilitamos sua jornada a este reino.

— Engulo um soluço enquanto busco as palavras que libertarão a canção da alma. Embora sejam similares às que usei para devolver a essência de uma pessoa, agora sei que não estou trazendo paz, mas caos. — *Mo tú u ẹ sí nu aiyé.*

Eu a liberto neste mundo. As palavras são simples, mas quando abro os olhos, vejo os fragmentos de alma saindo da joia. A essência é dourada, entrelaçada com os fios vermelhos da canção do Mokele-mbembe. A canção da alma brilha no ar entre nós, tão hipnotizante e perigosa quanto uma chama.

— O portal está aberto. Vem, agora é a sua vez. — Ara sorri e afasta a lâmina de mim, erguendo os braços e entoando a canção. — *Ẹnu ọnà wà ni ṣíṣí. Wá, àsìkò ẹ rèé.*

A essência paira por um instante antes de ir em direção a Ya-Te-Veo, se enrolando nos galhos mais altos. O tufo vermelho-dourado da alma brilha entre folhas verdes. Kola e Exu ainda estão presos em suas videiras monstruosas, mas agora estão pendurados de lado enquanto a árvore abre os galhos para revelar uma mandíbula dentada. As videiras da

Ya-Te-Veo se desenrolam, arrastando o corpo de Idera para o buraco. Bem lá dentro, algo se agita, a árvore se esticando.

— O ti bọ́! — grita Ara, a voz aguda se erguendo com um fervor. — Você está livre!

Me afasto dela, de olho no dourado de minha adaga brilhando no chão de mármore. Um grito parte o ar enquanto a árvore se abre ainda mais, e uma cabeça emerge da boca de casca de madeira e dentes serrados. A figura se desvencilha da mandíbula, ficando de pé e erguendo a cabeça. Seu rosto é liso, com buracos negros em vez de olhos e um corte profundo em forma de boca que revela uma língua vermelha. O ajogun grita de novo, saindo da árvore com membros longos como as patas de uma aranha. Cicatrizes e furúnculos cobrem seu corpo, e eu me encolho.

Arún. O deus da guerra e da doença. Um dos únicos dois que não apareceram em minhas visões.

— Quem me invoca? — O ajogun se livra da passagem, de pé em suas pernas curvadas, encarando Ara. — Quem me libertou?

— Eu. Aramide.

— Aramide. "Minha família chegou." — Arún ri, um som áspero que chacoalha a escuridão de seu peito. — E chegamos? Você nos busca como seu povo, como sua *família*? — A última palavra termina em um tom de sarcasmo.

— Sim. — Ara ergue o queixo e a voz. — E estou pronta para receber sua sanção divina em troca do ato de libertá-lo. Você ficará sob meu comando. — As palavras dela pairam no ar por um instante, fortes e cheias de crença, mas tais emoções não significam nada para os antideuses, e Arún se aproxima, parando para que seu rosto fique no nível do de

Ara. Ela permanece na posição, mas vejo o tremor em suas mãos antes que ela as pressione contra o corpo.

— Você gostaria de minha bênção? — Arún ri, um som torto e viscoso que se espalha de sua boca cheia de bolhas.

— Tem certeza?

Ara assente, o olhar fixo no deus da guerra. Prendo a respiração, me aproximando lentamente de minha adaga. Arún abaixa o rosto para que fique próximo ao da garota, seus lábios muito próximos. Mais um passo e agarro minha arma, a esmeralda se enfiando em minha palma enquanto a aperto com força. O ajogun pressiona seus longos dedos contra as bochechas de Ara, erguendo o queixo dela enquanto murmura palavras que não consigo entender direito, seu tom agudo cheio de sibilos.

Kola e Exu estão pendurados nas profundezas da árvore, segurados pelas videiras. Me aproximo da Ya-Te-Veo, pousando a mão com cuidado em seu tronco, meu estômago se revirando com o calor dela, como se sangue quente fluísse em sua casca. Kola está mais próximo, e enquanto deslizo a lâmina sob seus tentáculos verdes, ele abre os olhos, e sinto alívio.

Me mexo rápido, cortando as videiras que prendem sua boca e garganta, e ele solta uma exclamação. Logo liberto suas mãos, e ele arranca o que sobra. Trabalhamos juntos para libertar Exu, nos afastando enquanto a árvore pinga uma seiva preta das videiras que cortamos.

Com a iyalawo morta, a Ya-Te-Veo parece quase calma. Ou talvez toda a sua energia esteja fluindo para o que está sendo conjurado em suas profundezas. A canção da alma ainda brilha em suas pontas, e eu alimento a esperança de que Exu possa controlá-la. E então uma mão com unhas afiadas como lâminas emerge da boca. Hesito, a adaga erguida enquanto os dedos arranham a casca. Com Arún já invocado, meu sangue gela ao pensar qual ajogun é o próximo.

Mas então ouço um grito e, quando me viro, ele se transforma em um gorgolejo.

Ara.

O senhor da guerra e da doença a agarra, respirando pesadamente sobre o rosto de Ara. Algo flui da boca dele para a dela, um borrifo de névoa vermelha e preta.

— Não! — grito, virando para correr para ela. Mas Kola me agarra.

— Ela aceitou — ruge Arún, rindo loucamente.

O corpo da garota fica mole, seu grito interrompido e substituído por um sorriso calmo.

— Ara! — chamo de novo, mas quando ela se vira para mim, me encolho no toque de Kola.

O sorriso dela é uma linha vermelha que mancha seus dentes, suas pupilas negras grandes o suficiente para engolir a parte branca dos olhos. Ela parece recuperar o controle de si, endireitando a postura e estendendo as mãos para mim, de palmas para cima.

— Viu? Eu te disse. — Mas mesmo enquanto fala, as manchas vermelhas em seu corpo se tornam pretas, o sorriso quase do tom da obsidiana.

Ara olha para a podridão se espalhando por sua pele. E então de volta para Arún.

— Eu o controlo. — Mas o tom dela estremece, e ouço o desconforto em suas palavras.

O ajogun ri, sua risadinha subindo no ar enquanto Ara remexe os esporos em sua pele. Pústulas amarelas e verdes se espalham pelo seu corpo enquanto ela cambaleia para longe do ajogun, boquiaberta. As tranças na cabeça de Ara ficam grisalhas e depois brancas. As unhas dela ficam compridas e engrossam como caules amarelos. Sua espinha fica torta, fazendo-a ficar inclinada de forma que só enxerga o chão, uma lamúria baixa serpenteando no ar.

— Não — gemo, meu corpo fraco contra Kola enquanto a garota cai no chão.

Arún se vira para nós, sua língua bifurcada saindo de um sorriso que parte seu rosto.

— O que é bênção para uns é maldição para outros.

Kola me coloca atrás de si e vejo Exu olhar para a canção da alma entre os galhos mais altos da Ya-Te-Veo.

— Não pedimos bênção — sibila o rapaz, erguendo a espada.

Arún abaixa a cabeça, o pescoço curvado em um ângulo impossível, e nos encara.

— Não, não pediram. Mas tenho certeza de que um dos meus irmãos concederá uma a vocês mesmo assim.

Outra cabeça aparece de dentro da boca da árvore e um braço emerge, começando a puxar o corpo para fora do buraco preto. Estremeço, meu peito pegajoso com o suor frio.

— Você ainda consegue usar a canção da alma? — pergunto a Exu.

O orixá para de olhar para os galhos e assente.

— Me dê o rubi. É parte do meu poder, do que é necessário.

Toco a corrente dourada em meu pulso, a garantia de que Exu faria o que prometeu. E se eu entregar agora e ele nos trair?

Kola me puxa para si e sussurra em meu ouvido.

— Ele lutou ao nosso lado antes. Se os senhores da guerra se libertarem, ele não poderá mais fazer o que quer. Ele precisa disso tanto quanto nós.

Deslizo meu dedo sob o fecho pesado, deixando a corrente deslizar do meu pulso, e seguro o rubi na mão direita. Inspirando fundo, entrego a gema, seu brilho carmesim pendurado da corrente dourada. Exu o pega de minha mão e, quando seus dedos roçam nos meus, há uma fagulha, e o orixá sorri.

— Você consegue sentir a energia. Você a sentiu antes.

— Exu enrola a corrente ao redor do pescoço e se vira para encarar Arún. Olhando para a canção da alma, ele começa a entoá-la, o balanço de suas palavras ecoando ao nosso redor.

Arún abre a boca e ruge, os pés ossudos batendo no chão de pedra do templo, indo direto para Exu. Mas Kola está aqui, de espada em punho entre o ajogun e o trapaceiro. Ele enfia a espada na barriga de Arún. O senhor da guerra pula para a direita, contorcendo o corpo em ângulos sobrenaturais, rindo. Mas sua risada é interrompida quando Kola ergue a espada outra vez, atingindo a coxa do ajogun, arrancando a mesma seiva preta que corre da Ya-Te-Veo.

Enquanto Arún geme e corre para Kola, Exu segura o rubi com ambas as mãos, erguendo a voz em uma melodia que parece um misto de oração e canção. Ele pressiona as mãos ao redor da joia e ergue o rosto para encarar a essência do Mokele-mbembe, sua voz em um tom surpreendentemente doce que flutua em direção ao domo do templo, preenchendo a câmara. A canção da alma estremece, se desenrolando das vívidas folhas e videiras, flutuando cada vez mais próxima de Exu.

Disparo ao redor do orixá enquanto Kola empurra o senhor da guerra e da doença em direção à boca aberta da árvore. Sete outros rostos se pressionam contra o tronco inchado, dois pares de mãos erguidas, unhas afiadas arranhando a casca enquanto os ajogun tentam se libertar. Kola vê isso e corre em direção a Arún. Me junto a ele, atingindo o senhor da

A ALMA DO OCEANO **289**

guerra com minha adaga para que ele pressione suas costas mortas contra a Ya-Te-Veo.

Enquanto Kola continua a forçar o ajogun em direção à bocarra aberta da árvore, me ajoelho no chão ao lado de Ara. A garota está afundada entre as dobras de sua túnica, tufos de cabelo branco saindo de um crânio irregular.

— Ara — sussurro baixinho.

Ela vira a cabeça, a mão salpicada de feridas vermelhas se erguendo de seu corpo arruinado. Ela ergue o rosto em direção ao meu e eu arfo.

— Simi? — A voz de Ara é tão falhada como a pele de seu rosto. Dois olhos anuviados me olham sem foco, a boca, sem dentes, um buraco fundo em seu rosto muito enrugado. — Simi? Eu...

— Está tudo bem — digo, puxando-a para mim, deixando-a descansar a cabeça no meu colo. Lembro da forma como Ara costumava trançar meu cabelo solto, os dedos sempre cuidadosos, sem nunca me machucar. Lembro quando acordávamos antes de todos no complexo, nos sentávamos lá fora e víamos o começo de um novo dia, conversando baixinho sobre o que traria. Lembro dos comentários bobos dela sobre aqueles que a irritavam.

Pego a mão dela e a seguro com força. Seus dedos estão frios, os nós inchados e tortos, os ossos frágeis, e quando ela abre a boca para falar, vejo o débil subir e descer de seu peito.

— Descanse. Estou aqui.

Ara tenta falar outra vez, mas só consegue emitir um coaxar baixo antes de reclinar a cabeça, apoiada na minha barriga. Seguro a mão dela com mais força enquanto o último suspiro deixa seus lábios ressecados.

CAPÍTULO 26

A voz de Exu fica mais alta, cantando sobre vida e morte e o equilíbrio entre os dois. Sobre as histórias de mortais e orixás, da terra, do mar e do céu que cerca tudo. Ele canta sobre amor, ganância, paz, ódio e guerra, e com cada nota, a canção da alma desce pelos galhos marrons da Ya-Te-Veo, seus galhos ficando mais vermelhos e grossos.

Abraço o corpo de Ara enquanto sua essência sobe, prendendo um grito de luto que se acumula na minha garganta, queimando meu peito. A alma dela é prateada com finos fios de ouro e uma delicada veia preta girando no centro. Antes que eu possa me interromper, ergo a mão para a essência, as pontas de meus dedos tocando suas extremidades metálicas. Ara é pequenina, sentada no colo da mãe, olhando para ela com olhos brilhantes, tocando o nariz dela com seus dedos gorduchos. O amor as envolve, as protegendo. Em seguida, Ara está mais velha, sentada na terra, cutucando as raízes da árvore de mogno no nosso complexo. Estou lá, agachada ao lado dela. Juntas, damos gritinhos ao ver a fileira de formigas, nossos dedos manchados com o suco das mangas frescas, favoritas de Ara.

Minhas bochechas estão molhadas com lágrimas, e não tenho chance de puxá-la de volta quando a rachadura preta no centro da alma de Ara toca meus dedos. O ódio cresce em mim. Vejo os òyìnbó, as bocas cortadas em rostos pálidos. Em seguida, os Tapa, a violência e a ganância do Reino de Nupé, e Idera. Orações que levam a escuridão consigo. O poder dos ajogun à espreita. Se espalhando. Influenciando.

Dou um pulo para trás, para longe da parte escura da alma de Ara, um soluço preso em minha garganta enquanto a essência dela se dissipa. O que ela fez é inconcebível, mas o que lhe aconteceu também.

— Àláfíà ni tìrẹ báàyí — murmuro enquanto a solto. Gentilmente, solto o colar de safira, tirando-o do pescoço de Ara e o segurando com força. — A paz é sua agora, irmã. Me desculpe por não ter te protegido.

Kola força Arún de volta para a árvore, sua lâmina aparando os golpes do ajogun enquanto ele resiste. Corro para o lado de Kola, empurrando o senhor da guerra enquanto ele tenta deslizar para a direita. Nós o mantemos preso no lugar, conseguindo acertar poucos golpes antes que Exu se aproxime da árvore, o rubi em seu peito queimando em um vermelho brilhante, combinando com o tom vibrante da canção da alma.

Ofó, o senhor da guerra e da perda, emergiu parcialmente, tentando sair da árvore. Ele grita quando a essência se aproxima da abertura, as chamas vermelhas e douradas queimando seus membros escuros. O antideus afasta o braço, afundando nas profundezas da árvore. Kola avança, saltando no ar, chutando o peito de Arún, empurrando-o atrás de Ofó, de volta à bocarra da Ya-Te-Veo.

As palavras de Exu se transformam em um berro, e a canção da alma cresce em resposta, uma ampla torção em tons de vermelho com fios crepitantes de ouro crepitante entrelaçados. A energia desce, pairando sobre Arún, queimando sua pele e forçando-o a se aprofundar no portal da árvore. O cheiro do fogo e das cinzas enche o ar enquanto a voz ululante de Exu fica ainda mais alta, o poder da essência do Mokele-mbembe brilhando, enquanto o ajogun se encolhe, mergulhando de forma que apenas o topo de sua cabeça fica visível. O brilho de ouro cresce na canção da alma, partindo a boca aberta da árvore, os dentes serrilhados se retraindo, voltando para o tronco pulsante.

— *A ti'lẹ̀kùn gbọigbọin. Mo dè ẹ́. Ò lágbára mọ́ ní ibíyìí.*

— O rubi se incendeia, imitando o pôr do sol incandescente enquanto o suor desce pelo peito de Exu. Ele fecha os dedos na pedra, segurando-a no ar enquanto repete a oração. — Selado e fechado. Eu os prendo. Vocês não têm mais poder.

A energia da canção da alma fica ainda mais baixa, perto da bocarra da Ya-Te-Veo. O portal começa a diminuir, a casca escurecendo até que nada sobre além de um veio apagado e torto.

Exu se recosta na árvore, mais suor escorrendo por sua testa. As tranças tombam para a frente, escondendo seu rosto.

Volto para Ara, olhando através das lágrimas que anuviam minha visão. Quando olho para Kola, ele me abraça, me deixando chorar contra seu peito enquanto o luto surge, ameaçando me consumir.

Gritos lá fora e o distante retinir de armas são ouvidos, nos lembrando que a batalha continua.

— Temos que ir — diz Kola gentilmente. Ele se volta para Exu. — Está feito?

— Vou ter que fazer outros rituais para continuar a apaziguá-los. Há muito o que compensar. — Os músculos nas costas de Exu se movem enquanto ele arfa. — Mas estão presos por enquanto, e esse portal específico para nosso reino está fechado.

— Algo mais pode ser feito em Okô? — pergunta Kola, olhando para a Ya-Te-Veo. — Talvez o babalaô possa ajudar.

Exu nos dá as costas, o rubi em seu peito, de volta ao tom carmesim. Fios da canção da alma se agarram ao talho fechado da árvore, começando a se apagar enquanto observamos.

— Pode ser feito em outro lugar.

Me aproximo da Ya-Te-Veo. Seu tronco se flexiona e uma protuberância pressiona a casca. Penso em tudo o que ela trouxe, o poder que vazou por conta da proximidade do ajogun, a ganância que criou e aumentou. Os crânios que brilham entre as raízes, todas as vidas perdidas para sua fome, para o desejo dos humanos que a alimentaram, para os antideuses aos quais ela quase abriu caminho. Ao lado de suas raízes monstruosas, o corpo de Ara. Meu estômago dá um nó.

— Queime ela. — Minha voz sai baixa, mas meu tom é firme. — Você a selou, mas também devíamos queimá-la.

Kola está perto de mim, olhando para os crânios sem pele e carecas.

— Precisamos partir — diz Exu, se aproximando. — Os ajogun estão presos. Não podem entrar no nosso reino agora.

— Não me importo se você diz que o portal está fechado. — Não consigo parar de olhar para a Ya-Te-Veo, apertando minhas coxas enquanto tento ficar calma. — Temos que acabar com ela.

Kola vê a expressão no meu rosto e corre para as arandelas, tirando duas da parede e indo até a árvore.

— Espera. — Exu ergue as mãos e o rubi incendeia mais uma vez. Fios da canção da alma se agarram à árvore e, com seu toque, saltam como um fogo ressuscitado. Ele fecha os dedos e a vermelhidão se espalha, calor e fitas de ouro em seu centro. O orixá controla a essência, o rubi brilhando no peito enquanto ele faz a canção da alma crescer mais uma vez. Ela se espalha, queimando o tronco, envolvendo galhos e videiras, torrando folhas e incendiando os tentáculos que se contorcem. Observamos a Ya-Te-Veo ser consumida por chamas, seus galhos em chamas tentando nos alcançar. Enquanto o fogo lambe as caveiras e as chamas sobem, olho para cima, acompanhando a fumaça. Consumido pelo inferno vermelho e dourado, o domo acima de nós é pintado com brasas negras, revelando o que realmente tem: a podridão e a ganância humana e a entrada para forças mais sombrias do mundo encarnado.

Kola me puxa quando o calor nos atinge. Nós nos voltamos para a porta, a câmara atrás de nós incendiada com a fúria da canção da alma do Mokele-mbembe.

— Vai queimar até que não sobre mais nada! — grita Exu atrás de nós. — Vamos!

Corremos pelo corredor, as representações sérias de Arún, Ofó, Égba, Oran, Epê, Ewon e Esè nos encarando. Conforme passamos por cada máscara dos ajogun, elas pegam fogo. Kola abre as portas principais para o frio ar noturno.

Me viro e vejo a passagem atrás de nós ser consumida. A única máscara que não queima é a de Icu. O rosto grande e pontiagudo do senhor da guerra tem sulcos profundos de uma carranca acima dos olhos afinados em buracos negros achatados. A máscara nos encara fixamente enquanto as paredes de ambos os lados desmoronam e as grandes portas brilham em um preto e vermelho violentos.

* * *

A noite nos domina, e com as solas dos pés doendo, cambaleio pelo caminho, Kola segurando meu braço para impedir que eu caia de joelhos. A perda de Ara e o calor sufocante do fogo dificultam minha respiração. Me afasto dele, inspirando o ar frio que faz doer meus pulmões. Acima de nós, a lua cheia brilha, redonda com uma luz amarela que ilumina a cidade e os arredores.

Abrindo os dedos, me permito olhar para o colar de Folasade. Quando o luto ameaça surgir, eu o ignoro, segurando a safira em meu punho fechado. Não tenho tempo agora.

— Podemos ter pacificado os senhores da guerra, mas ainda há os Tapa — diz Kola.

Exu se afasta do templo em chamas, o rubi agora em um carmesim profundo, brilhando contra seu peito.

— Mesmo sem os adzes e os obambo, não quero ser pego perto das ruínas em chamas de um templo.

As ruas estão silenciosas, mas ouvimos os ecos das batalhas na brisa noturna.

— Você consegue caminhar agora? — pergunta Kola, a mão perto da minha cintura.

Assinto e me levanto.

— Estou bem. — Começo a respirar com mais facilidade. — Vamos.

Passamos rapidamente pelas ruas de Rabah, nos pressionando contra os muros dos complexos, evitando as altas luzes dos lampiões. Homens e mulheres passam por nós, muitos indo para o templo para tentar apagar o fogo, mas outros guardam os portões. Os Tapa estão voltando para o outro lado dos muros.

Quando chegamos ao portão, encontramos um grande grupo tentando fortificar os painéis de madeira. Paramos entre as sombras escuras como tinta. Kola ergue a espada, mas bloqueio o caminho dele, puxando a arma para baixo.

— Não há necessidade de mais mortes — digo baixinho.

— Por favor.

Exu dá um passo à frente, assentindo para mim antes de deixar as sombras. Nós o observamos partir, seu cabelo se transformando no corte curto com uma trança no topo, o estilo preferido dos Tapa, a túnica ficando preta com triângulos amarelos. O trapaceiro grita um cumprimento e se junta aos esforços de barricar o portão, ajudando a martelar uma tábua grossa. Ele aceita os agradecimentos dos Tapa cansados e diz a eles que precisam de ajuda no portão central. De costas para a parede, e promessas de defender a entrada, ele espera até que os Tapa tenham partido antes de nos chamar, sua figura alta e tranças balançantes se formando outra vez.

Arrancando as fortificações com facilidade, Exu abre os portões e nos pede para passar antes de fechá-los atrás de nós. Com a safira cutucando minha palma, saio dos muros de Rabah e entro em um cemitério novo. Montes de corpos, tanto Oió quanto Tapa, salpicam a terra, e enquanto me dou conta de quantos caíram, vejo os pedaços das almas espiralando rapidamente no ar noturno.

A morte nos cerca.

Não precisava ser assim.

Mas o poder leva à corrupção, e enquanto passamos pelos corpos, é nisso que penso.

Ara.

Ela realmente acreditou que podia comandar os ajogun, algo que jamais teria considerado quando éramos mais novas, mas o tempo dela no Reino de Nupé roubou mais que sua liberdade. Levou sua bondade, sua lógica, sua fé em Ifá.

Enquanto passamos pelos corpos nos buracos na terra de onde os obambo saíram, penso nas vidas perdidas na busca por poder, e então tenho uma visão não dos corpos inimigos ao redor, mas de homens e mulheres que se perderam. Cada um tentando manter seu estilo de vida, sua lealdade ao líder, depositando sua confiança nos anciões e no conselho de seu reino. Embora eles tenham escolhido a violência, foi mesmo o livre-arbítrio deles?

— *Olódùmarè, gbà àwọn ọmọ yín ti wọn ba dé'lé. Ẹ jọ̀ọ́, ṣàánú wọn. Dáríjì wọn.* — São muitos para rezar individualmente e suas almas já partiram, mas repito a oração sem parar. — Olodumarê, receba seus filhos quando retornarem para casa. Por favor, tenha misericórdia e perdão para eles.

Exu e Kola vão em direção à colina onde montamos acampamento, e quando vejo o grupo de pessoas no topo, sinto a fé crescer. Uma figura alta está entre eles, girando os braços quando começamos a correr.

— Vocês chegaram! — Bem abraça o amigo antes de soltá-lo para me envolver em um abraço forte. — Estou tão feliz que você esteja bem. — Me apoio no peito dele, fechando os olhos por um instante.

Kola abraça o amigo de novo, batendo no peito dele antes de nos deixar entre os sobreviventes, esperança e tristeza em seu rosto. Eu o vejo contando quantos sobraram, apenas metade dos que partiram. O povo de sua aldeia descansa ou ajuda aqueles que precisam ser curados, mas seus espíritos são fortes. Uma vitória de Oió foi declarada. Tunde avança em nossa direção, arranhões e manchas de sangue seco riscando sua couraça, mas fora isso, ileso. O animal enrola sua tromba em torno de Kola e sopra suavemente enquanto o garoto passa a mão por seu flanco.

— Cadê Yinka? — Olho ao redor do grupo. — Quantos bultungin sobreviveram?

— Estou aqui. — Ouço a voz de Yinka à minha direita. Ela manca, com as mãos no lado direito do corpo. — A matilha está inteira.

— O que aconteceu? — arfo, correndo para ela.

— Não foi nada.

— Foi algo, *sim* — retruca Aissa, ficando ao lado de Yinka, a mão no braço dela. — Ela lutou sozinha contra três obambo.

Abro a boca, mas minhas palavras são interrompidas pela arqueira que vi quando deixamos Okô, aquela se despedindo dos filhos e do marido. Ela se inclina à frente, tocando o chão diante de Yinka antes de se endireitar. Sua pele negra e branca brilha de suor e ela limpa uma mancha de sangue na bochecha.

— Eu a agradeço. Muitas e muitas vezes, Olayinka. — A arqueira estremece diante de nós, lágrimas descendo por suas bochechas enquanto ela leva os punhos ensanguentados ao coração. — Eu teria morrido.

Yinka pousa a mão no ombro da mulher.

— Pare, irmã. Somos tudo o que temos. Lutamos uns pelos outros. Sempre.

— Até o fim — entoa a arqueira.

— Até o fim. — Yinka sorri enquanto a arqueira se afasta, e Aissa se agita ao redor dela, conferindo seu ferimento e a forçando a se sentar.

— Acabou? Exu prendeu os ajogun?

Assinto, me sentando, aceitando um odre de Aissa e bebendo muito. O gosto de cinzas ainda está lá e inclino minha cabeça para trás, tentando engolir. Yinka sorri, me dando um tapinha nas costas.

— Encontrou Ara?

A pergunta dela é simples, mas quando começo a responder, descubro que não consigo. Em vez disso, me inclino à frente, encarando meus pés enquanto Yinka me abraça.

CAPÍTULO 27

Okô nos dá as boas-vindas enquanto o sol se afasta da linha do horizonte, brilhando laranja e vermelho e emoldurando as copas das árvores. Os portões são abertos, palmas e o gosto picante de cabra assada subindo no ar da manhã. Tambores e cânticos começam enquanto orações de agradecimento são oferecidas através de sorrisos largos e lágrimas. Vejo uma garotinha e um garotinho correrem entre os assentamentos, batendo os pés descalços com força no chão. A arqueira serpenteia pela multidão de guerreiros Okô e corre até os filhos, pegando-os e abraçando seus corpinhos contra si. Outros encontram suas famílias, choros, lágrimas e sorrisos se misturando com a tristeza por aqueles que foram perdidos. Os feridos são deitados em macas enquanto curandeiros se aproximam e Bem os coordena. Kola desce de Tunde e pede ao animal que se ajoelhe para que ele possa ajudar os poucos feridos a voltarem para casa. O rapaz caminha entre os aldeões de Okô, sorrindo e aceitando os agradecimentos, parando para falar com vários anciões que se reúnem em um canto.

Ele nasceu para isso. É nítido que o povo o ama. Uma garota não muito mais velha que eu se aproxima dele, tocando o chão diante dele em sinal de respeito. Conforme se levanta, ela desvia o olhar, mas o sorriso suaviza seu rosto. Meu coração bate forte demais, mas tento ignorar. O lugar de Kola é aqui, afinal de contas. Me afasto devagar, deixando o mar preencher minha mente. Penso no que direi a Iemanjá, para ajudá-la a entender que estou mais que pronta para todos os meus deveres. Mesmo agora, o mar me chama, uma pequena necessidade que cresce a cada dia que passo fora dele. Penso nas ondas frescas, nas correntes, na forma como a água me envolve, me dando as boas-vindas, me abençoando. Dei alguns passos, voltando para os portões ainda abertos, quando alguém agarra as minhas duas mãos e me faz parar.

— Simidele!

Me viro e vejo Kehinde e Taiwo.

— Aonde você vai? Vai perder as celebrações.

— Eu…

Mas os gêmeos não me deixam terminar, me virando e me empurrando em direção ao mercado cheio de aldeões. Ouço risos e não consigo deixar de sorrir diante da alegria, orgulhosa e grata por ver Okô e seu povo em segurança.

Kola já está lá, cumprimentando seus pais. Observo-o abraçar o pai com delicadeza antes que a mãe o abrace também. Quando ela enfim solta Kola, eu o vejo olhar ao redor de novo, até me alcançar.

Os gêmeos me puxam em direção ao irmão. Kola fica parado, mais alto que as pessoas ao seu redor, a pele queimada e brilhando à luz do sol. Ainda não consigo acreditar no quanto ele mudou desde que o tirei do mar — de seus ombros largos à curta barba em seu queixo e bochechas. Mas não é apenas isso. Kola fez o que foi necessário para manter seu povo seguro. Como deve ser.

Sorrio e caminho em direção a ele enquanto a multidão se abre para os dançarinos. Enquanto tecidos brancos e azuis giram ao nosso redor, Kola me puxa para seu lado.

— Vem, os outros estão esperando.

Ele se vira para o caminho que leva ao seu complexo, segurando minha mão com força. Corro para me manter no ritmo dele, ignorando meus pés doloridos, leve com o calor do toque dele.

— Aonde vamos? — pergunto.

— Você vai ver.

Passamos pelo complexo dele e seguimos por trás dos guardas até chegarmos ao portão do cercado de Tunde. Uma risada ressoa e então Kola me puxa para dentro. Árvores pairam sobre a clareira, as folhas de palmeira nos proporcionando sombra enquanto avanço. Yinka está cuidando das poucas feridas de Tunde enquanto Bem puxa um grande feixe de grama.

— Eu a encontrei — anuncia Kola, me empurrando na direção deles.

Yinka se levanta e sorri para mim, limpando as mãos e se aproximando. Ela me abraça forte antes de me soltar.

— Kola queria celebrar só com a gente primeiro.

— Nos juntaremos aos aldeões depois — diz ele. Depois, Kola entra na despensa de comida de Tunde e volta com uma garrafa de vinho de palma e quatro copos de cobre.

— Sim, depois que eu tomar um banho. — Bem ergue os braços e torce o nariz. — Para que eu pareça mesmo um herói. E cheire como um.

A ALMA DO OCEANO **303**

— Acho que sou mais heroica — diz Yinka, abrindo um grande cobertor costurado para nos sentarmos. — Eu com certeza matei um número bem maior de obambo que você.

— Hunf. Ajudada pelo fato de se transformar em uma hiena gigante — resmunga Bem, se sentando no chão. — Uma vantagem injusta. Na verdade, eu sabia que você se gabaria cedo ou tarde. Usaria isso para me fazer sentir inadequado.

— Eu faria isso? — pergunta Yinka, piscando e rindo.

Sorrindo, me sento ao lado dele e aceito o copo que Kola me oferece. Meus ombros relaxam e meu sorriso cresce. Estar aqui, assim... sem a sensação de urgência e preocupação. Não consigo me lembrar da última vez que me senti desse jeito.

— Vocês foram todos incríveis — diz Kola, sorrindo para nós.

Tomamos nossas bebidas e conversamos sobre a batalha e o que aconteceu no templo, até que Bem reclama que seu copo está vazio e exige que seja enchido.

Assim que temos mais vinho de palma, Kola levanta seu copo, seus olhos brilhando cor de ocre.

— Obrigado. Quero agradecer a todos vocês. Por sempre colocarem Okô em primeiro lugar. Por me ajudar mesmo que os machucasse. Por estar ao meu lado não importando o que acontecesse. — Kola olha para Bem e Yinka antes de olhar para mim. — Eu não estaria aqui sem vocês. Sem nenhum de vocês. E sei que quando eu for o líder de Okô, será também por conta de sua lealdade e sacrifício.

Yinka e Bem comemoram e então bebemos, terminando o copinho de vinho de palma em um só gole. Yinka estala os lábios e fica de pé, puxando Bem.

— Vai. Vai lá se lavar. Você está fedendo mais que Tunde. Não vou aguentar mais.

— Eu poderia dizer o mesmo. Você tem o cheiro daqueles cães selvagens que roubaram nossas galinhas.

Eles discutem enquanto vão em direção ao portão e sou deixada com Kola, que está reunindo os copos e evitando o meu olhar. Me inclino à frente para ajudá-lo, mas ele para.

— Vi que você estava querendo ir embora.

Não respondo, mas cruzo minhas mãos sobre o colo.

— Preciso informar Iemanjá que os ajogun foram presos.

— Você não vai voltar. — Não é uma pergunta, então não respondo. Em vez disso, me levanto, me sentindo tonta enquanto o sangue corre para a minha cabeça e Kola se levanta também.

Nada mudou, quero dizer. Sou uma Mami Wata. Mas balanço a cabeça e me viro para o portão.

— Seu lugar é em Okô e o meu é com Iemanjá. Eu te disse...

— Mas sou um orixá.

— E ainda precisam de você aqui. — Pensei que o fato de Kola ser um orixá pudesse ser uma forma de ficarmos juntos, deixei as possibilidades invadirem minha mente. Mas isso não impede Okô de ser o lar dele, nem encerra meu dever com Iemanjá. — Não apenas isso. Você pertence a Okô. Eu não.

Kola franze a testa, tentando dizer algo. Estendo as mãos para ele, ficando nas pontas dos pés, a terra aquecida sob minhas solas enquanto enrolo meus braços ao redor do pescoço dele. Kola não me abraça imediatamente, mas quando o faz, me aperta com força.

— Tanta coisa aconteceu — sussurro.

— Bem, então será que podemos... não sei. — Ele fica tenso sob meu toque. — Podemos... tentar?

— O que se espera de nós, o que precisam que façamos, mudou. É maior agora. Você será o líder de Okô. — Forço um sorriso. — Um líder brilhante. — Apoio meu queixo no ombro dele, e então o solto. — E Iemanjá precisa de mim.

— Simi...

Mas não respondo. Em vez disso, me viro, minha visão borrada, prendendo a respiração. Precisa ser assim, digo a mim mesma, saindo do cercado de Tunde às pressas antes que eu me vire e veja o rosto de Kola. Às vezes temos que escolher algo diferente do que queremos. Penso no sacrifício de Folasade e nos muitos que Iemanjá fez, e continuo caminhando.

Os sons de canto e riso me acompanham enquanto caminho pelas ruas, indo para os portões de Okô, enxugando meu rosto com força. Meus pés estão doendo, cada passo é uma dor pungente. Eu sei que o mar vai acalmá-los — já meu coração, não tenho tanta certeza.

— Peixinha, está indo embora? — Exu sai da sombra fresca de um complexo à direita.

— Vou voltar para Iemanjá. — Fungo e ergo meu queixo. Não deixarei essa dor tomar conta de mim. — Onde é meu verdadeiro lugar. Onde ainda precisam de mim.

O orixá se recosta contra a parede e me preparo para a resposta atravessada, mas ele apenas assente. A resposta dele me abala, e eu o olho, tentando ver se há outro significado.

— E você? — pergunto. — Aonde vai?

Exu tamborila o nariz e sorri, seus olhos prateados brilhando.

— Farei os rituais necessários para manter os ajogun presos. Embora o portal esteja destruído, eles nunca estiveram tão perto. — Ele ergue a mão e toca o rubi pendurado em seu pescoço, erguendo as sobrancelhas bem alto. A gema reluz uma vez, um brilho carmesim, um mero sussurro de seu poder. — Fique sabendo que não fujo de meus deveres. Faça uma boa viagem, Mami Wata.

* * *

Estou mancando quando chego ao mar, aliviada por estar na parte rasa e por minhas escamas começarem a se formar, cortando minha pele queimada de sol. A água me dá as boas-vindas, me acariciando nas ondas frias e azuis enquanto mergulho.

O mergulho até a ilha de Iemanjá leva apenas algumas horas. Emerjo em sua costa quando a chuva começa a cair, gotas vindas de um céu cheio com a noite que se aproxima, e é possível ver a cor nas sete flores índigo e brancas que ofereço à água. A onda de água invocadora de Iemanjá surge, raspando o céu, da mesma tonalidade. Desta vez, não espero que quebre na praia; em vez disso, cambaleio à frente com os pés que trocam pele e ossos por uma cauda e mergulho no mar. O leque da minha cauda irrompe das pernas transformadas, escamas douradas brilhando na luz fraca. Minha entrada parece quebrar a onda e a água se força contra a terra, me obrigando a nadar mais contra a força repentina.

A areia gira com caranguejos, pedras e lodo, mas ignoro tudo, lutando contra as ondas até ver o brilho do ouro branco, a mecha grossa do cabelo preto e a cor prateada do olhar de Iemanjá.

— Simidele, o que foi? — A voz dela me atinge, áspera como a areia e as pedras abaixo de nós. — Você não podia esperar?

Não respondo. Parada na água por um momento, penso na posição suave do corpo morto de Folasade, no corpo destruído de Ara. E então disparo à frente, bolhas espalhadas pela minha pele, o cheiro limpo da água fria passando por mim, marcando meus ossos quando alcanço a orixá. Enrolando meus braços nas escamas da cintura dela, pressiono meu rosto contra a pele quente de sua barriga e deixo escapar o choro que mantive preso dentro de mim por tempo demais.

A orixá me abraça, fazendo carinho nas minhas costas com suas mãos grandes. Choro até que o mar engula todas as minhas lágrimas e só então me afasto. Iemanjá me abraça com cuidado, segurando meus braços com seus dedos longos.

— Acabou? Os ajogun foram presos?

Assinto, mas não ergo o olhar. Como posso contar a ela que Folasade se foi?

— Muito bem, Simidele. — Iemanjá pousa a mão sobre o coração, o sorriso aparecendo como um osso curvado. — Estou honrada. — Ela solta meu braço e olha para além de mim, para as camadas de preto-azulado. — E Folasade?

Quero estar à altura do elogio dela, mas não posso. Tentando me encolher, procurando a coragem para contar o que aconteceu, aperto o colar com mais força na minha mão direita. As palavras fogem, grudando na minha garganta, se recusando a serem ditas. Tremendo, estendo meu punho fechado entre nós, aos poucos o abrindo até que a gema azul brilhe entre nós, outro tom de índigo que o mar reconhece, as correntes girando com o poder que a pedra tem.

Iemanjá inspira fundo, mordendo o lábio inferior com seus dentes afiados. Gentilmente, ela pega a joia da minha palma, os aros dourados do colar brilhando nas profundezas.

— É de Folasade?

Tremendo, olho para a orixá.

— É.

Iemanjá leva a safira até o peito, pressionando a gema contra as batidas de seu coração. Com os olhos fechados e os cachos espiralando ao nosso redor, ela abre a boca e chora. Está carregado da dor, da fúria e da tristeza que se acumulam dentro de mim, ameaçando explodir.

— Ela sofreu. — Abaixo a cabeça com as palavras da orixá, envergonhada pela verdade direta. — Mas a coragem que mostrou foi imensa?

— Sim, Mãe Iemanjá. — Unhas raspam meu queixo, erguendo meu rosto. — Sinto muito. Sinto tanto. Eu deveria...

— Não existe "eu deveria", minha filha. O que está feito está feito. — A orixá olha para o sol que divide as ondas, ainda apertando o colar no peito com força. — Você a trouxe de volta?

— Sim. Ela será para sempre uma com o mar. — Meu olhar é atraído à superfície, à luz que cobre a massa em movimento. Penso na espuma delicada, na forma final de Folasade.

— Sua coragem é digna de admiração. — Iemanjá me encara agora. — Você demonstrou outra vez seu amor por todos.

Abaixo a cabeça, envergonhada demais. O sentimento destrói cada palavra que Iemanjá escolhe para mim. Elas não trarão Folasade de volta nem impedirão Ara de ser a pessoa que foi no fim.

— Eu pediria que você me permitisse voltar. Fazer tudo o que me criou para fazer. Quero fazer isso direito. Já que Folasade... — Engulo em seco, tentando encontrar as palavras certas. — Já que Folasade se foi, quero garantir que não haja falhas na coleta das almas. — Olho para os olhos pretos e prateados de Iemanjá. — E talvez encontrar uma forma de ver meus pais. Conferir se, depois do que o Reino de Oió passou, eles estão bem.

— Simidele. — A orixá diz meu nome antes de inclinar a cabeça para o lado, escamas e pele brilhando. — Sua curiosidade e perguntas sempre foram diferentes. Você segue seu coração, e é isso o que salvou várias pessoas tantas vezes. — Os longos cachos de Iemanjá flutuam na corrente ao nosso redor, pretos como as profundezas. — Não deixe sua tristeza ou culpa a destruírem. Tenha orgulho de tudo o que fez. De tudo o que é. Mami Wata... e muito mais. — A orixá estende os braços para mim e nado para eles. — Eu a liberto.

As simples palavras sussurradas de Iemanjá me fazem recuar, confusa, a água girando entre nós. A orixá abaixa a cabeça, seu véu ondulando.

— Como assim? — pergunto, os olhos arregalados na frieza do mar.

— Que você sempre será uma Mami Wata, que pode retornar para cumprir seus deveres quando quiser. Que depois de tudo o que fez, você merece algo mais. Agora que tem suas memórias de volta, não saber como seus pais estão vai te consumir, assim como sua culpa a consumiu. — Iemanjá sorri, seu sorriso emoldurado pelas pérolas brilhantes. — Simidele, não deixarei que fique infeliz. Estou te dando o dom da escolha. Está livre para escolher seu próprio caminho.

Minhas mãos deslizam na água, pousando nas minhas escamas enquanto encaro a orixá em choque.

— Mas...

— Essa é a sua liberdade. Assim como te ofereci salvação, uma forma de sobreviver, quando a encontrei, ofereço algo mais agora.

Liberdade de ser quem eu escolher ser, ir aonde eu quiser? Abro a boca para responder assim que um feixe de luz brilhante penetra nas ondas e brilha em Iemanjá, espalhando seu brilho quente em mim. Quando a água gira em torno de nós, um puxão profundo dentro de mim atrai meu olhar para onde o casco de madeira lisa de um navio corta as ondas.

— E agora você tomará outra decisão. — Iemanjá inclina a cabeça para cima e me empurra gentilmente para longe dela. — Mas lembre-se, você deve escolher o que é certo para você, não apenas o que você acha que deseja, Simidele.

— Qual é a outra escolha? — Mas mesmo enquanto pergunto, sei a quem o navio pertence.

— Ele veio te buscar. Nunca desistiu de te procurar quando você estava na Terra dos Mortos. Vocês estiveram conectados desde que você ajudou a guiar a alma dele de volta ao corpo.

Kola.

Iemanjá pousa a mão na minha bochecha fria.

— Não negue seus sentimentos.

— Ele é um orixá agora. O babalaô declarou. — Espio pela água. — Mas não importa. — Até dizer isso machuca meu peito. Deixá-lo de novo foi sempre uma certeza, embora eu tenha lutado para não reconhecer isso. — Kola é da terra... é onde ele pertence.

A orixá mantém seu olhar escuro em mim, um brilho prateado em suas pupilas.

— Isso ainda não está testado nem definido. Assim como as forças dele.

— Como assim? — Encaro Iemanjá.

— Os orixás pegaram poderes que Olodumarê fez chover na terra. Você sabe disso. Mas Adekola só foi diviniza-

do agora, e seus poderes não foram confirmados ainda. —
Iemanjá olha para cima. — Não sabemos se ele é da terra,
da água ou do ar.

O navio acima de nós desacelera, e algo em mim quer que
seja porque Kola sente o que está abaixo das correntes. Um
pouco de esperança se planta bem fundo em meu coração.

Iemanjá estende o colar de safira para mim.

— Você pode ajudá-lo a tomar essa decisão.

A gema está na ponta de uma grossa corrente de ouro.
Idêntica a minha, uma de sete. O número de Iemanjá. Ofe-
recida à primeira daquelas levadas pelo òyìnbó e que pararam
nas águas longe de casa.

Estendo minha mão trêmula para a joia.

— Você daria a ele o mesmo que às Mami Wata?

— Você renunciou a tanto. Mas cada sacrifício tem sua
recompensa. — Iemanjá se inclina à frente e coloca o colar
em minhas mãos. — Não estou apenas te oferecendo liberdade, mas também daria a Kola qualquer poder que a safira
traz, e a você a chance de estar com ele.

CAPÍTULO 28

— **Um dia, Simidele,** você terá que tomar uma decisão que determinará grande parte de sua vida.

Olho para o céu. Há apenas duas nuvens, pequenas e fininhas. Contra o azul profundo, parecem poder desaparecer a qualquer momento. Olho para minha mãe, que está sentada ao meu lado na margem do rio, de olhos fechados, o rosto voltado para o sol amarelo. Seu cabelo está trançado em fileiras, seguindo padrões repetidos que acompanham a curva da cabeça. Ela se inclina para trás, os braços musculosos, uma túnica azul-clara com espirais brancas em volta do peito. Sorrio ao ver a curva de seus lábios, a paz na suavidade de sua expressão. A ternura floresce dentro de mim e levo a mão até seu cabelo, os dedos roçando a ponta de uma de suas tranças. Ela pega minha mão e dá um beijo na palma.

Rindo baixinho, me viro para a água que ruge ao nosso redor, já pensando em deslizar sob sua superfície, afundando até onde a luz mal chegará.

— Que decisão é essa, ìyá?

Ela se mexe, mergulhando os pés na água fria antes de se virar para mim, cobrindo os olhos com a mão.

— Estou falando de amor.

Marcamos meu aniversário de dezessete anos no rio Ogum, já que sempre celebramos o dia. Cheias dos bolinhos fritos que trouxemos conosco, relaxamos ao sol, aproveitando os sons da água e nada mais.

— Amor? — Rio. — Não preciso disso.

Tudo o que quero agora é explorar o leito do rio, meu cabelo formando uma onda de cachos espalhados, correntes frias na minha pele bronzeada de sol.

— É o que você acha agora. Há muitos tipos diferentes. Mas um em específico vai te pegar quando menos esperar. — Minha mãe ri e se recosta, apoiando a cabeça com uma das mãos. — E então você terá que escolher entre resistir ou acolhê-lo.

Cachos ondulam na frente do meu rosto. Os olhos arregalados de Iemanjá estão em mim, com luz prateada e um sorrisinho. Afasto meu cabelo para que minha visão seja preenchida com pérolas e cachos dourados dela, a sua pele luminosa no brilho da água cheia de sol. O rugido do meu sangue enche meus ouvidos enquanto bolhas estouram ao nosso redor, remexidas pelo navio de Kola acima.

— Mas por quê? Você disse que...

— Eu disse que você não podia se deixar apaixonar por um humano. — Iemanjá toca a safira ao redor de seu pescoço.

— Agora? Kola mudou. E com essa safira, há outra escolha a ser feita.

O colar está aninhado nas minhas mãos. Fecho os dedos ao redor dele e mais uma vez olho para o céu, ondulado por conta do mar.

— Simidele, eu preferiria que a gema de Folasade fosse usada para isso. — A voz da orixá está mais baixa agora, macia como uma fita de seda preta se movendo pela água. — Algo tão puro quanto ela foi. Você pode entregá-la a Kola, e o resto é com vocês.

Um grosso raio de sol atravessa a água, nos iluminando quando um súbito pânico toma conta de mim. Engulo em seco, estremecendo quando Iemanjá olha para mim.

— E se não funcionar?

— A essência da safira é feita de amor, não destruição. — Iemanjá hesita, seu véu de pérolas estalando gentilmente na corrente. — Não posso dizer o que trará para Adekola, mas deve aumentar as forças dele. Mas lembre-se, filha, você deve escolher seu próprio caminho. E o que é melhor nem sempre é o que pensamos querer.

Agarro a pedra contra o peito, sentindo as batidas do meu coração bem quando o navio começa a se mexer, seu casco de madeira formando uma sombra escura acima de mim. Meus olhos seguem o fundo do navio.

O desejo por ele foi plantado há muito tempo. No mar cheio do sangue e da bravura de Kola. Na forma como ele me olhava e via mais que uma Mami Wata, mais que a garota que eu era. Pressiono os lábios e assinto uma vez para Iemanjá.

— Vou perguntar a ele.

Subo em um raio de luz branca, o colar tão apertado que a safira se crava em minha mão.

O mar balança em um plano inconstante de azul-acinzentado enquanto emerjo na superfície, subindo para o sol do final da tarde. Arfo, inspirando fundo o ar quente. A luz do sol se inclina em ondas suaves que me embalam e me empurram para mais perto do navio que vai em direção a terra.

Meu coração bate contra meu punho pressionado nas minhas escamas cor-de-rosa e douradas. Olho para garantir que ainda tenho a safira, mesmo que suas bordas afiadas estejam marcadas em minha carne, e então começo a nadar.

O mar é um sussurro de suspiros e carícias gentis que me empurram contra o movimento das águas, me levando para mais perto da embarcação. Sigo o navio, chegando mais perto conforme ele desacelera, com o vento diminuindo. Chegando ao casco, o sol me cega quando ergo o rosto. Uma cabeça aparece na lateral, coroada pela luz amarela, as características embaçadas pelo dia já quente. Semicerro os olhos para focar em um olhar castanho que jamais esquecerei.

Kola se inclina tanto na lateral do navio que acho que ele vai cair. Não há escada, e parecemos nos dar conta ao mesmo tempo, pois ele está de pé na amurada de seu navio, as mãos estendidas, a silhueta parecendo uma cruz, a pele queimando escura contra o céu claro atrás dele. E então ele leva os braços para a frente, inclinando-se para a luz e o ar, apontando seu corpo para o mar.

A água o recebe, envolvendo seus membros em um redemoinho frio. Eu mergulho sob as ondas, seguindo a descida borbulhante de Kola enquanto ele abre os olhos para o meu mundo. Desta vez, não há espirais de sangue no mar, e o brilho de seus olhos não me desconcerta. Não há navios òyìnbó ou tubarões à espreita, saboreando sua quase morte e querendo mais. Estendo a mão para Kola, meus dedos roçando sua pele macia como cetim, ainda aquecida pelo sol.

Kola sorri, sem se importar com a água fria que entra em sua boca. Enquanto o puxo para mim, seus braços envolvem minha cintura, as palmas das mãos descansando nas minhas escamas, deslizando para baixo até a base da minha coluna em seguida, pressionando meu peito contra o dele.

Apoio minha testa na dele, deixando meus cachos fazerem cócegas em nossos rostos, nos envolvendo em nuvens pretas.

Quando ele me puxa para a superfície, eu permito, ainda segurando o colar, meu coração batendo mais forte ao pensar no que isso significa para nós. Irrompemos na luz do sol e uma brisa me faz perder o ar.

— Simi — murmura Kola, e a forma como seus lábios se movem ao dizer meu nome me faz estremecer. — Você precisa parar de me deixar. Quantas vezes terei que dizer isso?

— O que você está fazendo? Por que está aqui? — pergunto, embora saiba a resposta.

Kola mexe as pernas para se manter flutuando, mas a água invade o sorriso dele.

— Vim te encontrar. Te dizer que sei que está decidida a ajudar Iemanjá, mas isso não significa que não possamos ficar juntos.

Quando olho em seus olhos, meu coração acelera. A pele de Kola brilha à luz do sol, as maçãs do rosto destacadas e douradas.

— Embora você seja do mar, sou um orixá. Deve haver um jeito. — Ele estende a mão para tocar um dos meus cachos, gotículas de água brilhando ao caírem de seus dedos. — Podemos tentar. Podemos dar um jeito.

As palavras de Iemanjá se repetem na minha mente enquanto encaro Kola, apertando-o com força. Ela me deu minha liberdade e, com ela, uma decisão.

O pensamento de todas as possibilidades queima em mim. Amor. E meu lar. Oió-Ilê aparece na minha mente, a árvore de mogno que protege minha casa do sol do meio-dia, a terra quente e a luz que se reflete nas paredes dos complexos.

— E se já houver um jeito? — sussurro, abrindo a mão para revelar a safira. A joia está na minha palma, brilhando em todas as cores do céu e do mar.

— Folasade?

Assinto, mantendo a mão aberta, as extremidades da gema em um tom de um azul-escuro.

— Iemanjá disse que eu poderia oferecê-la a você. Significa que o mar te reivindica de alguma forma. — Olhando para ele, vejo sua surpresa. Minhas mãos tremem, a corrente brilhando. — Ela não tem certeza do que significaria... para você, enquanto orixá, mas disse que pode te deixar mais forte.

— Também significaria que podemos ficar juntos? — A voz de Kola fica mais alta com a esperança, e ele abraça minha cintura. Kola me segura no lugar enquanto deslizo os dedos em sua mandíbula, subindo até os seus cachos pretos.

— É o que ela acha. — Minha voz está baixa, o desejo e o medo se enrolando em mim. — Mas...

Kola me solta, a água gelada substituindo sua mão quente. Só tenho um momento para sentir falta de seu toque antes que ele pegue o colar da minha mão aberta. Ele segura os elos dourados contra a pele molhada de seu pescoço, as pernas se movendo, mantendo-o acima da linha d'água.

Kola prende o fecho, a safira brilhando contra seus músculos e pele negra iluminados, a água do mar escorrendo de seus ombros.

— O que você sente? — pergunto, embora ele sorria para mim, os pontinhos castanho-claros em seus olhos reluzindo.

Kola não responde, nadando para mais perto. Ele estende as mãos grandes em direção ao meu rosto, envolvendo-o. Balançamos no mar, nos olhando enquanto as ondas suspiram segredos baixinhos e as gaivotas cantam acima de nós. Ele desliza o dedão para baixo, correndo pelo canto dos meus lábios. Sua mão está por baixo do meu cabelo molhado para tocar minha nuca. Não me mexo enquanto ele abaixa a cabeça, os lábios entreabertos tão perto dos meus.

Kola me puxa para mais perto e inclino meu rosto para ele. O ar e o mar nos envolvem, calor e frescor, testemunhas do que vai acontecer. Penso no dia em que encontrei esse garoto no mar, a sensação intensa de querer salvá-lo, ter certeza de que estava seguro. A sensação nunca me deixou, e mesmo agora, sabendo que ele aceitou a safira, quero me afastar, perguntar outra vez se ele tem certeza.

Certeza de mim.

Mas já sei a resposta, sinto-a profundamente em meus ossos. Roço a boca no cantinho da de Kola, sentindo a mesma atração que senti quando vi seu navio. Ele para sob meu toque enquanto meus dedos deslizam por seus ombros, segurando-o firme.

— Simi — sussurra ele, as mãos nas minhas costas. Kola me segura com cuidado, sem deixar de me olhar.

Olho para seus olhos castanhos, suas pálpebras semicerradas, certa de que ele deve ser capaz de sentir a batida do meu coração contra seu peito. Aos poucos, Kola se inclina para baixo, os lábios entreabertos. Fico bem parada, sem conseguir respirar. E então Kola encaixa sua boca na minha e, por um momento, parece que o mar para, pausando suas marés incessantes, as ondas parando, capturadas pelo peso do que está acontecendo. Deslizo minhas mãos pelo pescoço dele enquanto o calor de seus lábios se espalha para os meus, a brisa chicoteando meu cabelo em uma tempestade preta ao nosso redor. Fechando os olhos, sinto o sal no lábio inferior rosado de Kola, sinto o calor de sua pele enquanto ele segura minha cintura.

Faz tanto tempo que quero isso que sinto um aperto no peito, como se meu coração fosse explodir. Mas com minha liberdade, o dom da safira e o beijo de Kola, eu me pergunto... Eu poderia ser mais do que alguém que amava um garoto que não deveria? Eu também poderia ser a filha que meus pais acham que perderam? Alguém para ajudar a afastar o òyìnbó, para tornar nossas terras mais seguras. Eu poderia ser mais, sei disso.

Kola se afasta e de imediato sinto falta do calor dele contra mim. Quando abro os olhos, vejo o brilho do sol. O mar se move mais uma vez, nos erguendo em suas costas de espuma branca, nos oferecendo às nuvens partidas e ao céu acima.

— Eu te escolho e você me escolhe — sussurra ele, se inclinando à frente para me beijar de novo.

Escolha, penso enquanto nosso beijo se torna uma mistura de dentes, sal e mar, enquanto ondas quebram ao nosso redor, minha cauda nos mantendo acima da água. Tenho o poder da escolha, agora mais do que nunca. E a decisão cresce em mim, nova, crua e ardente com as possibilidades.

Quando me afasto, olho para o barco de Kola.

— Quero voltar.

— Para Okô? — pergunta ele com esperança em suas palavras, sorrindo.

Inspiro fundo e seguro a mão dele, trazendo-a aos meus lábios, beijando nossos dedos entrelaçados. Sei o que quero, o que devo fazer. Kola vê minha expressão e me segura com mais força enquanto se inclina para mais perto de mim.

— O que foi? Você não vem comigo? — Há preocupação em seu tom.

Engulo em seco, meu coração martelando.

— Vou — sussurro e o solto, as mãos escorregando por conta de sua pele molhada de mar. — Mas não agora. Eu te escolho, mas também me escolho.

Kola não diz nada, os olhos passando pelos meus. Ele franze a testa, uma pequena ruga marcando sua expressão.

— Não entendo.

— Agora que tenho minha memória, cada parte de mim de volta, escolho a liberdade que Iemanjá me deu. — Sorrio, e mergulho as mãos na água, encontrando as dele de novo.

— Preciso ir para casa.

— Para Oió-Ilê?

Assinto, a voz calmante de ìyá e a risada de bàbá ressoando na minha memória. A riqueza das histórias da minha mãe e o cheiro forte dos muitos pergaminhos que meu pai estudava.

— Quero garantir que meus pais estão bem. Avisar a eles que eu... ainda estou aqui. Viva. Eles provavelmente acham que estou morta — digo baixinho. — Odeio pensar neles sofrendo assim.

Kola me puxa para mais perto, agarrando os meus dedos.

— Posso ir com você... — diz ele, a voz falhando. — Posso ajudar.

Balançando a cabeça, ergo as mãos, segurando o rosto dele, trazendo-o para mim outra vez, nossas testas pressionadas. Querendo lembrar de tudo.

— *Eu* preciso fazer isso. Quero fazer mais. — Meus olhos disparam para os dele, incentivando-o a entender. — Se eu voltar para Oió-Ilê, posso contar a eles tudo o que sei sobre o òyìnbó, sobre os navios de patrulha. Sobre Xangô e Oiá. — Aperto as mãos de Kola de novo, nossos dedos entrelaçados.

— Não significa que eu não escolho você. Eu escolho você. Só não agora. Precisam de você em Okô e eu... preciso fazer isso.

Kola me encara enquanto uma nuvem passa acima de nós. Meu coração dói com sua expressão, mas ele me abraça.

— Você me encontrará? — pergunta ele, a voz mais leve que suas palavras, olhos brilhando.

Sorrio uma vez antes de pressionar meus lábios nos dele com cuidado, o sol nos queimando. Quando me afasto, ergo a safira pendurada em seu pescoço, segurando-a gentilmente.

— Estamos interligados agora, não importa o que aconteça — digo enquanto a joia na minha garganta brilha no tom claro de um céu. — E sempre o encontrarei.

Solto Kola e as ondas se movem entre nós, água fria substituindo a pele quente. A luz da tarde reflete na superfície instável do mar enquanto a maré me puxa. Sorrio, segurando a safira. Ainda posso ver o brilho da joia de Kola enquanto ele boia no lugar. Ele ergue a mão, acenando para mim, a boca se curvando em um sorriso que combina com o meu. Sei que este não é o fim, que esta é a decisão certa. Fomos reunidos por uma razão, que nos faz voltar um para o outro mesmo quando parece impossível. Essa fé me permite mergulhar de volta no frio do mar. Nado pelos tons de azul, indo em direção a correntes que vão acelerar minha jornada de volta para casa. Vou encontrar Kola outra vez. Mas só depois de ter feito o que preciso.

Sou Simidele e escolhi não seguir ninguém.

Escolho ser eu mesma.

Escolho ir para casa.

NOTA DA AUTORA

O segredo do oceano **nasceu** de um desejo de ver um livro com seres mágicos de origem africana, e foi uma honra voltar a esse mundo com *A alma do oceano*. A história continua a construir minha paixão por sereias negras, crenças espirituais tradicionais, deuses, deusas, criaturas lendárias e a excelência da África Ocidental no século quinze. Como sempre, procurei incluir detalhes que não apenas agregassem ao mundo da história, mas também celebrassem pessoas negras, especialmente as mulheres negras, com todos os seus talentos e criatividade. As mulheres que batem na água são um desses aspectos em *A alma do oceano*. Quando ouvi falar pela primeira vez sobre as musicistas Baka que vivem perto da fronteira de Camarões com Congo e como tocam o rio como se fosse um tambor, fiquei intrigada na mesma hora. Ver vídeos de mulheres criando uma batida e uma música com água... se cristalizou em minha alma. Essa música! A beleza e o talento! Imediatamente se tornou crucial para mim adicionar isso à história.

Na parte da espiritualidade tradicional, era importante para mim adicionar uma cerimônia Egúngún. Onde uma pessoa se mascara dos ancestrais, conferindo conselhos e bênçãos, e, às vezes, avisos para os vivos. O artista e os figurinos se unem como um — uma personificação física dos ancestrais, guardiões de Olodumarê e daqueles que já se foram. Existem diferentes Egúngún para desempenhar funções separadas, cada um possuindo uma poderosa força espiritual. Os Egúngún são importantes cultural e tradicionalmente, e as cerimônias ainda são realizadas hoje.

Também amei aprender mais sobre os orixás do sistema de crença espiritual Ifá. Os orixás são uma gama de personalidades divinizadas com diferentes histórias e poderes. Mas onde há luz, sempre há escuridão, e o oposto dos orixás são os ajogun. Em *A alma do oceano* encontramos esses antideuses: os senhores da guerra e da ruína, com a intenção de destruir o mundo. Eles são mantidos sob controle por Exu, um guarda que garante que os ajogun não causem o caos. Mas e se Exu não fosse livre para fazer isso? Com o orixá preso por Olocum no final de *O segredo do oceano*, mergulhamos em um mundo onde os reinos de Nupé e Oió lutam contra o poder maligno de oito antideuses.

Essas forças de oposição não estão apenas nos orixás e nos ajogun. Outro tema em *A alma do oceano* envolve os portugueses, e mais tarde outros europeus, e as ramificações de sua presença na África Ocidental. Eu queria abordar a rivalidade entre diferentes grupos de africanos ocidentais e como esse conflito se intensificou pela crescente ameaça dos colonizadores. Os europeus costumavam aproveitar das disputas entre diferentes grupos para manter um estoque de prisioneiros de guerra disponíveis para compra. Nesse sentido, vemos o Reino de Nupé, seu povo conhecido como Tapa, como adversário do povo de Oió — uma rivalidade regional historicamente documentada. Foi importante para mim incluir uma representação disso em *A alma do oceano*, porque esse incentivo à discórdia e os subsequentes "benefícios" que dela resultaram se tornaram parte fundamental do comércio transatlântico de escravizados.

Essencial para *A alma do oceano* é o Mokele-mbembe — "aquele que para o fluxo dos rios", em Lingala. Essa criatura tem sido chamada de Monstro do Lago Ness da África e dizem que pode ser encontrada na baía do rio Congo. Alguns dizem que é um espírito, enquanto outros acreditam que possa ser um dinossauro. Houve muitas expedições para encontrar o Mokele-mbembe, com muitos relatos de testemunhas oculares e até algumas poucas (um tanto) borradas fotografias. Considerando a faixa desconhecida de floresta tropical e áreas inundadas do Congo, quem pode dizer se o Mokele-mbembe é real ou não?

Minhas histórias não são nada sem os elementos mais sombrios, e não pude resistir a incluir os adzes, os obambo e a Ya-Te-Veo — vampiros, mortos-vivos e uma árvore que come pessoas. Como não incluir as histórias desses monstros míticos transmitidas por gerações de pessoas de Madagascar a Gana? Eles representam uma vasta gama de criaturas lendárias em todas as culturas africanas.

A alma do oceano é a sequência de uma história que explora magia, mito e história. É uma continuação da celebração da África Ocidental, espiritualidade, lendas, criaturas e seres mágicos. Espero que os leitores mergulhem em um mundo de luz e escuridão, uma história de redenção e triunfo, onde o sacrifício pode até não te salvar, mas o amor sempre salvará.

AGRADECIMENTOS

Amo tanto *O segredo do oceano* que mergulhar outra vez no mundo de Simi foi um privilégio. Em um ano turbulento, posso dizer com sinceridade que escrever foi uma das coisas que me fez seguir em frente. Criar *A alma do oceano* foi uma experiência imersiva bem-vinda, e que foi ainda mais incrível pelas pessoas em minha vida que me apoiam e por aqueles com quem tenho a honra de trabalhar.

Meus filhos merecem uma enorme parte de minha gratidão. Sempre estão aqui para me animar, para celebrar comigo as boas notícias, ouvir, dar feedback e me aturar quando estou trabalhando sem parar. Eles tornam a maternidade muito agradável e (quase!) fácil.

Agradeço a Clare, que sempre me inspira com sua ética de trabalho e intensa motivação. O ditado "Cerque-se de pessoas melhores do que você" realmente se aplica ao seu caso.

Agradeço a Penny, que sempre atende minhas ligações, mesmo quando sabe que não vai conseguir falar nada. Você ouve, bajula e dá conselhos como ninguém.

Obrigada, Charlene, que é uma das poucas pessoas que fala tanto quanto eu. Você é a pessoa perfeita para ficar obcecada com pequenos detalhes e é uma das minhas primeiras e confiáveis leitoras. Seu conselho sempre ajuda, e amo que nossas conversas costumam durar bem mais que o planejado.

Jodi, ainda penso em nossa primeira conversa e como eu soube bem ali que nos daríamos bem juntos. Aprecio muito seus conselhos, humor e apoio constante. Obrigada por sempre estar lá para me dizer para "rolar a barra".

Obrigada, Namina Forna. De uma conversa aleatória em 2018 para agora... Sua amizade é inestimável. E que venham mais muitas viagens juntas!

Um autor é o rosto de um livro e, enquanto gastamos tempo para criá-lo, a equipe por trás de nós é parte essencial da história finalizada. Obrigada, Tricia Lin. Adoro as conversas em que falamos as mesmas coisas, muitas vezes nos deixando levar por ideias que surgem umas das outras. Sua direção editorial e conselhos sempre aprimoram minhas histórias em algo mais brilhante e impressionante. Obrigada, Carmen McCullough. Seus comentários atenciosos e detalhados ajudam a fazer com que minha escrita atinja níveis mais altos. Vocês duas são incríveis!

Agradeço à equipe da Random House e da Penguin Random House UK, bem como a Cecilia de la Campa e Alessandra Birch, da Writers House, que transformaram minha jornada editorial em um sonho. Sou imensamente grata a Mallory Loehr, Michelle Nagler, Caroline Abbey, Barbara Marcus, Jasmine Hodge, Regina Flath, Ken Crossland, Janet Foley, Rebecca Vitkus, Jake Eldred, Barbara Bakowski, Alison Kolani, Tracy Heydweiller, Lili Feinberg, Dominique Cimina, Caitlin Whalen, Sophia Cohen Smith, Emma Benshoff, Shaughnessy

Miller, Emily DuVal, Kelly McGauley, John Adamo e Erica Henegen. Sua crença em mim, seu trabalho árduo constante e seu apoio ajudam a tornar meus livros mágicos. Eu aprecio muito todos vocês.

Alguns rappers definiram minha adolescência, e um dos meus favoritos é Snoop Dogg. Eu me lembro de escutar o discurso dele quando recebeu uma estrela na Calçada da Fama de Hollywood. Fiquei impressionada com a autenticidade dele. Depois de agradecer ao comitê, aos fãs, outros rappers, seus entes queridos e às pessoas nos bastidores, ele agradeceu... a si mesmo. Agradeceu a si mesmo por seu trabalho e dedicação, por nunca desistir, por ser ele mesmo o tempo todo. Acho que foi a primeira vez que ouvi alguém fazer isso, mas faz muito sentido. Não de um ponto de vista egoísta, mas porque mesmo com apoio, e principalmente agora, é mesmo uma conquista nos mantermos fortes, motivados e positivos. Reconhecer conscientemente a nós mesmos e nossos esforços, assim como aqueles que nos ajudaram, é importante. Então, no espírito do Snoop, este próximo agradecimento é... para mim. Obrigada a mim mesma por manter uma mentalidade positiva, por me esforçar, mas também por me ouvir quando precisava de uma pausa. Obrigada a mim mesma por me manter forte e motivada, mesmo quando era difícil. Obrigada a mim mesma por nunca desistir.

Por último, um enorme agradecimento pelo apoio dos leitores que dão vida às histórias que leem. Aos que se entusiasmam e compram na pré-venda, recomendam livros a amigos, vão a eventos literários, fazem TikToks, compram edições especiais, procuram livros na biblioteca, apoiam as livrarias locais e muito mais. Obrigada. Sempre sou imensamente grata a pessoas que amam histórias tanto quanto eu.

**Confira nossos lançamentos,
dicas de leitura e
novidades nas nossas redes:**

editoraAlt
editoraalt
editoraalt
editoraalt

Este livro, composto na fonte Fairfield,
foi impresso em papel Lux Cream 60g/m² na gráfica Coan.
Tubarão, Brasil, setembro de 2023.